O cuidadoso despir do amor

Obras da autora publicadas pela Galera Record

Uma história de amor e TOC
Bela Gratidão

Corey Ann Haydu

O cuidadoso despir do amor

Tradução de
Marina Vargas

1ª edição

— Galera —
RIO DE JANEIRO
2020

CIP-BRASIL. CATALOGAÇÃO NA PUBLICAÇÃO
SINDICATO NACIONAL DOS EDITORES DE LIVROS, RJ

H33c   Haydu, Corey Ann
        O cuidadoso despir do amor / Corey Ann Haydu; tradução de Marina
        Vargas. – 1. ed. – Rio de Janeiro: Galera Record, 2020.

        Tradução de: The careful undressing of love
        ISBN 978-85-01-11447-1

        1. Ficção americana. 2. Ficção juvenil americana. I. Vargas, Marina.
        II. Título.

18-47856   CDD: 813
                                CDU: 821.111(73)-3

Meri Gleice Rodrigues de Souza – Bibliotecária CRB-7/6439

Título original:
The careful undressing of love

Copyright © 2017 por Corey Ann Haydu

Copyright da edição em português © 2018 por Editora Record LTDA.

Publicado mediante acordo com a *Dutton Children's Books*,
um selo da *Penguin Young Readers Group*, uma divisão da *Penguin Random House LLC*.

Todos os direitos reservados.
Proibida a reprodução, no todo ou em parte, através de quaisquer meios.
Os direitos morais do autor foram assegurados.

Editoração eletrônica: Abreu's System

Texto revisado segundo o novo Acordo Ortográfico da Língua Portuguesa.

Direitos exclusivos de publicação em língua portuguesa somente para o Brasil
adquiridos pela
EDITORA RECORD LTDA.
Rua Argentina, 171 – Rio de Janeiro, RJ – 20921-380 – Tel.: 2585-2000,
que se reserva a propriedade literária desta tradução.

Impresso no Brasil

ISBN 978-85-01-11447-1

Seja um leitor preferencial Record.
Cadastre-se e receba informações sobre nossos
lançamentos e nossas promoções.

Atendimento e venda direta ao leitor:
sac@record.com.br

Para Frank,

com todo o meu amor.

Eu lhe dou uma cebola.
É uma lua embrulhada em papel pardo.
Ela promete luz,
como o cuidadoso despir do amor.

— Carol Ann Duffy, "Valentine"

PRÓLOGO

Quando começa o Minuto de Silêncio, tenho uma jarra de vidro nas mãos e quase a deixo cair.

Fazemos isso há anos, às 10h11, toda terça-feira, mas, às vezes, eu ainda me surpreendo.

Fazemos uma pausa, a dúzia de nós que acordou cedo para terminar as compras de Natal. Abaixamos a cabeça. Apertamos os lábios. Tentamos acalmar os músculos e os ossos, a cabeça e o coração.

Consigo não deixar a jarra cair. A meu lado, mamãe segura a alça de uma delicada xícara, o polegar e o dedo do meio pressionados, levando o objeto até os lábios, como se fosse tomar um gole.

Se você levantar a cabeça e espiar o mundo pausado, há algo de absurdo no Minuto de Silêncio semanal.

A caixa verifica sorrateiramente o telefone. O homem usando um feio terno marrom ergue uma tigela acima da cabeça para ver o preço, e permanece assim. Ele está suando. Na rua, uma mãe tenta fazer com que o filho pequeno fique quieto. Eu me pergunto com que idade ela lhe explicará a razão de tudo isso.

Um telefone toca. Alguém no trânsito parado na Quinta Avenida deve estar suspirando, intimamente irritado com a interrupção. As pessoas têm lugares aonde ir. A memória é inconveniente.

Os sinais de trânsito passam do vermelho ao verde e de novo ao vermelho.

Olho de volta para mamãe e a xícara de chá. É branca, com a borda dourada e flores cor-de-rosa. É exatamente tão pequena, bonita e frágil quanto as que um dia ela arremessou contra a parede. Seu rosto hoje não me diz muito — não vejo desespero, memórias nem um vislumbre de tristeza passar por seus olhos azuis ou fazer seus finos lábios se contraírem.

Mas posso ouvir seu coração. Sempre ouço o coração de minha mãe, e ele bate alto agora, em meio a todo o silêncio. Bate tão alto e tão rápido quanto naquela terça-feira, seis anos e meio atrás.

Levamos semanas até recolher os cacos das xícaras estilhaçadas.

Ainda estamos recolhendo os cacos.

Um mês depois que papai morreu, Angelika finalmente varreu a coleção de porcelana quebrada e a colocou em um saco plástico. Ela fechou o saco e o etiquetou PEDAÇOS QUEBRADOS DOS QUAIS DEVEMOS SEMPRE NOS LEMBRAR, em vez de jogá-los fora, como qualquer outra pessoa teria feito.

Tudo o que eu queria era me livrar da imagem de minha mãe, a Dra. Emily Ryder, de pijamas, o cabelo comprido despenteado e cheio de nós, o rosto contorcido de dor e confusão, atirando xícaras na parede, pedaços afiados voando mais longe do que eu poderia imaginar, um quase me acertando bem no meio do nariz.

Eu me lembro.

— Obrigado — agradece o dono da loja, marcando o fim do silêncio e da imobilidade.

A cidade de Nova York volta à vida. Os primeiros segundos após o silêncio são sempre desconfortáveis. Limpamos a garganta. Não queremos ser os primeiros a falar. Fazemos caretas de deus-como-isso-é-difícil e olhamos para o céu, como se quiséssemos dizer olá para as Vítimas. Sacudo os dedos das mãos e contraio os dos pés, como sempre faço quando o Minuto termina.

— Linda — elogia mamãe, pousando a xícara, como se o Minuto nunca tivesse acontecido.

— Quem sabe para Angelika? — indago. — Ela provavelmente jamais terá xícaras o bastante.

Mamãe alisa o longo cabelo penteado para trás, e eu passo um dedo por minhas mechas igualmente compridas e bonitas. Quando não estamos na Devonairre Street, alguém sempre comenta sobre seu tom loiro prateado e sobre como ele cai até minha cintura.

— Eu estava pensando em comprá-las para nós — diz mamãe, sem olhar para mim.

— Não.

Ela fica corada com a lembrança.

Seu coração acelera.

As conversas ao redor recomeçaram, e o tráfego na rua é barulhento e furioso. Agora há uma fila diante do caixa. Acho que todos aproveitaram o Minuto para decidir o que queriam.

Mamãe assente devagar e pousa a xícara.

O Minuto da lembrança de todo mundo já acabou, mas o nosso se prolonga indefinidamente.

Não tem fim.

I.

Angelika segura meu rosto, olha em meus olhos e procura sinais de amor.

Suas mãos estão frias e mais fortes do que me lembro. Não é a primeira vez que as pressiona contra minhas bochechas. Ela se aproxima tanto de mim que sinto o cheiro rascante da colônia Aramis em seu pescoço. Ela a usa todos os dias, diz que lembra seu falecido marido. É um cheiro da Devonairre Street. Como a hortelã e o manjericão recém-regados que plantei no jardim ou os cigarros de Charlotte recém-fumados na entrada do prédio ou o spray de cabelo de minha mãe.

Mantenho os olhos abertos, fixos em Angelika, mas estou ansiosa para baixar os óculos escuros e desaparecer.

Não gosto da textura desgastada e macia demais de suas mãos nem de sentir a aliança envolta pelas rugas.

Ela vira meu rosto de um lado para o outro, como se o amor pudesse estar escondido sob meu queixo ou atrás de minha orelha. Aproxima os dedos de meus olhos, puxando a pele para baixo de forma que se abram um pouco mais. Desvio o olhar em direção ao céu. Alguém amarrou balões no portão enferrujado do jardim para o Aniversário Compartilhado, que acontece todos os anos no começo de abril, e alguns se soltaram e flutuam no firmamento, cada vez mais alto e distante.

Acho que não me importaria de ser um balão vermelho no céu azul do Brooklyn, vendo a Devonairre Street lá embaixo.

Angelika leva a mão a minha testa. A meu lado, Delilah suspira. É a próxima. Os olhos de Angelika se fecham, e os lábios se contraem. Ela inclina o ouvido em direção ao chão, como se ouvisse um terremoto.

Quando os olhos se abrem, ela está sorrindo. De determinado ângulo, parece quase jovem, mas, na maior parte do tempo, parece ainda mais velha que seus 75 anos. É o que uma vida inteira na Devonairre Street faz a uma pessoa, acho.

Gosto daqui, apesar de Angelika, de suas seguidoras e das coisas malucas em que acreditam. Ou talvez por causa delas.

Ela dá um tapinha em minha bochecha. É quase uma pancada. Há poder por trás do gesto.

— Boa menina — diz, antes de olhar para minha mãe. — Lorna não está apaixonada.

Seu sotaque polonês pronuncia a palavra *apaixonada* melodiosamente. O sotaque em si é um mistério — ela nasceu na rua, de mãe polonesa e pai americano, mas a voz carrega a história da mãe, em vez de a história do pai ou a própria.

Quando perguntamos sobre isso, ela apenas dá de ombros.

— Puxei a minha mãe — responde. — Todas puxamos às mães, não é?

Sim é a única resposta que nos é permitida com Angelika.

E é verdade. Pelo menos para mim. Olho para mamãe. Ela ergue as sobrancelhas e deixa os olhos rirem enquanto o restante permanece sério. Reflito seu olhar. Sempre fico um pouquinho assustada e um pouquinho encantada durante o Aniversário Compartilhado.

— Não há nem mesmo o menor resquício de amor em sua filha — revela Angelika a minha mãe, que está do outro lado do jardim, depois do banco e da fonte sem água, perto do portão.

Minha mãe concorda com a cabeça, como se isso fosse importante; Angelika acena de volta e dá tapinhas no alto de minha cabeça, pedindo que eu me afaste para que outra menina possa se aproximar.

• • •

Hoje é nosso aniversário.

Não é o aniversário de ninguém, mas sim a data que Angelika escolheu para que Cruz, Charlotte, Delilah, Isla e eu celebrássemos nosso aniversário. A geração de nossos pais não comemora mais aniversário. E as poucas crianças mais novas que nós ainda têm alguns anos de festas individuais pela frente. Talvez as criancinhas ainda as esperem com ansiedade, mas mal me lembro de meu último aniversário de verdade, quando completei nove anos. O Aniversário Compartilhado combina comigo. A Devonairre Street combina comigo.

O Aniversário Compartilhado é uma das dezenas de coisas que fazemos por Angelika. Como as árvores de Natal, a caça aos ovos na Páscoa e a festa de rua no último dia de verão; fazemos tudo isso porque as tradições nos deixam acolhidos e seguros. Mas, além disso, inventamos coisas como o Aniversário Compartilhado porque Angelika foi quem nos levou travessas de macarrão gratinado e brownies perfeitamente macios quando nossos pais morreram e nossas mães ficaram tristes demais para sair da cama. Angelika jogou comigo uma versão antiga e desbotada do *Jogo da Vida* na mesinha de centro todas as tardes durante um mês. Deu mamadeira a Delilah, como se fosse sua própria filha. Acompanhou Charlotte a seu recital de piano e bateu palmas com tanto entusiasmo que foi constrangedor. Foi Angelika quem gritou "Deixem os mais novos em paz, *dupki*", quando repórteres tentaram tirar fotos de Cruz, Isla e eu depois do Atentado a Bomba.

Eles não precisavam falar polonês para saber que ela os chamava de imbecis.

É por isso que seu cheiro — Aramis, chá de lavanda, hálito de aipo e aquele Algo Mais não identificável do envelhecimento — me faz pensar em bondade e força, segurança e coragem, tudo ao mesmo tempo.

É por isso que deixo que toque meu rosto e defina meu destino uma vez por ano em um jardim repleto de meus melhores amigos e das mulheres que cuidaram de mim, me alertaram e me convidaram a ser uma delas.

É fácil fazer coisas ridículas por alguém que comprou para você um rinoceronte de pelúcia e um livro de contos de fadas de colorir quando seu coração se partiu pela primeira vez.

• • •

Isla sente falta do próprio aniversário, um só dela. Sempre pergunta quando poderemos parar com todas as tradições da Devonairre Street. No momento, porém, está usando uma tiara e comendo uma fatia enorme de bolo de mel. Aos 15 anos, é a mais nova de nós, irmã caçula de Cruz, e ainda não estamos prontos para vê-la crescer. Mas aqui está ela, crescendo mesmo assim, em um vestido azul como o meu, exceto pelo fato de que o dela deixa à mostra a pele morena-clara dos ombros e a parte de cima dos seios que eu sempre esqueço que ela agora tem.

— Como está o bolo? — pergunto.

Isla foi declarada livre do amor pouco antes de mim e parece feliz por estar no lado do jardim em que as pessoas comem e socializam, o joelho apoiado no banco.

Ela pega outro pedaço enorme de bolo. Seu garfo está sujo de batom, e tento identificar o dia em que deixou de ser uma menininha e se tornou outra coisa, mas deixei passar de alguma forma.

— Está bom, não está? — pergunto, me aproximando para comer um pedaço em seu garfo.

E está bom. Muito bom. Era meu ano de fazer o bolo, e coloquei uma dose extra de uísque da garrafa que meu pai deixou quando morreu.

— Vamos bebê-lo em seu casamento — dissera ele.

— Eu não devo me casar — argumentei.

— Não deixe que elas digam isso a você — retrucou papai.

Ele olhou de cara feia para mamãe, que olhou de volta. Ela cresceu visitando a avó naquela rua todo verão, e, quando sua avó morreu e lhe deixou o apartamento, não houve dúvida de que nos mudaríamos para lá.

Mamãe costumava dizer que era o único lugar ao qual ela sentia que pertencia, e sinto o mesmo. Até as piores coisas a respeito da Devonairre Street são melhores que o resto da cidade. Gosto de estar ligada a pessoas, rituais, padarias com *croissants* de chocolate, ervas frescas ao lado de calçadas com rachaduras e velhas senhoras que conheciam meu pai.

Gosto de saber fazer um bom bolo de mel.

Mamãe parou de fazer bolo de mel recentemente. Às vezes fala em vender nosso apartamento e se mudar para Paris, para o Canadá ou para a Califórnia.

— Este bolo é meu melhor amigo — declara Isla, lambendo as migalhas dos dedos e dos lábios. — Você deveria fazer em todos os aniversários. O de Charlotte, no ano passado, estava horrível.

— É sua vez no ano que vem — aviso.

— Talvez eu prefira fazer bolo de chocolate — diz Isla. Ela endireita as costas. Joga uma cascata de mechas negras para trás dos ombros. — Talvez eu faça biscoitos de aniversário.

— Ah, por favor, bolo de mel não é tão ruim. É uma tradição.

— Não poderia ter uma nova tradição, de comermos coisas das quais realmente gostamos?

— Não seja implicante — rebato, com um sorriso e uma cutucada.

Isla abre os lábios, mas não insiste.

Olhamos em direção a Angelika, do outro lado do jardim, ainda segurando o rosto moreno de Delilah entre as mãos. Elas são opostas: jovem e velha, morena e pálida, a nuvem negra de cabelo afro crescendo alta em torno da cabeça de Delilah, mechas de cabelo branco e brilhante pesando sobre Angelika. Delilah poderia sair flutuando de tão feliz que anda ultimamente. Os pés de Angelika se fincam no chão, e ela permanece onde está.

— Por que está demorando tanto? — sussurra mamãe, o coração acelerado. — Angelika não a deixa ir.

Ela fecha uma das mãos e agita os dedos da outra. Seu coração bate ainda mais rápido, mais alto.

— Gostaria que ela não submetesse vocês, meninas, a isso. Deixa todo mundo nervoso. Vocês sabem que podem dizer não, não sabem?

Ela me olha com firmeza, como se a mensagem não fosse compreendida.

— Não temos de aceitar que Angelika imponha toda essa loucura, se isso as deixa incomodadas.

Faço que sim com a cabeça. Às vezes, quando não consigo dormir, ouço Frank Sinatra porque, nas semanas após a morte de meu pai, era o que Angelika colocava para tocar tarde da noite. Eu ficava acordada no quarto do sótão, e ela lá embaixo, cuidando de tudo, bebericando chá de lavanda na cozinha, esperando que nossa dor se amenizasse.

— Por que ela não solta o rosto de Delilah? — pergunta mamãe. — Sinceramente, vai assustar a menina.

Tento ver os olhos de Delilah para me certificar de que está bem, mas ela não olha para meu lado do jardim. Ela está olhando para os próprios pés. Seus ombros se curvam para a frente de uma forma estranha, e eu gostaria de poder me aproximar e ver os pequenos detalhes de seu rosto que me revelam precisamente como está se sentindo.

Angelika deve ter apertado o rosto de Delilah, porque ela estremece, piscando os olhos por um instante a mais. *Está quase acabando*, tento lhe transmitir telegraficamente por cima do alecrim, dos dentes-de-leão e das mesas de piquenique lascadas, de um lado do jardim cercado para o outro.

— O que houve? — indaga Betty, uma das mulheres da geração das avós.

— Temos um problema? — pergunta sua irmã Dolly.

As duas cruzam os braços e endireitam as costas, preparando-se para alguma coisa.

— Por que ela a submete a isso? — murmura mamãe.

Ninguém mais está sorrindo. Ninguém está comendo bolo de mel. Outro balão se soltou do portão e nos deixa.

Delilah não desvia os olhos dos sapatos, não vê o balão escapar.

Isla ajusta a tiara.

Mamãe une as mãos diante de si. Perto de nós, Charlotte aperta o braço de Cruz.

Está mais quente do que deveria para abril, mais quente do que jamais esteve em nosso Aniversário Compartilhado, e até isso começa a parecer agourento.

Toda a Devonairre Street observa quando Angelika agarra os ombros de Delilah. Estão nus e suando. Posso ver o brilho de onde estou. Gosto de como o suor pode ser bonito ou feio, dependendo da maneira particular como se acumula. Está lindo na pele de Delilah.

— O que você fez? — pergunta Angelika.

Ela baixa a cabeça, e Delilah finalmente ergue a sua. Dou um passo para me aproximar, mas não fico próxima o bastante para que isso tenha importância.

Recuo, tal qual uma covarde, e me protejo em vez de proteger minha melhor amiga.

As coisas nunca aconteceram dessa maneira. O coração de mamãe bate mais alto que nunca, e as viúvas cercam Delilah e Angelika. Logo há cinco delas respirando sobre a menina, em seguida mais cinco. As mãos de Delilah encontram o rosto, e ela se esconde atrás delas.

Durante segundos que poderiam ser horas, deixo acontecer. Cruz, Charlotte e Isla deixam acontecer.

Talvez sempre tenhamos sabido que essa possibilidade estava ali, à espera. Há algo divertido a respeito de cabelos compridos e chaves mestras amarradas em torno de nosso pescoço. Gostamos de ser um pouco estranhas e intocáveis. Gostamos de bolo de mel, do sotaque polonês de Angelika e da forma com que o nome da rua soa saindo de nossa boca, feito um segredo ou uma história de ninar.

Tinha me esquecido de como as costas de meu pai se arqueavam quando falávamos sobre a Maldição e de como ele sempre me dizia para ter cautela com Angelika e tomar cuidado para não me deixar absorver pelos costumes da rua.

Não temos tomado cuidado.

Então me lembro de que é ridículo, tudo isso. A Devonairre Street e tudo o que amo — tudo o que me parece confortável e familiar, mas também, por vezes, cruel. Lembro que ninguém morre há dois anos, que Maldições não são reais e que agradar Angelika não é o mesmo que acreditar nela. Lembro que Delilah é minha melhor amiga e que somos uma entidade: LornaCruzCharlotteDelilahIsla.

Olho para Cruz, Charlotte e Isla. Velhas senhoras lançam palavras a Delilah, mas nós quatro somos rápidos e estamos a seu lado antes que muitas a atinjam em cheio.

Irresponsável.

Egoísta.

Arrogante.

Você sabe que não deveria.

Pego o braço direito de Delilah, Cruz pega o esquerdo, e a tiramos de lá — eu, Cruz, Charlotte e Isla a seu redor, feito guarda-costas —, como se fosse nossa, e ela é. Delilah ri de nervoso, mas também está quase chorando, e Isla deixa cair a tiara e faz uma pausa por um momento, como se fosse pegá-la em vez de continuar andando conosco. Mas saímos do jardim e vamos em direção ao fim da rua, para o lugar onde a Devonairre encontra o parque. Para o pedaço de calçada que significa que somos Jovens da Devonairre Street, e o resto do Brooklyn, não.

2.

— O que foi aquilo? — pergunta Isla.

Pergunta, sobretudo, para Cruz, mas para o restante de nós também.

Com suas tranças épicas e óculos de lentes grossas, Charlotte está deitada na grama, como se todo aquele episódio a tivesse deixado exausta. Delilah se senta e sacode os ombros, como se fosse um cachorro molhado e Angelika, a água.

— Aquilo foi Angelika tentando me apavorar para manter o celibato — responde. Suas pernas estão tremendo, mas ela dá de ombros e sorri, então talvez esteja tudo bem. — Ela provavelmente percebeu que cortei meu cabelo de novo na semana passada. Apedrejamento público parece uma punição justa.

Eu me deito na grama apoiada sobre os cotovelos e não me preocupo com as folhas que vão grudar em meu cabelo. Isla e eu damos risada. Isla e eu rimos com facilidade, e Delilah é capaz de fazer piada com praticamente qualquer coisa. Até mesmo hoje.

— O que acontece agora? — pergunta Charlotte, torcendo as mãos.

Ela arranca folhas de grama e olha para Delilah, como se talvez enxergasse algo nela também.

— O pior aniversário de todos — diz Cruz. — Angelika está ficando mais maluca a cada ano. Que loucura.

— Ainda bem que não é o aniversário de ninguém de verdade — comenta Delilah.

Isla e eu rimos de novo.

Mas não é engraçado. Não dessa vez.

Então Cruz se senta, e Isla faz o mesmo. Todas nós, meninas, estamos usando vestidos azuis, e Cruz está usando uma blusa azul, o que acontece com mais frequência do que a coincidência permitiria. LornaCruzCharlotteDelilahIsla é algo que costumava ser uma brincadeira, mas o tipo de brincadeira que é real.

Ninguém nos seguiu até ali. Não há nada mais que Angelika ou qualquer uma das outras velhas senhoras possa nos dizer. Sabemos no que acreditam. Sabemos o que querem que façamos.

Mas não podemos evitar de nos apaixonarmos. E, se acreditássemos na Maldição, seria exatamente o que estaríamos tentando fazer.

Eu me lembro da primeira vez que Angelika me explicou tudo, um ano depois que nos mudamos para a rua. Cruz e eu estávamos na calçada, desenhando, a giz, bonecos palito, corações e monstros. Angelika nos observava da entrada de seu prédio, como sempre, seu cachorro latindo sem parar.

— Vocês dois passam muito tempo juntos, não? — perguntou ela.

Cruz e eu nos entreolhamos. Eu gostava de seus cachos e do fato de me deixar escolher a cor de giz que queria antes de pegar o seu. Gostava de como seus bonecos palito tinham cabeça e pernas, mas não torso.

Demos de ombros.

— Cuidado. Já lhes contaram sobre a Maldição?

Cruz e eu balançamos a cabeça. O sotaque de Angelika fazia com que a palavra *Maldição* soasse ainda mais perigosa.

— A Maldição da Devonairre Street — disse ela, da mesma maneira que anunciava os títulos dos livros de histórias quando lia para nós. — Muito tempo atrás, uma geração de ingratos levou à necessidade de um sacrifício. Qualquer garota que more nesta rua por mais de um ano será para sempre Amaldiçoada.

Angelika fez uma pausa para se certificar de que tinha nossa atenção. E tinha. Suas costas estavam eretas, e seus olhos não piscavam. Ela falava lentamente, como se cada palavra fosse mais importante que a anterior.

— Quando uma Garota da Devonairre Street se apaixona por um garoto, correspondendo ou não a esse sentimento, o garoto vai morrer.

As Garotas da Devonairre Street não devem se apaixonar. Essa é a responsabilidade, essa é a Maldição, essa é a verdade.

Eu era capaz de apostar que ela já havia dito isso antes, muitas vezes. Tinha um ritmo, uma cadência, um crescendo no fim que fizeram com que eu deixasse meu giz cair na calçada, despedaçando-se em poeira roxa.

— Ouviu, Lorna? Vou repetir, para o caso de você não ter prestado atenção.

Angelika sempre termina as frases dessa maneira. *Vou repetir, para o caso de você não ter prestado atenção.*

Mas prestei atenção da primeira vez.

Cruz e eu recuamos um passo, afastando-nos um do outro. O que serviu apenas para me deixar ainda mais consciente do ar entre nossas mãos. Parecia eletrificado.

Meu pai morreu quatro anos depois, no Atentado a Bomba. Assim como o de Cruz.

Os corações de giz se apagaram. Mas eu gostaria de desenhá-los de novo. Para mostrar a Angelika que não tenho medo.

...

— Eu realmente amo Jack, vocês sabem — confessa Delilah.

Ela está com as pernas cruzadas, dando nós em folhas de grama. Jack Abbound tem uma ondulação oceânica no cabelo loiro e mãos de pianista. Ele carrega um frasco de bebida e olha para Delilah como se ela fosse as Cataratas do Niágara.

— Ah, sabemos — diz Isla. — Todos sabem.

Somos LornaCruzCharlotteDelilahIsla e não temos medo do amor, mesmo que devêssemos ter.

— Como é? — pergunto, e Delilah descreve da melhor maneira que pode.

3.

— A linha A é uma porcaria — reclama Isla, de braços cruzados, no metrô a caminho do aeroporto.

— Você não precisava ter vindo — retruca Delilah.

Isla dá de ombros. Está sempre fora de cogitação a ideia de que poderíamos ir a lugares sozinhas, tomar o metrô até o ponto final, até Coney Island ou o Bronx ou a ponta mais ao norte de Manhattan, e caminhar sozinhas pelas ruas, uma garota de cabelo comprido, uma chave em torno do pescoço.

Isso nunca acontece.

Especialmente hoje.

Vamos em grupo a toda parte — à escola, à rua executar tarefas, às festas —, como um único ser.

Quando estamos juntas, todos percebem que somos Diferentes. Toda a cidade de Nova York. Os novos e os antigos residentes do Brooklyn. As pessoas solitárias vindas do Meio-Oeste que fizeram desta cidade seu lar. Os jovens dos subúrbios que gostam de fingir que são daqui. A constante onda de turistas que quer ir até a Times Square comprar fotografias de como ela costumava ser.

Isla rodopia em torno da barra do vagão do metrô. Charlotte coloca várias vezes a mão em seu cotovelo na tentativa de fazê-la parar, mas Isla Rodriguez é uma força incontrolável.

— A que horas sua mãe chega? — pergunto.

Delilah procura no celular. A Sra. James nunca nos conta muito sobre seus retiros mensais, mas eles envolvem ioga, dias de silêncio e noites entoando mantras e tentando se curar.

A Sra. James adora a palavra *curar*, apesar de Angelika odiá-la.

— Nós devemos lembrar, não esquecer — diz Angelika à Sra. James todos os meses, quando ela sai de manhã cedo para tomar um voo até algum lugar bonito e tranquilo, e definitivamente Não Aqui.

Delilah jamais é convidada para as viagens. Ela as chama de Bobagens da Nova Era para Sugar Dinheiro, mas janta alegremente em nossa casa quase todas as noites em que a mãe está fora, e não acho que sinta falta de ficar enfiada em seu apartamento com a mãe, seus mantras de ioga e projetos de artesanato. Ainda assim, somos diligentes em acompanhá-la para recepcionar a Sra. James no aeroporto depois de cada uma das viagens.

Não estou certa de que recepcionar pessoas no aeroporto seja uma regra oficial da Devonairre Street ou simplesmente algo que *fazemos*. Às vezes é impossível saber a diferença.

— O avião chega às sete — avisa Delilah.

— O aeroporto é uma porcaria — critica Isla.

— Você acabou de dizer que a linha A é uma porcaria — suspira Charlotte.

— São duas porcarias — retruca Isla, elevando a voz.

As pessoas nos encaram. As pessoas sempre nos encaram.

— Começou — sussurro para Delilah.

Ela olha ao redor. O homem com casaco de lã azul-marinho finge estar olhando para o celular, mas na verdade está tirando uma foto de nós. A mulher com jeans rasgados lendo *Escorpião: previsões para o próximo ano* não para de nos observar furtivamente, desviando o olhar em seguida. Alguns garotos de nossa idade dão risadinhas e dizem diversas coisas desagradáveis sobre o corpo de Isla, nosso cabelo ou o rosto delicado de Delilah.

Agarro a chave pendurada em meu pescoço e desejo que não estivéssemos todas usando vestidos azuis hoje.

Faço um inventário dos passageiros. Mulheres com cabelos até os ombros e olhares entediados, homens com barbas desgrenhadas e esposas que os amam sem medo, crianças de macacão, dedos grudentos, e acompanhadas de seus pais.

Somos diferentes.

Isla se joga para trás segurando na barra, arqueando as costas, como se fossem de borracha. Juro que a vejo pronunciar silenciosamente a palavra *Devonairre* para o cara de casaco de lã azul-marinho.

O trem para com um solavanco, e perco o equilíbrio, então Delilah, instintivamente, me segura por trás, me envolvendo com os braços e me puxando para perto. Mesmo depois que o trem volta a se mover, ela continua me segurando. É boa a sensação de proximidade. Charlotte enrola uma de suas grossas tranças em torno do pulso.

— Rapunzel! — grita da outra extremidade do vagão um homem que cheira mal e parece bêbado. — Um grupo inteiro de Rapunzels!

— Já ouvimos isso — retruca Isla, com uma ponta de orgulho, acho, da maneira como parecemos ter emergido de um conto de fadas quando todos os outros parecem ter saído de um cubículo ou de uma aula suada de ioga.

— Isla, tem um assento vazio ali. Não quer se sentar? — pergunta Charlotte, enrolando a trança ainda mais apertada em volta do pulso.

Isla passa uma das pernas em volta da barra e desliza as mãos em torno dela o mais alto que consegue. Ela sacode os cabelos escuros. Sempre tratou as barras do metrô como *playground*, e acho que não sabe o que aquilo parece agora que não é mais uma menina, e sim uma de nós.

Não quero lhe dizer.

— Pode se sentar você — responde.

Charlotte enfia as tranças na parte de trás da blusa, como se, ao escondê-las, se distinguisse de nós, mas não faz diferença. É um longo trajeto de trem.

...

Vamos para o portão. Temos um ritual de comprar *donuts* e limonadas em uma loja bem em frente ao posto de segurança e ficar observando os aviões pousarem depois que entramos.

Hoje Delilah compra um *donut* a mais para o mais jovem dos guardas.

— Trouxe um presente para você! — anuncia ela, com um floreio que é bem a cara de Delilah.

Ele olha para ela como se quisesse devorá-la, e eu me aproximo para impedi-lo.

Não funciona. Ele olha para mim da mesma forma.

— O que fiz para merecer isso? — pergunta.

Ele acha que está sorrindo, mas seu olhar é malicioso.

— Da última vez que estivemos aqui, você disse que estava com inveja. Estamos apenas sendo boas cidadãs — responde Delilah.

Ela não tem a intenção de flertar, mas não importa.

— Que boas meninas — diz ele. Seus colegas riem. — Ninguém nunca fala sobre como vocês são boas.

Delilah finalmente se dá conta do que eu já tinha percebido faz tempo. Ela balança a cabeça e enfia a mão no saco de *donuts* para pegar um para si mesma. Dá uma mordida tão grande que não sobra espaço para palavras, e passamos pelos seguranças sem dizer mais nada.

Sinto que nos observam enquanto nos afastamos.

— Seria mais fácil se você não fosse tão simpática — digo.

— Seria mais fácil se não fôssemos tão bonitas — argumenta ela, apenas um vislumbre de inquietação aparecendo subitamente nos cantos de sua boca.

— Pilotos! — exclama Isla, quando chegamos ao portão e vemos um pequeno desfile deles.

Isla quer ser piloto, mas nunca andou de avião.

— Ei! — grita ela para alguns dos pilotos de rosto mais amistoso. — Ei, qual dos aviões é o de vocês?

A maioria dos homens e das mulheres a ignora, mas um sujeito de bigode e com uma mecha de cabelo grisalho não resiste.

— Aquele lá — responde ele. — Vamos voar para Miami.

— Posso ver? — pede Isla. — Lá dentro, quero dizer. A cabine.

Funciona em um quarto das vezes, mas hoje o piloto de bigode fica tenso ao ouvir a palavra *cabine* e balança a cabeça.

— Por favor — insiste Isla, acidentalmente fazendo biquinho, se balançando e projetando o peito.

Quero que ela volte a ter 7 anos, ou 11, e possa ser exatamente como é sem que ninguém veja nada demais nisso.

O piloto não responde.

— Hoje o dia está uma porcaria — reclama ela.

— Eu sei, nós entendemos — diz Charlotte.

Isla suspira tão alto que algumas pessoas se viram para olhar.

Algumas não se viram de volta.

Não as culpo. Também gosto de observar as pessoas no aeroporto, especialmente os jovens casais saindo em lua de mel e os jovens apenas um pouco mais velhos que eu embarcando em missões voluntárias na África, na Índia e no Oriente Médio. Meu coração acelera diante de todas as possibilidades de futuro.

— Logo serão vocês — diz Isla, inclinando a cabeça na direção de um rapaz e de uma moça ainda com seus colares de flores e sorrisos bobos depois de uma lua de mel no Havaí.

Estão de mãos dadas, e ele beija o pescoço dela, que encolhe os ombros — aposto que de prazer diante da sensação que se irradia daquele ponto para o restante do corpo. As alianças brilham à péssima luz do aeroporto. O cabelo dela está frisado, e o dele, trançado, e há dezenas de outros casais como eles perto de nosso portão, mas não consigo me imaginar em uma lua de mel em dois anos, mesmo que seja o que Owen espera. Imagino que Charlotte e Cruz vão se casar assim que terminarem o ensino médio, e um frio no estômago me diz que Delilah e Jack devem fazer o mesmo.

— Você acha? — indaga Delilah, com um brilho intenso nos olhos e se equilibrando na ponta dos pés, o que sempre faz quando está animada.

— Você quer que um dia seja você? — pergunto.

Charlotte vai até a banca para ler um artigo com o título: PREFEITO AKBAR APOIA SINDICATO DOS TRABALHADORES DAS ARTES PREMONITÓRIAS. Ela é a única de nós que já foi a uma vidente, e insiste em usar a terminologia que atribuem a si mesmas. Diz que a palavra *vidente* é depreciativa.

Ela não nos contou o que seu futuro lhe reserva.

Charlotte me cansa.

— Quero que um dia seja eu — diz Delilah, colocando as mãos nas bochechas para sentir quanto ficam quentes depois dessa admissão.

O casal se beija na boca, esquecendo-se de onde estão.

— Céus, você realmente ama Jack, não ama? — pergunto.

Delilah suspira.

— Ele me faz querer um colar de flores, uma aliança de ouro, um véu e um sobrenome diferente. Sei que não combina comigo, então não me diga que não combina muito comigo.

— Delilah Abbound.

Testo o nome porque é minha função ficar a seu lado e desejar as mesmas coisas que ela.

— Bonito, né? — diz Delilah. — Acho que ele conversou com o pai a respeito.

Coloco a mão sobre o coração.

— Uau! — exclamo, embora saiba que não é mais tão incomum assim se casar logo que se atinge a maioridade legal.

Não fico desconfortável com o casamento, mas me incomoda a ideia de Delilah querer algo diferente de mim. Em dois anos, nossas vidas podem ser completamente distintas, apesar do fato de termos vivido vidas praticamente idênticas até agora.

— Você vai ser minha madrinha de casamento — decide ela, tão sonhadora que está praticamente voando mais alto que os aviões no céu.

— Tudo bem. Mas você vai ter de ir me visitar em Gana — aviso.

— Tudo bem. Mas, quando voltar para casa, vai ter de ser nossa vizinha e nos contar tudo a respeito.

Com frequência Delilah e eu negociamos o futuro. Essa é a primeira vez que Jack faz parte dele.

Não me importo, contanto que eu ainda seja parte dele também.

— Sim — concordo, pensando em um pequeno lugar para mim no mesmo prédio da Devonairre Street em que Jack e Delilah e todo o amor que há entre eles vão viver.

Já morei com pessoas que se amavam. Eu dormia melhor estando perto desse amor. Não me importaria em viver novamente a sua sombra.

Um avião aterrissa, talvez o da Sra. James, e ouvimos o som. Não é exatamente alto, mas profundo. É um som sentido.

— Está sentindo isso, Lorna? — pergunta Delilah.

Ela pressiona o nariz contra o vidro, ao lado de Isla. Charlotte olha em volta para ver quem está nos observando. Algumas mulheres mais velhas sorriem em nossa direção. Uma criança tenta sem sucesso sussurrar para a mãe *por que aquelas garotas são assim?* Alguns homens assoviam para nós, e uma garota que parece ter cerca de 12 anos nos encara como se quisesse memorizar nosso modo de falar e nos movimentar a fim de replicar mais tarde.

Tento nos enxergar da maneira que nos veem. Sozinhas, pareceríamos completamente normais. Juntas, somos algo diferente.

Juntas, somos especiais.

— Os aviões aterrissando? — pergunto. É claro que sinto. Qualquer um sente. Eles fazem o chão vibrar e meus ouvidos zumbir. — Não dá para não sentir. Não há nada parecido.

— Sim. Exatamente — concorda Delilah com seu sorriso característico, virando-se da janela por uma fração de segundo. — É óbvio assim. O amor.

4.

É terça-feira, então Owen está em minha cama.

— Eu não sabia que era seu aniversário — comenta.

Ele ouviu Charlotte dizer qualquer coisa sobre o Aniversário Compartilhado durante o almoço essa tarde, e parecia ter sido atropelado. Estou esperando desde então que diga algo a respeito, mas Owen deixa as coisas fermentarem por um bom tempo antes de colocá-las para fora. Até mesmo frases comuns — sobre o dentista ou a forma como o pai critica seu corte de cabelo — levam anos para ir do começo ao fim. Quando ele fala, penso em um menininho chutando uma pedra em uma estrada longa e tortuosa.

Owen se levanta para vestir a cueca. Ele não é o tipo de pessoa que gosta de ficar pelado sem um propósito.

— Quero dizer domingo — acrescenta.

E tento assimilar o que está dizendo, porém me preocupo mais com a longa linha de seu torso e o inesperado tufo de pelos abaixo de sua cintura. Gosto do modo como tudo combina, uma coleção de superfícies e texturas apenas de Owen. Queria que ele não as cobrisse tão rapidamente.

Minhas mãos estão atrás da cabeça e continuo nua sobre a colcha que alguém fez para nossa família depois do Atentado a Bomba. É cinza e azul, e me lembra os olhos de meu pai, mas também a maneira como ele morreu em uma nuvem de fumaça.

— No domingo também não foi meu aniversário — argumento, e sei que estou sendo impossível, mas é difícil explicar a Owen como as coisas funcionam.

A Devonairre Street é todo um universo restrito a três quarteirões de prédios baixos de fachada marrom, uma mercearia em cada esquina e árvores plantadas na calçada, mas desejando estar em outro lugar.

Owen espera que eu explique.

— É uma coisa da rua — digo, por fim. Encontro minha calcinha embaixo do travesseiro. — Todos compartilhamos um aniversário.

— Vocês compartilham tudo — observa Owen.

— Eu não compartilho isso com ninguém além de você — rebato, e agito os ombros em sua direção.

Não é algo sexy, mas bobo, o que é ainda melhor. Ele me segura pela cintura e volta a subir em cima de mim, e estou pronta para tirar sua cueca de novo, mas, em vez disso, nos beijamos lentamente e nos deitamos de frente um para o outro, peitos pressionados até não haver qualquer espaço entre nós.

— Você podia ter me convidado — diz ele, como se o beijo nunca tivesse acontecido ou a conversa tivesse ficado o tempo todo pairando bem acima de nós, esperando que voltássemos.

— Você não pode ir.

— Angelika gosta de mim — argumenta ele.

Estou distraída por sua cueca boxer. A estampa é de flores tropicais, um fato que amei desde a primeira vez que comecei a ver sua coleção de cuecas boxer. Elas nunca são pretas, brancas, listradas ou sérias. Puxo o elástico da cintura.

— Angelika tolera a ideia de que você existe — digo.

— Ela gosta de mim! — retruca ele, sentando-se para que eu saiba que não está brincando. — Ela me disse. Disse que sou um bom garoto e bom para você. Disse para eu ficar por perto.

— Isso é literalmente impossível.

— Sou amável — insiste Owen, mas quero fazê-lo entender como é estranho que essa frase tenha sido dita por ela.

— Exatamente — afirmo. — É por isso que ela detestaria você. Ela odeia o amor.

Owen dá de ombros e puxa a colcha até o queixo apesar de o quarto estar quente. Ele faz um gesto para que eu entre debaixo das cobertas também. Minha mãe ainda vai demorar uma hora para chegar em casa. E adoro tirar sonecas com ele.

— Você disse que as coisas estavam mudando — lembra Owen. — Parece que Angelika também está ficando mais relaxada.

Ele sabe sobre a rua. Sabe sobre a rua da mesma maneira que "sei sobre" a Guerra do Vietnã ou o Super Bowl.

Deixo para lá.

Não porque vou parar de pensar a respeito, mas porque ganho mais falando sobre isso com Delilah e Cruz do que com Owen. Somos bons em conversar, mas somos melhores em nos despir à tarde e respirar em sincronia enquanto cochilamos.

Owen adormece primeiro. Ele sempre pega no sono com a boca aberta e o corpo curvado, como se esperasse que eu me encaixasse no espaço negativo entre seu queixo e os dedos do pé.

Ajusto o ritmo de minha respiração ao da dele e torço para encontrar o sono naquele compasso, mas ele não vem. Chego mais perto. Em geral, o calor de seu corpo me vence, mas hoje está úmido demais, meu braço está no ângulo errado e os pelos em seu braço fazem cócegas em minha pele. O sono não vem.

Ligo a TV e tiro o som. Meu quarto fica no espaço do sótão acima da cozinha. Temos de subir por uma escada para chegar, e o teto é tão baixo que preciso arquear as costas quando estou de pé, mas, ainda assim, é meu lugar predileto. Costumava ser o quarto de costura de minha bisavó. Minha mãe diz que ela fazia vestidos de noiva para as garotas da rua, e gosto de imaginar o quarto coberto de seda e renda brancas.

Poderíamos nos mudar para o apartamento de baixo em nosso prédio. É maior... e ninguém quis alugá-lo desde o Atentado. Descobrimos que ninguém quer viver com os Afetados. Mas prefiro meu pequeno sótão, com sua história e sua vista. É estranho, mas é meu.

...

Owen fala enquanto dorme. É outra parte dele que eu amo, e me aproximo para ouvi-lo melhor. Está falando sobre os Mets.

Não consigo identificar a diferença entre amar uma pessoa e amar coisas a respeito dela, então fico escutando enquanto ele murmura nomes ligeiramente familiares de arremessadores e receptores, e algo sobre deslizar até a terceira base. De maneira geral, fico feliz por ter companhia às terças-feiras. Eu me pergunto quando terá passado tempo suficiente para podermos deixar de fazer o Minuto de Silêncio, de nos preocupar a todo instante com por que, como e quem. Ficamos presos a essa única tragédia e não a superamos de fato — nem eu nem mamãe nem a Devonairre Street nem a cidade de Nova York, tampouco o resto do país.

"Seria melhor se soubéssemos por quê", diz sempre mamãe, e nunca sei ao certo se está querendo dizer melhor para nós ou melhor para o país. "Seria melhor se soubéssemos quem".

Mamãe costuma estar certa a respeito de coisas assim.

Não há nada na TV, então deixo o noticiário passar em silêncio. Uma senhora com cabelos pretos e sobrancelhas finas comenta as notícias mais importantes do dia. Crise na Coreia. Regulação das artes premonitórias. Seca na Califórnia. Nova ideia a respeito do que fazer com a ainda em grande parte destruída Times Square.

Owen continua a balbuciar.

— Lorna — chama ele, e prendo a respiração.

Quero que ele me conte os segredos de seu sono. Quero saber o que realmente acha de minhas coxas, dos sons que faço quando estamos transando e do cheiro de meu cabelo.

— Eu amo a lua e você, e não tenho uma galinha — diz ele, a língua enrolada, confuso e completamente sonolento.

Seus dedos do pé se contraem e observo seu corpo se curvar cada vez mais, também, a palavra *amor* atingindo-o na boca do estômago. Nunca dissemos *eu te amo* um ao outro. Eu não estava exatamente esperando por essas palavras. Não tenho certeza de que sejam algo que eu queira. Amo minha mãe, Delilah e o resto dos jovens da Devonairre Street. Eu amava meu pai. Amava estar na presença de meu pai e minha mãe amando um ao outro.

Mas detesto como o mundo fica depois que o amor desaparece. Minha mãe mudou depois que meu pai morreu. Não apenas naquelas primeiras semanas dolorosas, embora eu não consiga não pensar naquela época horrível, cutucando-a como uma ferida para me certificar de que ainda dói.

E dói.

Toda terça-feira às 10h11, o momento que nos tornamos Afetados, dói ainda mais.

Eu me lembro das 10h11 na manhã da terça-feira do Atentado. Passei mal na escola e estava em casa. Mamãe gritou quando viu os prédios da Times Square explodindo no noticiário. Ela sabia que ele estava dentro de um. Começou a atirar xícaras na parede. Tínhamos um jogo de oito. Eram amarelas e delicadas, e faziam um som ilusoriamente agradável ao se partir. Depois de quatro pequenos estrépitos, corri para a rua, em busca de alguém para controlá-la. Angelika já estava em nossa porta, feito mágica. Ela entrou, segurou minha mãe sob um dos braços e me abraçou com o outro.

— Por que ela quebrou as xícaras? — perguntei a Angelika depois que minha mãe adormeceu.

Amor.

De todas as não verdades que Angelika disse ao longo dos anos, aquela foi a única que pareceu verdadeira.

Eu não acredito na Maldição. Mas, quando Angelika se sentou a meu lado no sofá da sala e ficamos olhando para os fragmentos das xícaras e ouvindo sirenes ecoarem por todas as ruas em todas as partes da cidade durante horas, eu me perguntei se talvez devesse começar a acreditar.

— Está vendo o que o amor faz? — disse Angelika.

Não consegui responder. Sentia tanta falta de meu pai, tão rápido que não tinha certeza se o sol ia nascer no dia seguinte.

Fiz que sim com a cabeça, porque nas horas e dias depois da morte de meu pai eu fazia isso para tudo. Angelika acariciou meu ombro, como se meu gesto significasse alguma coisa, e, uma hora mais tarde, ficamos sabendo que o pai de Cruz e Isla também tinha morrido no Atentado.

"Está vendo? Está vendo?" insistiu Angelika a caminho da porta para ir ver como estavam as outras famílias destruídas.

Acenei com a cabeça de novo.

Eu entendia. Quando você ama uma pessoa e ela desaparece, você fica acenando com a cabeça feito um zumbi e atirando xícaras na parede.

Jamais quero ser uma pessoa que atira xícaras na parede.

• • •

Basicamente, o sexo é ótimo e Owen é divertido, mas não tenho certeza de que o amor seja para mim. Gosto de usar óculos escuros dentro de casa e de esquecer de levar os livros para a escola. Gosto de contrabandear vinho tinto para o jardim e de comer bife malpassado no Bistrô com minha mãe. Gosto de revirar os olhos para Angelika. Gosto da boca de Owen em minha nuca e de ficar em silêncio depois. Gosto de estar próxima do amor, mas não envolvida nele. Gosto de ter cabelos compridos à la Devonairre Street, do Aniversário Compartilhado e do prédio baixo de tijolos com um sótão onde posso me esconder e uma escada de incêndio preta e instável do lado de fora da janela, onde posso me sentar e admirar as figuras formadas pela lua.

O Owen adormecido se repete.

— Eu amo a lua e você, e não tenho uma galinha.

As palavras são absorvidas por mim dessa vez, e acho que é o sentimento mais próximo do amor que já senti. Olho para o espelho apoiado na parede. Procuro o amor em mim. Ele está lá? É isso? É esse o momento?

Meu rosto parece cansado, e meus ombros estão tão pálidos que me pergunto se Owen consegue ver através deles quando estou por cima dele e a luz entra pela janela atrás de mim.

Será que em algum momento me transformarei em um fantasma?

Eu me sinto emotiva e sensível. Quero acordá-lo com um beijo. Quero deixar que ele durma por cem anos. Isso pode ser amor, acho. Eu experimento.

— Eu também amo você — declaro, em um sussurro bem suave.

Espero para sentir o Sim. Foi assim que Delilah descreveu a sensação do amor. Um grande Sim piscando em seu coração. Um avião aterrissando. Certo.

Ele não vem.

...

Não consigo dormir, então aumento o volume do noticiário. Alguma coisa está acontecendo.

— ... outro ataque — diz o repórter, e volto a abaixar o volume.

Fumaça, bocas cobertas e olhos em pânico aparecem na tela. As imagens são tão parecidas com as do dia do Atentado que meu coração para de bater e, por um momento, acho que morri.

Devo ter arfado, me agitado ou gritado, porque Owen desperta sobressaltado. Ele me abraça antes mesmo de saber o que está acontecendo. Bondade automática e reflexiva. Há algo nesse gesto. Não amor, acho, mas algo. Eu me agarro ao que quer que seja.

— Está acontecendo de novo — aviso, e ele sabe o que quero dizer sem mais explicações.

— Outro Atentado a Bomba — diz, e é exatamente o que vínhamos esperando desde o primeiro.

Sem que houvesse uma razão para o primeiro, Outro Atentado sempre parecera iminente.

Owen coloca a mão em meu rosto e aumenta o volume. Fecho os olhos e tapo os ouvidos. Meu coração rasteja dentro de mim, procurando um lugar seguro sem encontrar nenhum. Fica aprisionado em meu peito.

— É em Chicago — diz Owen, tirando uma de minhas mãos da orelha.

Ele fala em um sussurro que eu não sabia.

Espero o telefone tocar.

Não conheço ninguém em Chicago, mas já fui a 17 funerais na vida, e o primeiro Atentado matou meu pai, então parece que o telefone vai tocar.

— É bem longe — comenta Owen, mas parece que aconteceu ali dentro do quarto onde estamos.

A Times Square parecia muito distante do Brooklyn quase sete anos antes. A morte sempre parece distante da vida, até não estar mais. Se eu quisesse amar Owen, esse era o tipo de coisa que lhe explicaria.

— E se conhecermos alguém lá? — indago, porque, depois que o pior acontece, qualquer coisa pode acontecer.

— Nunca fui a Chicago — responde Owen.

Ele me abraça, mas não acho que entenda completamente por que precisa fazer isso.

Faz dois anos desde a última morte de alguém que conheço, então precisaria de um vestido preto novo. Precisaria ser de lã, por Angelika. Ela gosta que usemos roupas de lã. Protege nosso coração.

5.

— Tenho a sensação de que deveria fazer alguma coisa — digo a Delilah e Jack na tarde seguinte, depois de um longo dia sem aulas em respeito a Chicago.

É difícil ver Delilah sem Jack ultimamente, mas não me importo. Ele sabe quando ficar em silêncio e quando falar. Eu me pergunto se Angelika seria capaz de ver o amor nele também. Tenho quase certeza de que consigo ver: em torno de sua boca e na maneira como afasta os cabelos para uma boa olhada em minha melhor amiga.

Isso me acalma, ver como eles se amam. É como a luz do sol entrando pelas janelas. Um lugar perfeito para eu ficar e me aquecer. Ele toca o ombro dela, e ela cobre a mão dele com a sua, para mantê-la onde está.

— Tipo, você quer mandar dinheiro para Chicago? — pergunta Delilah. — Não foi nem de longe tão grande quanto o ataque na Times Square. Então, isso é bom.

— Pessoas morreram — argumento.

Não é uma declaração adequada.

— Pessoas vão morrer — diz Delilah.

O pai dela morreu antes mesmo que pudesse conhecê-lo. Ela sente sua falta, mas não sabe exatamente do que sentir falta. Sinto falta dos cigarros escondidos de meu pai e de quando ele xingava baixinho. Sinto falta de como falava sobre prédios como se fossem pessoas com histórias.

— Eles não são menos importantes porque não os conhecíamos — afirmo.

— Bem, são menos importantes para mim — retruca Delilah.

Ela não é uma pessoa cruel, mas Outro Atentado a Bomba despertou um lado diferente.

Acho que é isso que Atentados a Bomba fazem: nos lançam no ar e nos sacodem de forma que nossas partes ocultas fiquem expostas. Juro que meus cotovelos ficaram mais pontudos e minha risada mais baixa depois do primeiro. Olho para meus dedos das mãos e dos pés para ver se estou diferente hoje.

— Merecemos uma folga de funerais — continua Delilah. — E, merda, vou ser sincera: Angelika me deixou apavorada aquele dia. Quase esqueci que ela é completamente lunática.

Jack se confunde com a parede.

Não deveria. Está usando uma camiseta neon e um blazer surrado, e, em algum lugar embaixo dele, tenho certeza, há um frasco de bebida. Ele tem tatuagens malfeitas nos nós dos dedos. Parecem dolorosas e lamentáveis. Gostaria de perguntar como as fez, e ele é o tipo de cara que responderia. Mas nada disso importa. Delilah é grande, e Jack, pequeno, de maneiras mais significativas que a cintura fina dela e os ombros largos dele.

— Como está lidando com isso, Lorna? E você, Dra. Ryder? — pergunta Jack, finalmente se pronunciando. — Deve ser especialmente... deve fazer vocês se lembrarem de... deve ser difícil.

— Estamos bem, Jack, como você está? — pergunta mamãe.

Suas costas estão eretas, e ela parece bem, mas sei que não está. O cabelo brilha rígido, como se tivesse tentado se laquear inteira.

Como eu, ela deve estar pensando em como o Atentado a Bomba na Times Square cheirava a fogueira, cabelo queimado, poeira e a fim de mundo. Foi um cheiro que perdurou. A fumaça também se prolongou.

Meus olhos ardem agora, como arderam naquela época, e me pergunto se a fumaça viajou de Chicago até aqui.

Mas não. São lágrimas. Elas também ardem às vezes.

Em algumas semanas, vamos prestar homenagem ao sétimo aniversário do Atentado. Já temo a maneira como vou me sentir e como não vai corresponder à maneira como o mundo quer que eu me sinta.

— É difícil — confesso.

Mamãe se surpreende. Não é de meu feitio dizer exatamente o que estou sentindo, mas da forma como Jack perguntou, parecia que ele queria uma resposta verdadeira. Há algo sólido e concentrado a seu respeito que me agrada. Torna Delilah mais sólida e concentrada, e gosto disso também.

Jack se aproxima de mim. Penso em como Delilah parecia ter certeza de que eles se casariam em alguns anos. Se estreitar os olhos, posso ver o longo vestido branco de Delilah, a gravata neon de Jack, e Angelika retorcendo as mãos, ordenando que joguemos sobre eles alecrim seco em vez de confete, implorando que vistamos lã em vez de seda.

Posso vê-los se mudando para o andar térreo de nosso prédio, eu morando logo acima. Seria bom saber que o amor está bem abaixo de mim, de modo que eu pudesse ficar próxima sem nunca precisar tê-lo para mim.

Estarei muito ocupada tirando meus óculos escuros antes de me jogar na cama com alguém novo de poucos em poucos meses, convidando meus melhores amigos enamorados para comer bifes depois. Vou adorar a forma como Jack se certifica de que Delilah fique com o melhor bife, o bife com menos gordura e mais rosado no centro.

Eu me perco um pouco fantasiando sobre o futuro, mas Jack me traz de volta ao terrível agora.

— Não consigo imaginar como é — diz ele.

Acho que mais palavras querem sair de Jack, mas ele para por aí, pontuando a frase com um aceno da cabeça e um longo piscar de seus olhos generosos.

— Você é muito gentil — comenta mamãe, mas se ocupa em arrumar a bolsa e em seguida caminha até a porta. — Sejam gentis uns com os outros hoje, está bem? Essas coisas podem ser traumáticas mesmo quando acontecem em outro estado. Lorna, você devia tomar um banho mais tarde.

Banhos são a solução de minha mãe para tudo.

Eu me pergunto se ela diz isso aos pacientes também.

Jack vai até nossa cozinha, que forma um único cômodo com a sala de estar, a não ser pelo sofá estampado de caxemira, que cria uma parede imaginária entre os dois ambientes, e pela mudança no piso. Na cozinha, há azulejos pretos e brancos, uma geladeira que parece sofisticada, mas às vezes vaza, potes de vidro em cima do balcão — MACARRÃO, FARINHA, AÇÚCAR — e potes menores contendo ervas do jardim e três tipos de cereal. Na sala de estar há um chão de tábua corrida que range e um tapete vermelho e marrom tecido pela avó de minha mãe. Não combina com o resto do apartamento, que é todo iluminado, claro e decorado. Faz meus pés coçarem. Mas é bom ter algo do passado de minha mãe. Não sei muito mais sobre sua família ou a família de meu pai. Há apenas esse tapete, uma foto em preto e branco do casamento dos avós de papai e o anel de noivado da mãe de minha mãe, que o usa na mão direita, os anéis dados por meu pai na esquerda. E a máquina de costurar de minha bisavó, que, reza a lenda, costurou centenas de vestidos de casamento quando a Devonairre Street ainda era Abençoada, e não Amaldiçoada.

Delilah e eu tentamos evitar os rangidos do chão no caminho até o sofá. É um jogo que jogamos há anos, mas que de fato jamais dominamos.

Jack nos observa da cozinha com um sorriso e prepara uma caneca de chá de lavanda para mim. Não sabia que Jack sabia onde ficavam as coisas no apartamento, mas gosto do fato de ele se sentir confortável para ocupar os espaços.

— Ele é assim — diz Delilah. — Vê uma necessidade e a preenche.

Ela dá de ombros e sorri. Eu a pego olhando para si mesma no grande espelho que penduramos no lugar onde deveria ficar a televisão. Temos uma televisão pequena no canto, mas o sofá fica diante de um espelho emoldurado com delicadas flores e pássaros dourados — o tipo de coisa que parece ser realmente cara ou ter custado dez dólares em um mercado de pulgas. Nosso espelho é o segundo caso. Tenho notado Delilah olhando para ele cada vez mais nos últimos tempos, como se também quisesse ver o amor em si mesma.

— Quer leite, Lorna? Ou mel?

— Os dois — respondo. — Bastante mel.

É uma tradição tão arraigada da rua que não sei dizer se a preferência pelo paladar mais doce é realmente minha.

Owen é atencioso, mas não sabe fazer chá e nunca pergunta a meus amigos como estão. Faz sentido Delilah amar Jack. Ela é animada e irreverente. Generosa e espalhafatosa. Ele é calmo e observador. Ela é destemida e divertida. Ele tem um sobrenome quase famoso sobre o qual nunca fala e passa a maior parte do tempo encostado em uma parede, em uma bancada ou no portão do jardim, distribuindo pequenas e perfeitas gentilezas. Delilah rodopia, e Jack se apoia, e há uma simetria perfeita nisso.

Observamos enquanto ele prepara o chá, e dou um abraço apertado em minha melhor amiga.

— Estou feliz por você — revelo.

— Também estou feliz por mim. Agora ajeite essa juba em um rabo de cavalo. Está fora de controle.

Então ela faz isso por mim. Penteia meus cabelos com seus dedos longos e desliza um elástico do pulso para prendê-los, como já fez um bilhão de vezes. Fica irregular e torto. Deixo assim.

— Lorna Ryder — anuncia Delilah, como sempre faz. — Você é mais maravilhosa que a chuva.

É uma coisa que ela diz, um ditado que não existe, mas que Delilah pronuncia como se gerações de moradores do Brooklyn tivessem dito exatamente isso. Ela tem uma coleção de expressões que parecem universais, mas na verdade são apenas dela. Espero que Jack goste disso, como eu gosto. Acho que gosta.

Jack me traz o chá e se senta na poltrona de veludo, deixando que eu e Delilah compartilhemos o sofá. Acho que ele sabe que eu preciso mais dela agora.

— Onde você aprendeu a fazer chá? — pergunto, com um sorriso afetado. — As empregadas não fazem isso para você em sua casa?

Jack aceita bem a provocação, como imagino que um irmão mais velho faria.

— Você sabe como é.

Gosto do fato de ele não devolver a provocação.

— Vamos desligar a televisão — diz ele, e mais uma vez tem razão e é delicado.

— Sim — concordo. — Obrigada.

— Devo chamar a empregada para fazer isso por nós? — pergunta, sorrindo.

Dou um chute em sua canela, e o dia está ruim lá fora, mas está perfeitamente bom aqui dentro.

Assim que desligamos o noticiário, eu me sinto melhor. O bom de uma coisa não estar acontecendo comigo é que posso me isolar. Também é precisamente a mesma coisa que eu detestava a respeito de todas as pessoas que choraram depois do Atentado na Times Square mesmo sem conhecer nenhum dos mortos. Escolhiam mergulhar na tristeza. Eu estava presa debaixo d'água por causa dela. Estava me afogando enquanto patinhavam, e isso me fez odiar o resto do mundo.

Agora sou uma das pessoas que se sente um pouco triste e um pouco ligada à tragédia, mas que não está submersa.

Hum, penso, porque isso é ao mesmo tempo uma coisa boa e terrível.

Delilah conta uma história longa e intrincada sobre por que o Sr. Manning, nosso professor de inglês careca, talvez tenha uma queda por ela, e Jack ri apenas das partes que são realmente engraçadas. Não consigo parar de observar a forma como parecem estar se tocando mesmo que não estejam.

Isso é amor, acho.

• • •

Chamamos todo mundo para ir até minha casa quando anoitece. Estamos no sofá mais confortável do universo há tanto tempo que ficamos um pouco surpresos quando nos viramos para a direita e vemos o sol se pondo através das enormes janelas, colorindo o apartamento de rosa e laranja.

Owen é o primeiro a chegar, e me dá um abraço apertado, mas não pergunta como estou igual Jack fez. Mas me diz que estou linda, e isso é quase tão bom quanto, porque não estou.

Ele e Jack dão um abraço de homem, e Delilah ri. Ainda estamos aprendendo a ter namorados ao mesmo tempo.

Cruz e Charlotte chegam em seguida.

— Você tem sorte de termos conseguido vir até aqui — anuncia Charlotte.

Ela faz um gesto na direção da janela, e todos olhamos e vemos Angelika na entrada de seu prédio.

— Ela perguntou aonde estávamos indo. Quando contei, ela disse que eu tinha de trazer isto.

Charlotte tem uma folha de caderno dobrada nas mãos, e sei o que é, mas Owen e Jack não.

— Os nomes? — pergunta Delilah.

— É claro que são os nomes — responde Charlotte.

Owen pega o papel da mão de Charlotte e lê.

— Chester Koza. Adrian Sponak. Nestor Noon. Oliver Mundy. Jorge Ortiz...

— Chega — interrompe Charlotte.

Owen dá uma risada, e Cruz declara que vai se embebedar. Não consigo parar de olhar para Angelika olhando para nós. Delilah rasga A Lista em pedacinhos, e eu sem querer deixo que a voz de Angelika penetre minha mente. *Arrogância*, diz ela, sobre a forma como rimos.

A Lista é o ritual da Devonairre Street que mais odeio.

— Ela está em ótima forma ultimamente — comento.

— Alguém mais se sente um pouco aliviado por ter sido em Chicago? — pergunta Charlotte, a voz sussurrada, e ninguém responde, mas Cruz e eu nos entreolhamos e temos os mesmos pensamentos.

Então Isla chega. Usando um espartilho. Ela tem quadris largos e cabelo de atriz de cinema, e me pergunto de onde veio; em vários sentidos. Ela olha diretamente para mim enquanto mostra duas garrafas de vodca e diz:

— Vamos nos divertir.

Poderíamos dizer não, mas não dizemos.

Pego uma das garrafas de vinho de minha mãe porque não tenho nenhum interesse em drinques de vodca com suco de laranja nem na cerveja que Cruz tira da mochila. Estou decidida a ser LornaCruzCharlotteDelilahIsla, a ser Jovens da Devonairre Street. Vamos fazer isso juntos, sobreviver, mesmo que ainda não saibamos como. Ficamos na sala de estar para ver o finalzinho do pôr do sol, que é sempre mais bonito do nosso apartamento, onde o entardecer encontra uma nesga do tipo estreite-os-

-olhos-ou-não-vai-enxergar da Estátua da Liberdade no canto da janela. Gosto de como o rosa-laranja-dourado do pôr do sol domina o céu, e de como a Estátua da Liberdade fica minúscula se comparada a ele, reduzida pelas cores e pela forma misteriosa pela qual as nuvens se espalham e se movem. Estamos ouvindo uma velha canção de Patti Smith da qual Jack gosta, e esperando que o álcool conduza nossos sentimentos em uma direção ou outra. Tento manter os olhos no sol que desaparece, porque, quando meu olhar se desvia para o espelho e vejo nosso reflexo ali, me sinto estranha. Parecemos perdidos, e nenhum de nós sabe ao certo o que fazer com as mãos, então tentamos colocá-las umas nas outras.

O que fazer diante de uma tragédia na qual ninguém que você conhece morreu?

Não é uma pergunta que precisamos fazer a nós mesmos antes.

Eu me pergunto se estranhos beberam para esquecer minha tristeza quando meu pai morreu.

Cruz se senta no chão, oferecendo a poltrona a Charlotte. Ela encolhe os joelhos sob o queixo e se acomoda — a poltrona poderia ser sua, de tanto que já se encolheu ali. Jack também está no chão, mas Owen se junta a mim no sofá, com Delilah e Isla.

Coloco os óculos escuros. Eles cobrem a maior parte do meu rosto e deixam o apartamento cor de sépia.

Owen faz um som parecido com o de uma risada, balança a cabeça e beija o lugar onde os óculos se encaixam em torno de minha orelha.

— Ela é descolada demais para você, cara — sentencia Jack, enchendo novamente seu copo com vodca, gelo e nem um pingo de suco.

Todos estão bebendo lentamente seus drinques de vodca com suco de laranja. Delilah e eu dividimos a garrafa de vinho, sem necessidade de taças.

Owen passa o braço a meu redor e ergue o copo para Jack. Jack ergue o copo de volta, e fazem um brinde no ar. Sorrio para Delilah.

— Está vendo? — diz ela. — As coisas podem ser boas aqui mesmo quando estão ruins em outros lugares.

Não digo que concordo porque parece egoísta se sentir acolhida e confortável junto das pessoas que mais amo no mundo, mas tampouco discordo. É pelo menos um pouco verdadeiro com a televisão desligada e o mundo isolado do lado de fora. Não abrimos nem sequer uma janela, embora o ar esteja abafado e um tanto úmido. Vale a pena suportar o calor e o cheiro de pele para não ter de ouvir o monólogo sobre O Que Tudo Isso Significa que Angelika faz na entrada de sua casa, testemunhado por Betty e Dolly e seus intermináveis "sims". Finalmente fechamos também as cortinas, de modo que posso parar de espiar seus olhares de desaprovação. Quero sentir as partes boas de ser uma Jovem da Devonairre Street pelo resto da noite: a proximidade confortável, o movimento do cabelo comprido fazendo cócegas nos ombros, os olhares sem reservas que Owen e Jack dirigem a mim e a Delilah, cheios de admiração, como se fôssemos mais que apenas garotas, e somos, porque somos Garotas da Devonairre Street. Quero sentir tudo isso sem o resto: sem a Lista de homens mortos, a Maldição e Angelika nos lembrando constantemente de como somos decepcionantes e perigosas.

Jack aumenta o som, e Cruz sorri e se balança. Ele parece bonito, o que me surpreende um pouco. Seus cabelos pretos se encaracolam de forma mais controlada que os de sua irmã; ele tem sobrancelhas grossas e pele morena-clara, herdada dos pais porto-riquenhos, e ombros que parecem ter se alargado da noite para o dia. O nariz é mais delicado que o restante do rosto, pequeno e arrebitado, e isso também parece bonito nele.

Desvio o olhar. Minha mente só pensa coisas erradas desde a tarde de ontem. Pego a garrafa de vinho que estava com Delilah e vou até a cozinha em busca de taças para que possamos brindar de maneira adequada.

Cruz faz o brinde. Ele sempre faz.

É tão alto que poderia tocar o teto.

Ele costuma dizer algo poético ou potente. É bom em fazer brindes, da mesma forma que é bom em praticamente tudo. Jogar basquete. Cantar. Sorrir com covinhas.

— Saúde — diz ele, a voz vacilante.

É só isso, mas de alguma forma é o melhor brinde que já fez. Ele brinda de fato apenas comigo. Podemos todos ter pais falecidos, mas Cruz e eu temos algo mais. O peso de sermos símbolos de uma tragédia. O título de Afetados. A compreensão do que as pessoas que perderam parentes em Chicago estão sentindo. A pressão do país inteiro de luto por uma pessoa que apenas você conhecia realmente.

Isla deveria compartilhar isso também, mas diz que não se lembra do pai nem dos dias depois do Atentado, nem de nada mais daquela época, sete anos antes. Não é verdade, não pode ser verdade, mas, em consideração a ela, fingimos que é. Na Devonairre Street, somos bons em fingir acreditar.

— Saúde — digo.

— Saúde — sussurram todos.

...

Ficamos bêbados.

Mamãe vai ficar furiosa quando chegar em casa, por volta das dez, depois de ter atendido todos os pacientes e de ter cuidado de toda a papelada. Mas, por enquanto, não me importo. A sensação do vinho descendo pela garganta é boa, e, a certa altura, Isla começa a dançar e até os garotos a acompanham. A mesa de centro é colocada no canto da sala, perto das janelas, e Isla sobe em cima do tampo, porque as leis da física dizem que, se há uma festa, Isla vai acabar dançando em cima de uma mesa.

Se as cortinas não estivessem abaixadas, Angelika, Betty e Dolly poderiam ver essa cena e detestariam a forma como ela parece despreocupada e orgulhosa. Fariam um sermão sobre Nossa Terrível Geração, sobre Como as Coisas Costumavam Ser e sobre Como é Uma Bênção que ninguém que conhecemos tenha morrido, e especulariam se a dança também não seria um sinal de nossa terrível arrogância.

E se Outro Atentado a Bomba não fosse o inaudível, porém inequívoco, plano de fundo de nosso baile, haveria desconhecidos na rua olhando para nós, espiando pelas janelas, como já os vi fazerem, tirando fotos dos quadris de Isla, de meus cabelos, dos óculos de lentes grossas de Charlotte, do sorriso de Delilah, do jeito como nos jogamos umas em cima das outras e nos comportamos de maneira despreocupada e temerária na rua mais triste do mundo. Publicariam nossas fotos na internet, e eu veria o que eles veem: garotas irresponsáveis e garotos que as amam mesmo assim. Cerrariam as mãos em torno de garrafas de vinho e cerveja enquanto discutiriam qual de nós é a mais atraente.

Em uma aposta, apertariam a campainha com o sobrenome RYDER escrito ao lado, para ver como é falar com uma pessoa Afetada, Amaldiçoada e bonita.

Mas ninguém pode nos ver dessa vez.

...

Faz tempo que o sol se foi, e também o vinho, mas Charlotte ainda está sóbria.

Ela é assim. Serve água e lanches, como uma professora da pré-escola, e nós a amamos por isso. Quando a dança de Isla fica aeróbica demais, Charlotte estende as mãos e segura seus pulsos para que ela não perca o equilíbrio. Isla se confunde e acha que Charlotte está se juntando a ela, então dança ainda mais enquanto o corpo de Charlotte permanece imóvel e seus braços se agitam sob o controle de Isla.

Chamo a atenção de Owen para a cena, mas ele não entende o que há de tão engraçado.

Quando Isla a solta, Charlotte se senta ao lado de Cruz no chão. Eles não estão tão carinhosos quanto são às vezes, mas Jack e Delilah estão muito mais. Owen e eu nos beijamos a cada cinco minutos, como se houvesse um cronômetro, e gosto do ritmo confiável de nosso afeto.

Delilah e Jack devem ter a própria pulsação, e me pergunto como deve ser. Minha mente divaga um pouco — o vinho me diz que posso pensar em qualquer coisa —, e imagino minha melhor amiga com as pernas em torno de Jack. Imagino se ela cruza os tornozelos atrás de sua coluna. As mãos são a parte de que mais gosto em Owen, mas talvez Delilah goste de alguma outra coisa a respeito de Jack e do que ele faz com ela.

Delilah e Jack começam a se beijar perto da escada para o sótão. Eu os observo por mais tempo do que gostaria que alguém reparasse, tentando identificar o amor na forma como eles se beijam ou no caminho que as mãos de Jack percorrem do pescoço de Delilah até sua bunda. Não que eu acredite em Angelika, mas não consigo não procurar por aquilo que ela viu.

Owen desliza a mão em torno de minha cintura e a enfia ligeiramente em minha calça.

— Somos assim? — pergunto, enrolando a língua e sem ter completa certeza do que estou perguntando.

— Somos o que somos — sussurra Owen, e, pela segunda vez em dois dias, acho que poderia amá-lo.

— Ninguém é como Jack e Delilah — interrompe Cruz.

Charlotte contrai os lábios. Isla dá uma risada aguda e cai da mesinha de centro. Devíamos todos parar de beber.

Em vez disso, mandamos Jack sair para comprar mais bebida. É fácil para ele comprar bebida alcoólica. O cara da loja de conveniência mais próxima o chama de Príncipe do Brooklyn.

Não sei, mas acho que estou começando a me acostumar com a facilidade com que um Abbound circula pela cidade. Assistimos a partidas dos Mets em camarotes, furamos fila para comer pizza na Di Fara's e visitamos o Museu de História Natural depois do horário de funcionamento. Jack é tão despretensioso que quase me esqueço de que tudo isso aconteceu apenas por causa de onde — ou de quem — ele vem.

— O que vocês quiserem — oferece Jack essa noite, e como se trata de Jack, eu acredito.

Ele passa a mão pela onda perfeita dos cabelos e dá um beijo tão longo e intenso em Delilah que todos desviamos o olhar. Quando termina, os olhos dela estão brilhando. Eu os vejo através de meus óculos escuros, que não paro de colocar e tirar. Ela afunda um pouco, como se suas pernas cedessem.

— Nós amamos você, Jack — digo, me perguntando se ele vai se tornar oficialmente Um de Nós quando se casarem.

LornaCruzCharlotteDelilahIslaJack. Não é a mesma coisa, mas é muito bom. Não me importo nem um pouco.

Eu não sabia que, quando sua melhor amiga se apaixona, você se apaixona um pouco também.

Delilah e eu ficamos sentadas na bancada da cozinha enquanto Jack está na rua. Owen vem até onde estamos de tempos em tempos para me beijar, mas passa a maior parte do tempo sentado no chão da sala, jogando um jogo com Isla no qual quem não consegue acertar a moeda no copo tem de tomar uma dose de bebida.

— Cruz não para de olhar para nós — diz Delilah. — Ele está esquisito hoje, não acha?

Olho para ele e Charlotte no sofá. Estão se olhando no espelho e provavelmente desejando que em vez do espelho ali houvesse uma TV. Isla se apoia nas pernas de Cruz, e é tão diferente — a forma como irmãos se tocam da forma como o restante de nós se toca. Nunca poderia encostar em Cruz de modo tão casual. Nós nos entreolhamos pelo espelho, seu reflexo encontrando meu olhar. É um pouco mais fácil fazer contato visual desse jeito, através de algo.

Delilah espera que eu concorde com ela, mas dou de ombros e balanço os pés porque também estou um pouco esquisita hoje. Não exatamente irritada, mas sinto o pouco espaço entre as coisas que vivenciei e as coisas que Delilah vivenciou. O pai dela morreu de câncer quando ela era bebê. O pai de Charlotte teve um infarto. A morte do pai de Cruz e do meu mudou o mundo. A morte dos pais delas mudou apenas elas mesmas. Sinto tanta inveja delas quanto é possível sentir de uma pessoa cujo pai também está morto.

— Você e Cruz — diz Delilah. Já estamos na metade da segunda garrafa de vinho. Ela toma um gole bastante longo. — Vocês são como cebola e manteiga, não são?

Não sei o que quer dizer. É mais um de seus ditados. Mas adoro o cheiro de cebola cozinhando em uma poça de manteiga derretida.

• • •

Estou pensando em manteiga e cebolas quando ouvimos um som agudo, um grito e um estrondo na rua em frente a nossa janela. Os vidros são finos, então escutamos o som perfeitamente.

Não dá para confundir: é a voz de Jack.

6.

Betty é a primeira a levar um limão para Delilah.

— Ela vai voltar logo, não vai? — pergunta, aproximando-se de mim, Isla, Cruz e Charlotte na escada diante de meu prédio.

Pela frase, é difícil saber se devo responder *sim* ou *não*, então não digo nada.

— Sinto muito por sua perda — diz ela, e tampouco tenho algo a acrescentar em resposta a isso, porque a perda não é exatamente minha.

Jack está morto.

Repito mentalmente essa frase várias vezes, que é o que tenho feito desde hoje cedo, quando Delilah ligou do hospital e sussurrou essas palavras ao telefone. Soam como uma piada, e os cantos de minha boca se curvam em reflexo. Escondo o sorriso com as mãos, mas Isla percebe.

— Não tem problema. Eu ri durante vinte minutos no banheiro — confessa ela.

Cubro a boca mesmo assim.

Jack está morto.

Sorrio de novo e me curvo sobre os joelhos para tentar conter o riso ou transformá-lo em algo mais apropriado.

Ficamos todos olhando para a casa de Angelika do outro lado da rua, porque, se olharmos para qualquer outro lugar, veremos policiais, fitas de isolamento e o lugar onde o corpo de Jack foi atingido por um táxi. Minha cabeça lateja ao pensar nisso.

— Não estamos prontos para isso — afirmo.

Charlotte, Cruz e Isla concordam, embora eu não tenha certeza do que quero dizer. Acho que não estamos prontos para acreditar que

Jack está morto, não estamos prontos para ser fortes por Delilah e, acima de tudo, não estamos prontos para uma tragédia acontecer com alguém de nossa idade. Elas nos ameaçaram. Disseram que garotos morreriam se nós os amássemos. Mas não acreditamos nelas.

Quero dizer, continuamos não acreditando.

Jack está morto.

É uma afirmação impossível porque ele estava tão, tão vivo na noite passada, beijando Delilah, servindo drinques e me perguntando o que podíamos fazer para ajudar as pessoas em Chicago.

Owen volta da ZeeZee Bakery com café e *bagels*. Jack saberia que, para uma manhã como a de hoje, precisamos de chá de lavanda e *croissants*. Cruz, Isla e Charlotte lhe agradecem mesmo assim, mas não consigo pronunciar uma palavra.

Owen beija meu cabelo e me entrega um café. Está quente demais, mas ele polvilhou açúcar por cima, então está doce e bem do jeito que gosto. Sorrio para ele. Meu rosto dói. Estou em uma realidade paralela na qual a dor me faz rir, mas a gentileza me dá vontade de fazer cara feia. Fecho os olhos por um instante a mais para me controlar.

Owen pega um limão com uma expressão confusa. Ele o rola entre as mãos.

— É um limão — comento, odiando o fato de ele achar a Devonairre Street adorável, mesmo agora.

Ele coloca o limão de volta e se retrai um pouco.

— Ah, vocês estão juntando limões para Delilah? Minha mãe mandou cinco — diz Charlotte.

Ela coloca a bolsa no colo e me entrega mais cinco limões. Começo uma pilha a meu lado na escada de entrada do prédio. É difícil equilibrá-los, mas tento até estarem semi-estáveis.

— Ela não vai querer.

Delilah não segue a tradição dos limões.

Do outro lado da rua, Angelika começa a abrir as janelas. Isso também é uma tradição. O frio habitual de abril voltou, mas temos de deixar as janelas abertas durante uma semana depois que alguém morre, para que a alma possa se libertar. Observamos, absortos, entediados, enquanto cada uma de suas sete janelas se abre com um solavanco.

— Angelika está prestes a fazer sua grande aparição, tenho certeza — diz Cruz.

— Eu não quero vê-la — confessa Isla. — Não quero ver ninguém além de vocês. E Delilah. Meu Deus, cadê Delilah?

Jack está morto.

Começo a tremer, um estremecimento que percorre o corpo inteiro e assusta Owen, sentado a meu lado nos degraus.

— Quer um moletom ou algo assim? — pergunta ele. — Posso dar um pulo lá em cima e...

— Não.

Observo Angelika abrir a porta, sair, fechar a porta e se esquecer de trancá-la. Ela tem um limão em cada mão. Isla vira o corpo de lado, como se isso pudesse protegê-la do que quer que Angelika vá dizer ou de qualquer olhar que vá nos dirigir.

— Vocês estão todos juntos — constata Angelika, quando se aproxima de nós. — Que bom.

Ela olha para Cruz, como se quisesse que ele fosse embora. Uma vez perguntou se ele não queria entrar para o time de futebol americano ou talvez frequentar uma academia militar. Cruz riu, mas ela não estava brincando. É mais fácil, de modo geral, fingir que ela está.

Angelika me entrega os limões, e eu os coloco no colo.

— Ela vai precisar de mais que isso — avisa.

Owen começa a rir, percebe que ninguém mais está rindo e para.

— Imagino que vocês vão se encarregar de arrumar mais para ela.

Todos damos de ombros.

— Vou repetir para o caso de não terem prestado atenção.

Angelika coloca as mãos nos quadris e franze o cenho.

— Mais limões — diz Cruz, mas ele não parece estar levando a sério, e Angelika percebe.

— Tenho certeza de que as pessoas vão trazer mais — assegura Charlotte. Ela sabe como falar com Angelika, já que sempre morou no andar de cima do prédio da senhora. — Está cedo. Você sabe que Ambika e Iris gostam de dormir até tarde. E minha mãe foi ao mercado. Tenho certeza de que vai comprar todo o estoque. Não se preocupe.

— Está dizendo para eu não me preocupar? Eu me preocupo. Estou preocupada neste exato momento. Você acha que não devíamos estar todos preocupados?

Os olhos de Angelika são de um azul muito claro e olham diretamente para mim. Seu cabelo é do branco mais prateado. Ela o usa preso em um coque baixo, como minha mãe, mas sem o brilho do laquê. Sua decepção em relação a nós não é novidade, mas está mais profunda hoje do que jamais esteve.

— Vocês não devem ser... — ela hesita, procurando a melhor palavra — *imprudentes*.

Isla e eu estamos com os cabelos à mostra, soltos e despenteados. O cabelo de Isla forma cachos, se enrola e se emaranha. O meu é fino, liso e de uma cor próxima demais da cor do cabelo de Angelika.

— Vocês, meninas, têm o cabelo grande, mas o coração pequeno. Não costumava ser assim.

Esta é outra de suas frases favoritas: *não costumava ser assim*.

— As regras são simples, e, em épocas mais simples, nós as seguíamos — continua ela, olhando cada uma de nós nos olhos.

Não lembramos que ela mesma só começou a seguir as regras depois que Chester morreu.

Não falamos sobre o fato de Angelika também ser uma Garota da Devonairre Street.

Quando Angelika fala, você tem a impressão de que está se comunicando com o mundo, não apenas com você. Ela escolhe as palavras com cuidado, como se estivessem sendo gravadas, e pronuncia um *humpf* orgulhoso depois de cada punhado de frases.

Costumávamos pedir desculpas quando éramos ainda mais novas.

Não mais.

— Vocês têm mais o que fazer que ficar sentadas nessa escada, desejando que as coisas fossem diferentes do que são.

Para alguém que passa a maior parte do tempo na entrada do próprio prédio, Angelika diz isso com uma surpreendente tranquilidade.

— Delilah não acredita nessa coisa dos limões — argumento, sabendo que para Angelika isso não importa.

— O que foi que eu disse no Aniversário Compartilhado?

Angelika finca os calcanhares na calçada, e observo seu peso se transferir para eles. É um movimento discreto, mas resoluto. Ela está irritada.

— Umas teimosas, todas vocês. Eu avisei a ela, não avisei? Eu avisei. — Ela pronuncia outro *humpf* e olha para Owen, como se tivesse acabado de se dar conta de sua presença ali. — Vocês, jovens, não ouvem. Disse a vocês onde isso ia dar; agora estamos aqui, e vocês todas parecem tão surpresas.

É cruel. Charlotte abaixa a cabeça, e Cruz cerra a mandíbula. Isla se levanta da escada e finge que tem uma coisa muito importante para procurar na calçada.

— Por favor, não diga isso a Delilah quando a encontrar — peço.

Nós nunca respondemos Angelika, mesmo quando ela é muito cruel. Mas há uma expressão de orgulho em seu rosto — um brilho nos olhos, uma elevação dos lábios — que me diz que ela não está exatamente satisfeita, mas com certeza um pouco presunçosa com a morte de Jack. Tenho medo de não dizer nada, e ela se refestelar nessa presunção, se congratular por *saber que isso ia acontecer* e se esquecer de como estamos todas destroçadas e devastadas com o que houve.

Não quero que apareça no apartamento de Delilah com tigelas de limões, livros de cânticos e recipientes de plástico cheios de cordeiro, alecrim e ovos, e diga que é tudo culpa dela.

Jack estar morto.

Droga, minha boca se contrai novamente em um sorriso diante do ridículo da realidade, e não consigo perceber a tempo de escondê-lo.

— Quantos anos tinha o garoto Abbound? — pergunta Angelika.

Ela pronuncia as palavras *garoto* e *garota* de uma maneira particular que sempre me chamou a atenção. Garoto sai triste, com a última sílaba soando longa e tortuosa. *Garota* é pronunciada com um pequeno grunhido no meio. O tipo de coisa que poderia ser consequência de seu sotaque, mas não é.

Não respondemos. É doloroso demais. Tudo é doloroso demais: sentar, falar, segurar os limões nas mãos, tomar café, fazer contato visual, pensar em Jack. Eu começo a rir. Passo os braços em torno da barriga e encho as bochechas de ar para conter o riso, mas não adianta.

— Jack Abbound.

Angelika fecha os olhos. Tenho certeza de que está pensando em todas as pessoas que conhecem esse nome, em todas as pessoas que poderiam saber sobre nós.

— Ele era bom?

Charlotte começa a chorar, e Cruz a abraça. Sei que a sensação deve ser boa, já fui abraçada por ele enquanto chorava. Seus braços não se movem. Ele não afaga as costas, não aperta por muito tempo nem acaricia os cabelos. Fica perfeitamente imóvel e firme.

— Eu tentei protegê-las. Mas vocês não ouvem. Talvez agora passem a ouvir.

O queixo de Angelika treme, e acho que estamos prestes a ver algo novo em seu rosto, mas ela contrai os lábios, solta um *humpf*, e o momento passa.

Jack está morto.

— Por favor — imploro.

E há mais coisas que quero falar sobre como limões, Maldições e advertências sem importância agora, mas não consigo dizer nada porque os limões começam a cair de meu colo, se precipitam pelos degraus e se espalham pela calçada, e eu começo a rir sem parar, Isla corre atrás dos limões para recolhê-los, Cruz coloca a mão em meu ombro, Owen se levanta da escada, como se minha crise fosse contagiosa, os lamentos de Charlotte se tornam guturais e intensos, duas mulheres se aproximam com limões nas mãos, e eu rio tanto que meu nariz começa a escorrer, e Jack está morto.

E, então, começo a chorar.

• • •

Quando paro de chorar, Angelika me dá um pacote de lenços. Ela sempre tem lenços. É um pouco de brandura que compensa suas partes afiadas.

Os limões estão a meu lado na escada outra vez, Owen está acariciando minhas costas, e Cruz me encara como se eu fosse uma pessoa completamente nova.

— Jack está *morto* — digo.

Finalmente isso não me faz sorrir.

— Você pode ficar com alguns dos limões — concede Angelika.

— Vocês... fazem alguma coisa com eles? — pergunta Owen.

Todos estão falando um pouco mais baixo agora, e me pergunto se vamos ter de sussurrar quando estivermos perto de Delilah depois que ela voltar. Uma parte egoísta de mim não quer vê-la; é como assistir às imagens do Atentado, ficar diante de caixões abertos ou folhear os álbuns de fotografia das viúvas da Devonairre Street. Não gosto de encarar a dor de frente.

— Os limões são para cura — explica Angelika.

— ... Como?

Gosto do fato de Owen fazer perguntas quando o restante de nós está tão acostumado a nunca ouvir explicações ou justificativas.

— Quando a Maldição começou — diz Angelika, e todos aproximamos os ombros das orelhas ao ouvir a palavra *Maldição* —, minha mãe tinha um limoeiro. Ele só dava um ou dois limões por vez. Ela o mantinha dentro do apartamento, onde não entrava muita luz do sol, e ele era uma coisa boba. Uma coisa boba e bonita.

Ela olha para nós como se também fôssemos coisas bobas e bonitas.

— Quando o primeiro homem morreu na guerra, porém, a árvore floresceu. Uma dúzia de limões. Mais. Os galhos vergaram de tantos limões que surgiram. Não havia nenhuma razão para aparecerem assim de repente. Minha mãe concluiu que isso aconteceu porque precisávamos deles. Ela era o tipo de mulher que acreditava, como todos deveríamos, que, se alguma coisa é oferecida, é porque surgiu uma necessidade. Então, levava limões a todas as viúvas e garotas que perdiam os garotos que amavam. Fez isso pelo resto da vida. A árvore deu frutos por um longo tempo, e, quando ela morreu, as outras pessoas da rua continuaram com a tradição da mesma maneira. As tradições não surgem do nada. Elas se originam de algo sagrado e singular. Nós as mantemos porque precisamos fazer tudo o que pudermos para combater a Maldição, não é?

Todos baixamos a cabeça.

Nunca acreditamos na Maldição.

— Não é? — repete Angelika. — Vou repetir, para o caso de não terem prestado atenção.

Pelo canto do olho, vejo Charlotte assentir.

— Ah. Bem — diz Owen com uma expressão de perplexidade no rosto. — Posso trazer alguns limões para ela também, acho.

Angelika coloca a mão em seu braço e abre um sorriso sério e triste. Ela não lhe diz para ficar longe de mim. Ela não me diz para deixá-lo em paz. Não nos faz uma advertência severa sobre o amor.

Ela coloca a mão na bochecha de Owen e se detém. E sorri.

...

Quando Delilah chega em casa, uma hora depois, há duas dúzias de limões na escada. É definitivamente limão demais, não importa o que Angelika diga.

Delilah está curvada, e mal reconheço seu rosto. Está manchado, e seus olhos, vermelhos. A camiseta está esgarçada, como se a tivesse puxado a noite inteira, e mostra um dos ombros.

Um casal passeando com o cachorro pela rua endireita a coluna quando a vê. Ela chama sua atenção. Mesmo abatida e desgrenhada, vale a pena parar tudo por ela. Noto quando eles a veem, e noto quando nos veem. Estamos todas vestindo as mesmas roupas da noite anterior, nos remexendo, puxando e tentando arrumar os cabelos. Os de Delilah estão baixos, os meus, embaraçados, os de Isla aumentaram de volume e os de Charlotte escapam de tranças frisadas.

O cachorro late diante do sofrimento de Delilah ou talvez de sua beleza.

A garota coloca a mão em torno do pescoço do namorado, tentando fazer com que ele olhe para ela. Ela fica irritada. E se contorce. Beija o lábio inferior dele.

Eles não vão voltar a esta rua.

— Você está em casa — declaro, depois que o casal passa e podemos conversar sem o mundo à espreita.

Owen, Cruz, Charlotte e Isla se levantam da escada. Eles sabem que Delilah provavelmente só tem espaço no cérebro para lidar com uma pessoa, e essa pessoa sou eu. A mãe a espera no fim da rua, de braços cruzados e costas eretas, e acho que a Sra. James vai ter de desmoronar a portas fechadas, e provavelmente eu também.

— Não exatamente — diz Delilah, e sei o que ela quer dizer, mas isso parte meu coração.

Angelika está parada nos degraus da entrada de seu prédio, do outro lado da rua. Ela observa. Aguarda.

Não digo que sinto muito. Não quero ser alguém que diz as mesmas coisas que todas as outras pessoas estão dizendo. Há um manual do luto que todos leram, e não quero reproduzi-lo. Quero que sejamos Lorna e Delilah, mesmo que apenas por um instante.

Puxo minha amiga para um abraço e não percebo que Angelika saiu dos degraus e foi até a calçada, até o exato lugar onde estamos. Sinto seu cheiro antes de vê-la: Aramis me atinge em cheio, e abraço Delilah com mais força.

— Eu me lembro do dia que meu Chester morreu — diz Angelika, e abraço Delilah ainda mais apertado.

Talvez se eu a apertar com bastante força, ela não consiga ouvir.

— A dor nunca vai embora de verdade — continua Angelika, e sinto Delilah se distanciar um pouco de mim.

Ela se afasta e afrouxo os braços, contra minha vontade.

— Agora não, por favor — imploro.

Angelika parece aborrecida por um momento: odeia que lhe digam o que fazer. Mas deixa isso de lado com um encolher de ombros.

— Delilah precisa de alguém que compreenda. Eu compreendo — explica Angelika. — Você me lembra tanto eu mesma, querida.

Delilah se desvencilha completamente de meu abraço. Seus olhos estão ausentes, seus braços e pernas, débeis. Ela se vira e se deixa abraçar por Angelika em vez de mim. Através de dezenas de janelas abertas, a vizinhança observa. Eles deveriam saber deixar que aquele momento fosse íntimo; já passaram por isso antes. Mas as viúvas da Devonairre Street colocam os cotovelos no peitoril da janela, o queixo apoiado nas mãos.

É incrível o que as pessoas esquecem assim que a tragédia é transferida de seus ombros para os ombros de outro alguém.

Odeio o que estão vendo. Angelika e Delilah se abraçando.

Odeio meus braços vazios.

— Eu deveria ter ouvido... — diz Delilah, o corpo inteiro soluçando e, em seguida, voltando a se curvar.

— Não foi por causa da... — tento dizer, mas seu rosto está enterrado na curva do ombro de Angelika e acho que ela não consegue me ouvir.

— Pode contar comigo — diz a velha um pouco mais alto que o necessário. Alto o bastante para que todos ouçam. — Eu compartilho essa tragédia com você. Ela é nossa, estamos juntas.

Acho que Delilah acena com a cabeça, concordando. As vizinhas que assistem à cena também. Luto contra o impulso de arrancar minha amiga dos braços de Angelika. De insistir que a tragédia é nossa, não delas.

Finalmente Angelika a solta, e Delilah fica em pé entre nós duas. Dou um passo para ficar um pouco mais perto dela que Angelika.

— Preciso de ajuda com os limões — diz Delilah, se dirigindo a nós duas, acho.

— Claro — concorda Angelika.

— Eu cuido disso — aviso.

Quero ficar um momento sozinha com minha melhor amiga. Mas Angelika não permite. Eu a vejo olhar de relance para as mulheres nas janelas, sorrindo discretamente por causa da maneira como a observam. Eu achava que Angelika não teria força o bastante nem sequer para carregar um punhado de limões; suas mãos tremem de vez em quando, e seus braços são frágeis. Mas ela pega cinco limões, acomodando as frutas nos braços dobrados. Suas costas estão eretas e orgulhosas. Pego o máximo que consigo, e os carregamos assim, em pequenas braçadas desajeitadas, da entrada do prédio até a cozinha de Delilah, onde sua mãe colocou fruteiras grandes em cima da bancada.

São necessárias algumas viagens, mas Angelika não se abate.

Os limões caem de meus braços e rolam pela rua. Angelika consegue fazer com que nenhum dos seus caia. Delilah segura cada um, como se fosse algo frágil.

A verdade é que Delilah detesta limões.

Mas, quando terminamos, ela se senta diante da bancada e olha para as fruteiras, para aquela alegria reluzente, como se significassem alguma coisa para ela.

E me pede para ir embora.

Apenas eu.

7.

Na manhã seguinte, abro todas as janelas.

Está chovendo, e logo vai haver manchas nas paredes e no chão, água encharcando as finas cortinas douradas, mas não me importo.

— Você abriu as janelas — observa mamãe, quando acorda e me vê no sofá, vestindo dois suéteres e observando a chuva cair sobre a tela e pingar-pingar-pingar no chão abaixo.

— Eu também trouxe limões, antes que você pergunte — aviso.

— Não costumamos fazer tudo isso — comenta mamãe. — Fazemos apenas o cabelo, o chá, o bolo e as luzes do lado de fora.

— E o Aniversário Compartilhado. E a chave em volta do pescoço.

Brinco com a minha, fazendo-a rodopiar até que o objeto atinge minha clavícula e para.

Minha mãe se curva um pouco.

— Bem, quando nos mudarmos para a Califórnia não vamos precisar fazer nada disso. Vamos ter tanta liberdade. E o mar.

— Claro — concordo.

A Califórnia é para onde dizemos que vamos quando estamos aborrecidas com Angelika, com nosso cabelo comprido ou com o sabor de cordeiro. É para onde dizemos que vamos quando alguém olha para nós por tempo demais na rua, em um restaurante ou no parque.

— Fomos abordadas de novo — diz mamãe, sem perceber como quero desesperadamente ficar quieta em meu canto, ouvindo a chuva cair.

— Compradores realmente sérios. Um dinheiro que pode mudar nossa vida, Lorna. Dinheiro para a Califórnia. Dinheiro para uma casa na praia.

Olho para ela, como se nunca a tivesse visto antes.

— Do que você está falando?

— Achei que uma notícia boa em um dia terrível pudesse...

— Jack está morto — corto, porque é o único refrão em minha mente, e acho que, se ela também começar a ouvi-lo sem parar, vai entender como parece insana neste exato momento.

— Eu sei.

— Delilah não vai ficar bem — acrescento.

— Um dia...

— Esta não é uma situação para a Califórnia. Hoje não é um dia ruim. Qual é seu problema?

Jamais disse a mamãe que a Califórnia é um sonho mais dela do que meu. Nunca lhe contei sobre minha ideia da Futura Lorna: cozinhar massa para Delilah e Jack, comprar cuecas novas para caras novos, usar óculos escuros em dias nublados e não perceber mais os olhares que as pessoas nos dirigem.

Ficar exatamente aqui.

Quando papai morreu, mamãe teria dado um soco em qualquer pessoa que sugerisse que nos mudássemos de nossa casa para cicatrizar as feridas. "A melhor coisa desta rua", disse uma noite, quando já fazia vinte minutos que jantávamos em silêncio e eu tentava decidir quão rosado era rosado demais para mim em se tratando do ponto de um peito de frango, "é que ninguém diz para você se mudar. Ninguém nos diz para doar as camisas de seu pai para alguma instituição de caridade. Ninguém jamais vai me dizer para tentar encontrar um namorado pela internet, para começar a fazer tricô ou ioga, ou para me despedir. Sabe o alívio que isso representa, Lorna?"

Dei de ombros. Ela dormia vestindo as camisas de papai quase todas as noites, e isso me incomodava. Não queria que ficasse como Angelika: envolta em uma nuvem da colônia de papai, com sua aliança enfiada no dedo, a casa como um santuário não oficial dos dias que ficaram para trás.

Na Devonairre Street não jogamos fora nossas memórias. Nós as guardamos para sempre, como lembrança do que fizemos.

As pessoas em outras ruas se libertam do passado.

Eu preciso me libertar do futuro.

A imagem dos Futuros eu, Jack e Delilah se desvanece, e não há nada para substituí-la. Já sinto saudades do amor dos dois.

Não paro de olhar para o lugar onde Jack estava na noite passada, desejando que pudéssemos isolá-lo e preservar o ar que ele respirou.

Mamãe faz ruídos pela cozinha e para de falar sobre a Califórnia e sobre vender a casa, e eu me esforço para fingir que ela nunca disse nada a respeito.

— Está chovendo, querida — observa ela, alguns minutos depois. — Precisamos mesmo deixar as janelas abertas?

— Todos estão com as janelas abertas, e se...

— Pelo menos o som é agradável — interrompe ela, como se não quisesse que eu terminasse a frase.

E o som de fato é agradável: gotas de chuva batendo com um ruído metálico em aparelhos de ar-condicionado e janelas, e sussurrando por entre as folhas da árvore em frente ao prédio. O cheiro também é bom: terra fresca, flores úmidas e aquele aroma que se desprende da calçada molhada. É quase o bastante para que eu me esqueça das sirenes, das buzinas dos carros e das britadeiras na rua atrás de nós, onde Jack costumava estar.

...

Ficamos ouvindo a chuva juntas e em silêncio até Owen chegar. Ele tem aparecido com frequência para ver como estou, o que é bom, mas gostaria de ter ficado mais algumas horas sozinha com minha mãe e a janela aberta.

Temos um bule de chá de lavanda e dores de cabeça idênticas. Owen prepara ovos para nós, mas não os comemos, em parte porque estão queimados embaixo, cozidos demais e sem queijo.

— Saad e Hiba — diz mamãe. — Nunca falamos sobre Saad e Hiba. Eles se amam. E estão bem. Eles não estão...

— *Mãe* — interrompo.

Vejo sua mandíbula se cerrar diante da palavra. Owen não diz nada. Posso ouvir a chuva de novo. Sempre que essa palavra surge em uma conversa, Owen olha para os próprios pés e fica em silêncio. Dessa vez, não me importo com o silêncio.

Owen já sabia sobre a Devonairre Street antes de nos conhecer, é claro. As pessoas das ruas vizinhas sempre souberam sobre nossa Maldição, e agora Cruz, Isla e eu somos conhecidos por nossos pais mortos. Somos Afetados. Crianças aprendem nossos nomes na escola. Temos café grátis na maioria dos cafés e massa grátis em sete restaurantes italianos diferentes.

Eu preferiria ter meu pai.

"Nós nos concentramos demais no mistério a respeito de quem foi responsável pelo ataque", todos ouviram o presidente dizer no terceiro aniversário. "Isso faz parte de nossa história agora, é algo que precisamos ensinar a nossas crianças. Não podemos ensinar a elas por que aconteceu ou quem fez acontecer. Não temos essas respostas. Mas sabemos quem foi afetado. E deveríamos nos importar com essas vidas também. Essas vidas são uma parte importante da história. A História dos Afetados".

Mamãe gosta de brincar que sua geração teve a "nova matemática", mas a minha tem a "nova história". A História dos Afetados. Ela se desdobra de maneira mais desordenada, é mais difícil de provar, mas, talvez, também seja um pouco mais bonita. Sei os nomes de algumas das vítimas do Holocausto. Tenho de ler sobre as famílias de soldados que morreram na Guerra do Golfo e as famílias de mulheres e homens iraquianos que também morreram. Semana passada, memorizamos nomes de crianças que foram mortas em tiroteios em escolas; sabemos sua idade, suas cores favoritas, o que queriam ser quando crescessem. Vamos precisar aprender sobre suas famílias também — vamos ler histórias sobre seu sofrimento e acompanhar os anos depois da tragédia que os afetou.

Os novos livros didáticos não dizem muito sobre as pessoas que dispararam os tiros ou sobre por que as guerras aconteceram. Isso não é mais tão importante. Não pode ser, já que nunca conseguimos desvendar esses aspectos do Atentado a Bomba.

"Estávamos fazendo as coisas da maneira errada", disse o presidente, "dando fama aos perpetradores da violência sem nunca saber sobre as almas corajosas que morreram ou sobreviveram. Vamos corrigir isso agora".

Mamãe diz que essa nova história está completamente errada.

"Não precisamos de mais atenção", argumenta.

Ser conhecida sempre foi um problema para ela. Quando tinha consultório no Brooklyn, ninguém queria ser atendido por uma terapeuta da Devonairre Street. Então mudou o consultório para Manhattan, onde menos pessoas tinham ouvido falar sobre nossa pequena e excêntrica comunidade. Mas logo aconteceu o Atentado a Bomba. Agora ninguém quer uma terapeuta que é também uma viúva do Atentado.

Parece que não conseguimos escapar de nós mesmas.

• • •

— Eu não disse que você acredita na Maldição. — Mamãe finalmente deixa escapar a palavra. — Só queria falar sobre Saad e Hiba. Foi uma semana difícil. Não custa lembrar todo o amor que há no mundo. E na rua. As pessoas que se amam. É bonito como elas se observam o dia todo. É só o que estou dizendo.

Mamãe está praticando a História dos Não Afetados.

Raspamos nossos garfos no prato e comemos pequenos pedaços de ovos ruins.

— Eu gosto do nome Saad — comenta Owen.

Então ficamos em silêncio de novo. Eu me lembro disso quando meu pai morreu também. Primeiro há barulho e caos, um som sufocante no fundo da garganta e gritos abafados no travesseiro. E depois vem o silêncio terrível. Não há nada a dizer a não ser tristezas pela metade: *merda, não consigo acreditar* e *sinto a falta* e *sinto que meu coração vai* e *não sei como*. E depois de um tempo você também não consegue mais dizer essas coisas, então não diz nada e deseja uma terceira opção, algo entre o som e o silêncio.

Não conseguimos encontrar, então nos conformamos com o silêncio.

Eu estava naquela mesma cozinha nem dois dias antes, encostada naquela bancada, sorrindo do modo como Delilah balança a cabeça feito criança enquanto dança.

— Cruz e Charlotte — lembro. — Eles também se amam.

Pensei que não queria entrar em seu jogo de Razões para Não Acreditar na Maldição, mas aparentemente quero.

— Saad e Hiba estão casados há 15 anos — diz ela. — Não me diga que não se amam. Quero dizer, sinceramente. Angelika não pode simplesmente ignorar as pessoas da rua que se amam e estão perfeitamente bem. É ridículo, sempre foi ridículo, e será que podemos, por favor, fechar as janelas?

— Podemos deixar uma aberta? — sussurro, e ela deixa a maior das janelas aberta, como um ato de amor.

O barulho da chuva muda um pouco com apenas uma janela aberta. É um som mais contido, mais suave.

— Esther e Aaron. Eles morreram bem velhos. *Juntos* — continua mamãe.

Não queremos dizer o nome de Jack em voz alta, então dizemos esses outros nomes, como se pudessem ocupar o espaço.

Meu rosto se enrijece, e meus olhos se enchem de lágrimas.

— Droga. O funeral deve ser amanhã. O que devemos fazer enquanto esperamos? Isso é horrível. Não é horrível? Devemos ficar falando dele o dia todo? Ou ficar sentados em silêncio? O que faço com as mãos?

— Vocês dois deveriam estar na escola — responde mamãe.

Na parte de cima ela é ela mesma: uma blusa azul-clara cobre sua estrutura franzina e seus pequenos brincos de diamante cintilam. Seu cabelo está preso no coque baixo, mas acho que ainda é do esforço de ontem.

— Voltamos na semana que vem — decido. — Não quero voltar enquanto Delilah não voltar.

Owen solta um suspiro alto e profundo, como se fosse algo que estivesse prendendo havia dias.

— Não consigo nem pensar em escola — admite.

— Você já chorou, Owen? — pergunta mamãe. — Deveria chorar. Sei que os meninos nem sempre acham que podem, mas é uma parte importante do luto.

A metade de baixo de mamãe não é a Dra. Emily Ryder habitual. Está usando calças de moletom enormes, que eu nem sabia que existiam, e meias grossas com buracos nos dedos. A dor e a preocupação literalmente a partiram ao meio.

— Sim, Dra. Ryder — responde Owen, que nunca a chama de Emily, mesmo que ela já tenha pedido diversas vezes. — Eu chorei.

Tento não reagir. Owen e eu ainda não choramos um na presença do outro. E mencionar isso é pior que pessoas falando sobre sexo quando você ainda é virgem. Parece uma grande coisa não dita entre nós, para a qual se exige que estejamos prontos. Mas eu não estou pronta.

Não choro na frente das pessoas, a não ser de Cruz e Delilah, e mesmo assim choro por trás dos óculos escuros. E não fico olhando outras pessoas chorarem.

É outra tradição da Devonairre Street. Devemos desviar o olhar para não ver as lágrimas. Angelika diz que vê-las atrai mais sofrimento.

— Ouvi dizer que há uma garota chamada Anna em Bed-Stuy — diz mamãe por fim. — Ela morou na Devonairre por alguns anos. E está vivendo com um rapaz agora. As pessoas dizem...

— Quanto mais vocês falam sobre como essa coisa da Maldição não pode ser real — interrompe Owen —, mais ela parece real.

— Coisas ruins acontecem — argumenta mamãe. — Acontecem sem que haja Maldições.

— Fale mais sobre Saad e Hiba.

Owen quer se certificar de que está seguro. Também quero me certificar de que ele está seguro. Procuro tatear meu interior para ver se há amor lá dentro.

— Eles são os proprietários da mercearia — explico. — Aquela que vende cravos e leite suspeito, mas sanduíches muito bons.

Sempre gostei de Saad e Hiba. Papai também gostava. Saía para comprar um vidro de molho de tomate e só voltava uma hora depois, pois perdia a hora conversando com os dois no balcão.

Mamãe leva nossas canecas para a pia.

— Hiba ama Saad — assegura ela, um pouco alto demais. — De verdade. Ela sorri sempre que pergunto por ele. Como se o amor estivesse tão profundamente dentro de si que fica surpresa como outras pessoas possam pronunciar seu nome. É adorável. Ela fica com uma expressão encantadora no rosto.

— Eu já os vi brigando — revelo.

— Eu já os ouvi brigando — ecoa mamãe.

— As pessoas brigam quando se amam — explico para Owen. Eu e ele nunca tivemos uma briga. Sobre o que vamos brigar?

— É verdade — concorda mamãe. — Seu pai e eu uma vez brigamos sobre que nome daríamos a um cachorro que nenhum de nós dois queria ter. Fiquei rouca de tanto gritar. Ele saiu por três horas para se acalmar. Isso é amor.

— Hum — balbucia Owen, mas não tenho certeza de que é mesmo suficiente para debelar qualquer que seja o pesadelo que deve estar passando por sua cabeça neste exato momento.

— Qual era o nome que papai queria dar ao cachorro? — pergunto.

— Horace — responde mamãe. — Eu gostava de King.

Arquivo a informação em Memórias Sobre Meu Pai e penso que, se tivéssemos um cachorro, com certeza eu lhe daria o nome de Horace.

— Não foi a pior briga que tivemos — continua, olhando pela janela, como se a pior briga que tiveram estivesse em algum lugar lá fora, se repetindo sem parar apenas para ela. — Mas chegou perto.

— Qual foi a pior? — pergunto, e sei que ela não vai responder.

— Quero que uma coisa fique clara — responde ela. — Jack estava bêbado. Estava andando no meio da rua. Foi por essa razão que ele morreu. Qualquer outra coisa é fantasia.

— É claro — concorda Owen, e penso que talvez fosse eu que precisava ser convencida todo esse tempo, e não ele.

Não quero parar de falar de Saad e Hiba, mas não os conheço bem o suficiente para pensar em nada mais que possa dizer a seu respeito. Ou a respeito do amor. Neste exato momento, só consigo sentir a dor por causa da morte de Jack e pelo fato de Delilah não estar retornando minhas ligações, além de uma vaga preocupação com uma garota de 11 anos que está órfã de pai em algum lugar em Chicago. O amor pode estar por baixo de tudo isso, da mesma maneira que a terra fica soterrada sob a neve no inverno, as flores desabrochando quando o gelo derrete. Não dá para saber o que vai haver no jardim em junho quando olhamos para ele em janeiro.

Pela janela aberta, avisto os terraços bagunçados que as pessoas tentam, sem sucesso, tornar glamorosos. Em quase todos da nossa rua há uma cadeira de praia enferrujada, um meio jardim e uma frágil grade de proteção para impedir que as pessoas caiam. No nosso também — sinto falta de ter meu próprio jardim, meu próprio telhado de onde observar o resto do mundo. A certa altura, todo mundo desistiu dos terraços e se conformou com um jardim comunitário. Mas as cadeiras de praia e os vasos rachados pairam sobre nossa vizinhança. São o tipo de coisa na qual de modo geral a gente não repara, mas hoje estou reparando.

Eu me pergunto se as pessoas pararam de frequentar os terraços porque Angelika ficava nervosa com a possibilidade de garotos caírem lá de cima. De tempos em tempos, uma tradição da vizinhança que eu desconhecia se revela, e tenho a sensação de que essa pode ser uma delas.

Vou perguntar a mamãe a respeito, mas ela fala primeiro:

— Estou saindo com uma pessoa.

Ela diz rápido, como se fosse algo que guardava para si havia anos.

Minha mãe não namora ninguém desde meu pai.

As viúvas da Devonairre Street não namoram.

Sinto uma pancada dolorosa ao imaginá-la olhando para outra pessoa da mesma maneira que costumava olhar para ele. E alívio também, pela possibilidade de vê-la sorrindo como costumava sorrir. É difícil saber qual sensação pesa mais.

— Queria contar. — As banquetas diante da bancada parecem estranhamente duras. — Estou contando para você não se preocupar. Estou contando porque não tenho medo, seu pai nunca teve medo, nós jogamos o jogo, seguimos as tradições e continuamos sendo gentis com Angelika porque ela foi muito, muito boa para nós, mas isso não significa que acreditamos.

Ouço as batidas de seu coração. Estão aceleradas. Aceleram-se ainda mais.

Primeiro a Califórnia, agora isso. Meu cérebro já estava sobrecarregado o suficiente tentando entender como Jack podia estar morto. Mamãe não para de acrescentar novas complicações à mistura, e não consigo acompanhar.

— Lorna. Está tudo bem.

— Você o ama?

Olho para o rosto de minha mãe em nome de Angelika. Vejo novas rugas perto dos olhos e reparo que seus lábios estão de um rosa impossivelmente pálido.

Não vejo amor nem não amor. Vejo minha mãe exatamente como ela está: triste e forte, tensa e tentando.

Owen se inclina para a frente, como se sua resposta significasse alguma coisa.

— Nós podemos nos apaixonar — diz ela, mais alto que o necessário, considerando que estamos compartilhando um espaço minúsculo.

— Angelika diz... — eu me interrompo.

Sei que não devo começar uma frase dessa maneira. Não posso deixar que ela me afete.

— Estou farta de *Angelika diz*! — objeta mamãe, nossos pensamentos se cruzando como tantas vezes acontece.

Ela vai até a gaveta da cozinha onde guardamos coisas aleatórias. Mas está perturbada demais, e a gaveta acaba saindo por completo. Lápis, selos, recibos, *hashis* e um cadarço vermelho de meu pai que nos recusamos a jogar fora — tudo voa longe. Ela não se importa. Sabe o que está procurando. E, quando encontra, fica de pé bem no meio do caos que criou.

Mamãe leva a tesoura aos cabelos. Não cortamos o cabelo há anos. Com as mãos trêmulas, porém, ela corta seus cabelos, bem no meio da cozinha, em tufos irregulares que caem no chão, como brasas de um incêndio que flutuaram e agora descem volteando.

O cabelo de mamãe — longo e loiro prateado como o meu — brilha até chegar ao chão.

Ouço as batidas de seu coração, a tesoura se movendo rapidamente e as pontas dos dedos de Owen tamborilando em sua coxa.

Ela corta os cabelos até a altura do queixo. Qualquer um que nos espiasse veria algo violento e irreprimido. Ficaria preocupado com o brilho da tesoura e a expressão nos olhos de minha mãe. Seus olhos se arregalariam diante da maneira como ela fica parada em meio ao caos que ela mesma criou, diante de seu novo e estranho corte de cabelo.

Essas coisas não acontecem na cozinha das outras pessoas.

— Está vendo? — desafia ela, e nunca se pareceu menos com a Dra. Emily Ryder.

Se isso é amor, tenho certeza de que não o tenho dentro de mim nem quero ter. Amor aparentemente é insanidade. Há um fio de suor em sua testa e um leve rubor em suas faces.

— Está vendo? — repete, a voz novamente sob controle. Ela limpa a garganta, voltando a ser a mesma de sempre. Tentando. — Está tudo bem. Não há nada a temer.

Mas, olhando para o amontoado prateado no chão e para o modo como toca as pontas do cabelo agora irregulares, tenho certeza de que a verdade é o exato oposto.

8.

Não somos bem-vindas no funeral de Jack.

Estamos do lado de fora da igreja, perto do irmão dele, Michael, e, quando acenamos para cumprimentá-lo, ele faz cara feia.

— Ridículas. — Nós o ouvimos dizer para alguma outra pessoa que acredita que eles amavam Jack tanto quanto nós.

Gostaria de poder proteger Delilah dessa palavra.

Estamos todos vestindo lã preta: Cruz e Owen de terno; eu, Delilah, Isla e Charlotte com vestidos feios. Delilah tem três limões na bolsa e usa delineador para disfarçar a aparência de quem acabou de chorar. Tento várias vezes segurar sua mão, mas ela a recolhe.

Essa é outra horrível verdade sobre perder pessoas que amamos: cada um precisa de uma coisa diferente. E as necessidades quase nunca combinam. É como um amontoado de pés de meia, todos descasados.

— Não devíamos ter vindo em grupo — diz Delilah. — Vocês sabem o que parece.

— Parece que você tem pessoas que se importam com você — retruca Charlotte, mas vejo o que Delilah está vendo.

Narizes torcidos. Lábios contraídos. Cabeças balançando. Nessa parte do Brooklyn, somos as Garotas da Devonairre Street e somos tão ridículas quanto o irmão de Jack disse que éramos.

Por um momento, nós seis ficamos em um círculo na calçada em frente à igreja. Acredito que depois do impacto inicial, vamos nos misturar às pessoas. Somos *diferentes*, é verdade, mas estamos de preto e sendo discretas. O fato de cheirarmos a lavanda e limões não deveria alarmar ninguém.

Delilah mantém a cabeça baixa, e Isla lança olhares furiosos para qualquer um que olhe em nossa direção. O restante de nós fica de mãos dadas e se concentra em parecer sério e contido.

Mas o irmão de Jack não vai nos deixar em paz. Michael sempre se importou muito mais com o nome da família e tudo o que ele representa do que Jack. Ele tem as costas e os dentes retos, sobrancelhas grossas e nós dos dedos sem tatuagens, e está usando um terno novo em folha. E não tem nem um pouco de medo de nós.

— Vocês não deveriam estar aqui — acusa ele, rompendo nosso círculo fechado. — Não estamos interessados em atrair atenção. Não façam de nosso Jack objeto de escárnio.

Ficamos todos um pouco atordoados e sem palavras, então ninguém responde.

— Não queremos que a morte de Jack se transforme em uma de suas pequenas lendas urbanas. Não estamos interessados em ser envolvidos nisso.

Eu me pergunto se Michael chorou. Quero saber o que fez quando recebeu a notícia. Quero saber o que todos em Chicago fizeram também.

Quero saber se somos os mesmos nos momentos de completa vulnerabilidade.

É difícil imaginar Michael fazendo qualquer coisa imprópria e desvairada.

É difícil enxergar Jack em Michael, e isso faz com que eu sinta ainda mais sua falta.

— Não é por isso que estamos aqui — digo, finalmente recuperando a voz. — Não acreditamos nessa coisa de Maldição...

— Está vendo? É exatamente disso que estou falando! Vocês vêm a um evento sério e começam a falar em magia, e isso é descabido. Voltem para sua vizinhança e façam... o que quer que costumem fazer. Não as queremos aqui. O dia de hoje diz respeito a Jack e às pessoas que o amavam.

Não acredito que Michael tenha chorado.

— Nós o amávamos — retruco, surpreendendo a mim mesma. — Delilah o amava.

Eu coloco a mão em suas costas, e ela se encolhe para evitar meu toque novamente. Olho para ela e vejo que quer desaparecer, sem criar confusão. Ela não é assim.

— Nós vamos embora — diz uma voz baixinha vinda de uma parte triste de Delilah.

Ela não levanta a cabeça. Não olha nos olhos de Michael. A Delilah forte, cheia de vida, engraçada e corajosa foi substituída por uma pessoa nervosa e fragilizada, alguém que acredita que o que Michael Abbound pensa tem importância. Ela dá alguns passos para fora de nosso círculo e esbarra em cheio na mãe de Jack. Imagino que seja a mãe de Jack. Ela tem a mesma ondulação perfeita no cabelo loiro-escuro, os ombros igualmente curvados, a mesma voz gentil.

— Delilah — diz ela.

Seu nariz se eleva em um ângulo perfeito. O mundo para em torno dela e de sua dor. Essa, *essa* é uma pessoa que chorou. Acho que ela vai ver as mesmas coisas em Delilah: o amor compartilhado, o horror compartilhado diante do que aconteceu.

— Sra. Abbound — diz Delilah, a voz tensa e nova. — Eu sinto muito...

E, então, todos ficam em silêncio de novo. A pele do rosto de Delilah está seca, e o delineador, todo borrado em volta dos olhos tristes. Nunca a vi com uma aparência ruim, mas ela parece péssima. Observo o rosto da Sra. Abbound e espero que ele demonstre compaixão.

Isso não acontece.

— Você é uma boa menina, Delilah. Nós a recebemos em nossa família, mesmo tendo ficado surpresos que você e Jack tivessem alguma coisa, bem, em comum.

A Sra. Abbound limpa a garganta, e Delilah finalmente ergue o rosto. Nada foi dito a respeito da cor da pele de Delilah ou sobre o puro prestígio branco do sobrenome de Jack. Mas acho que todos ouvimos mesmo assim.

Eu fico chocada, mas Delilah não parece chocada.

— Jack ia querer que eu estivesse aqui — argumenta ela.

Sua voz não está muito mais forte, mas seus ombros se inclinam para trás e ela ocupa um pouco mais de espaço.

— Isso não tem nada a ver com... — A Sra. Abbound se interrompe e limpa a garganta. Seus olhos se enchem de lágrimas. — Você é uma garota adorável, Delilah. Mas a comoção em relação a sua rua e toda essa tolice... não podemos permitir isso. Não queremos um carnaval. Essa perda é nossa. *Nossa*. Tenho certeza de que entende por que vamos pedir a você e seus amigos que se retirem.

As lágrimas permanecem nos olhos da Sra. Abbound, sem rolar. Talvez ela nunca permita que isso aconteça em público.

Compreendo algo novo a respeito de Jack, o que parece bom por cerca de um segundo antes de parecer péssimo: saber que há uma quantidade finita de coisas que posso descobrir sobre ele agora.

Está na hora de entrar na igreja; o ministro está parado nos degraus e gesticula para que as pessoas comecem a entrar. A maioria obedece, mas uma dúzia de homens vem em nossa direção. Eles se posicionam entre nós e a igreja, formando uma barreira compacta que nos diz, mais uma vez, que somos intrusas, indesejadas, que somos Garotas da Devonairre Street, e eles, outra coisa.

Olho para meus amigos, os que ficaram em silêncio, que não defenderam Delilah nem nosso direito de estar ali. Eles tampouco se pronunciam agora. Talvez acreditemos nas coisas que dizem: somos garotas tolas e erotizadas de uma rua estranha, que desviam a atenção das coisas sérias e reais do mundo.

De alguma forma, ainda mais terrível é o fato de que Cruz e Owen poderiam ficar se quisessem. Cruz é um Garoto da Devonairre Street, mas é completamente diferente de ser uma Garota da Devonairre Street. Eles nem sequer se dão conta de sua presença. E isso me atinge em cheio, algo que eu sabia, mas não sabia. Tenho inveja de Cruz e de quem ele pode ser. Na rua. No mundo.

— Não veem como isso é constrangedor? — pergunta a mãe de Jack de trás da parede de homens. — Estamos *sofrendo*.

Ela pronuncia essa palavra como se não a conhecêssemos. O restante de LornaCruzCharlotteDelilahIsla pode até ser capaz de aceitar isso, mas eu não. Não vou ficar parada ali, e permitir que essa mulher nos diga que não sabemos o que é sofrimento.

A meu lado, Delilah se enrijece. Algo também a atinge.

— A Maldição não é um carnaval — diz Delilah. Ela seca os olhos; não reparei que tinha começado a chorar. — Sinto muito. Nós vamos embora. Vamos... Eu sinto muito, Sra. Abbound.

Não quero ir embora dessa maneira. Não quero que Delilah vá embora dessa maneira; achando que não é boa o suficiente para se despedir da pessoa que amava. Não somos o que eles acham que somos. Não somos quem Angelika diz que somos. Somos garotas que moram em uma rua. Só isso.

A Sra. Abbound se vira para ir embora, e Delilah faz o mesmo. Isla cruza os braços. Charlotte e Cruz vão até Delilah. E Owen, é claro, me observa.

— Ele também era nosso — disparo, querendo dizer que ele era nosso e de Delilah, mas também da Futura Lorna.

Todos se viram em minha direção. Às vezes, palavras que eu acho que são pequenas ganham outra dimensão quando as pronuncio. A Sra. Abbound, uma mulher com um belo sobrenome e ombros franzinos, se retrai, inspira e considera dar um grito.

O momento dura uma eternidade.

Quando chega ao fim, vai em direção à igreja e quase todos a seguem.

— Ainda podemos entrar — digo para Delilah, que parece mais irritada comigo do que com Michael ou com a Sra. Abbound.

— Não podemos entrar, Lorna. — Ela dá um pequeno empurrão em meu ombro. Não é muito gentil. — Eles não nos querem lá. E tudo bem... eles estão certos. Nós não deveríamos estar lá.

— Nós não somos piada. Não somos quem eles acham que somos.

— Você tem razão — concorda Delilah. E puxa um fio de cabelo, como se quisesse que ele fosse mais longo. Fecha os olhos e balança a cabeça. — Somos muito piores.

...

A lenda da Devonairre Street é algo alheio aos *hipsters* que só recentemente descobriram sobre os prédios de fachada marrom do Brooklyn — eles só se preocupam com picles sofisticado, como se o picles comum já não fosse perfeito. Os novos moradores do Brooklyn têm barba, cachorros peludos e passam por nós, nos degraus de entrada de nossos prédios, como se simplesmente não nos vissem.

O restante do Brooklyn, porém, sabe sobre nós. Na maior parte das vezes, somos uma piada. Uma lenda urbana engraçada que é desacreditada, usada como anedota ou mencionada como parte do charme do bairro. As pessoas reviram os olhos e perguntam por que damos a uma lunática como Angelika tanto poder. Então perguntam se já medimos nosso cabelo. Pegam a chave em volta de nosso pescoço e a seguram nas mãos, esquecendo que estão ligadas a pessoas de verdade.

Falam sobre nós depois que saímos e dizem que somos bizarras, encantadoras, exibicionistas, membros de um culto ou perigosas.

Não lhes conto sobre como Angelika se sentou a meu lado no funeral de meu pai ou como protegeu Cruz, Isla e eu dos repórteres que tentavam falar com as Famílias das Vítimas.

"Não sejam um símbolo para eles", disse ela em um sussurro feroz.

Cruz, Isla e eu acenamos seriamente com a cabeça e nos agarramos àquelas palavras.

"Vou repetir para o caso de não terem prestado atenção".

Mas estávamos prestando atenção. Claro que estávamos. Ainda estamos.

Mas aquelas mesmas pessoas nos chamaram de Afetados e nos colocaram nos livros didáticos, então não tenho tanta certeza de quem ganhou.

As pessoas de fora observam nossa maneira especial de nos despedir: pegando as mãos uns dos outros, entrelaçando os dedos, dando um aperto e, em seguida, soltando. Sabem que as senhoras falam sobre magia e que muitos de nós perderam parentes no Atentado a Bomba da Times Square e na Segunda Guerra Mundial. Sabem o nome de Angelika e algo sobre os limões, e tiveram um amigo de um amigo de um amigo que morreu depois de se casar com uma de nós, mas foi apenas uma grande coincidência. Têm quase certeza.

Elas não sabem que todas as viúvas têm um armário cheio de roupas do marido morto. Não sabem que Angelika aparece para se certificar de que as fotografias dos homens que perdemos estão na prateleira sobre a lareira, em nossos quartos, dentro de nossas carteiras.

Eu não lhes conto sobre a Lista de homens mortos que recebemos quando desapontamos Angelika, quando não estamos sendo boas o suficiente.

Em dias como hoje, morro de vontade de lhes contar tudo isso.

Há um homem com um terno simples e óculos grandes que fica para trás. Ele não é uma das pessoas da família de Jack, então deve trabalhar para a igreja. Segura uma pilha de programas em uma das mãos, como se fosse entregá-los a nós, mas não o faz.

— Está na hora de irem — diz ele. — Já se divertiram.

À exceção de funerais, nunca fui à igreja. E não é a primeira vez que algum religioso me olha com desdém, mas é a primeira vez que alguém diz algo diretamente a mim. Eu me pergunto se uma pessoa religiosa está mais ou menos propensa a acreditar em Maldições. Quero saber se ele nos odeia porque somos piadas, mentirosas ou garotas Amaldiçoadas.

— Você acha que isso é divertido? — pergunta Isla. Fico feliz que outra pessoa tenha despertado para a vida, mas fico nervosa por essa pessoa ser Isla. — Não há nada de divertido nisso. Nada a respeito de quem somos tem a ver com diversão.

— Vocês não são amaldiçoadas — argumenta o homem, alisando rugas inexistentes no paletó. — Vocês são inconsequentes. Acham que têm uma desculpa para todo o seu mau comportamento. Não toleramos isso aqui.

Eu não sei se aqui significa na igreja, nessa parte mais sofisticada do Brooklyn ou apenas na calçada, à luz do dia.

— Vocês são garotas perigosas. Mas não pelo motivo que pensam que são.

— Não pensamos que somos nada! — retruca Isla no que parece um choramingo: alto, agudo e uma lembrança de como está mais próxima da infância.

O homem suspira e esfrega as mãos, como se já tivesse ouvido tudo isso antes, e talvez tenha, mas não de nós. Jamais falamos tanto com um estranho sobre o que significa ser da Devonairre Street.

Ele acredita que somos culpadas, mesmo que não acredite que somos Amaldiçoadas.

— Ela só queria se despedir — explica Cruz. — Todos nós queríamos.

— Por favor — pede Charlotte, sempre suavizando as palavras de Cruz com suas palavras mais doces.

— Podemos ir agora? — pergunta Delilah.

De alguma forma, estamos todos ao mesmo tempo concentrados nela, e nos esquecendo de que ela está conosco.

Pela primeira vez desde que nos tornamos amigas, não sei dizer como ela se sente ou o que pensa. Seu coração está acelerado ou paralisado? Ela está triste ou entorpecida? Por que está carregando limões se não acredita?

O homem olha para Delilah, e acho que seu coração se parte um pouco. Ele se apaixonou aos 17 anos, aposto. Mas ele a observa por tempo demais e vê a chave ao redor de seu pescoço. A de Delilah é de ouro reluzente e pende de uma corrente de prata, como uma cruz, se fôssemos pessoas completamente diferentes. A chave faz com que ele se lembre, creio eu, de tudo o que odeia a nosso respeito.

Tudo bem. É estranho usarmos as chaves, deixarmos nosso cabelo crescer, bebermos o chá e comermos o bolo, acendermos as luzes do lado de fora quando o sol se põe, e nos blindarmos com lã.

Mas Papai Noel também é estranho. E moedas da sorte. E horóscopos nos jornais. E espelhos inquebráveis.

Essas coisas são igualmente estranhas e inúteis; mas não são nossas.

Aposto que esse homem com seus sapatos pretos reluzentes e cabelos perfeitamente repartidos apaga suas velas de aniversário e sabe que seus desejos não vão se tornar realidade, mas as apaga mesmo assim.

— Se não quisessem causar comoção, tentariam se adequar — diz ele, mas sua parte boa, a que se lembra do amor na juventude, nos entrega a pilha de programas. — Não posso deixar que entrem, mas podem ficar com isto.

Abro um. Há o nome de Jack. E as datas de sua vida.

É horrível. Final. Não quero que Delilah veja.

— Vamos embora — chama Delilah, e dessa vez suas palavras são fortes e seguras, e está decidido.

Não vamos nos despedir de Jack. Vamos nos retirar furtivamente e voltar para o único lugar ao qual pertencemos: nossa rua.

O homem, finalmente satisfeito, junta-se ao restante da família e dos amigos de Jack do lado de dentro.

Delilah observa a igreja, e não a fazemos se mover. Atrás de nós, carros buzinam, homens nos dirigem cumprimentos sórdidos, um pedreiro grita para Isla, perguntando como ela conseguiu aquele traseiro.

Cruz me manda uma mensagem de texto, apesar de estar a meu lado. Nós fazemos isso. É uma coisa secreta entre nós sobre a qual nunca falamos. Uma conversa por trás da conversa.

Você tentou. E em seguida: *mal posso esperar para tirar este terno.*

Lã é pior, respondo. *Você se lembra de quando tirei minha meia-calça na homenagem do ano passado?*

Cruz dá tapinhas no bolso onde as guardou para mim.

Olho para cima e fazemos contato visual, Cruz e eu. Não sorrimos, mas sentimos alguma coisa. Alguma Coisa. Dói, como uma conexão profunda com alguém que não é seu às vezes dói.

Estamos todos um pouco destroçados na calçada. Na rua. Na cidade.

Tento pegar a mão de Delilah. Mais uma vez, ela a afasta, balançando a cabeça. Olha de rabo de olho para a igreja e toca a chave ao redor do pescoço.

...

Vamos para o jardim, e Delilah se senta em um canteiro de dentes-de-leão enquanto o restante de nós tenta preencher o espaço sem Jack.

— Será que Jack gostaria de violetas em sua homenagem? — pergunto. — Ou cebolinha? Ele gostava de cebolinha?

Tudo o que eu planto cresce, e neste exato momento isso parece a única coisa que tenho a oferecer. Quero plantar algo que tenha cheiro, de modo que, ao sentirmos esse cheiro, pensemos nele. Delilah não responde, e não pergunto de novo.

— Jack teria trazido seu frasco de bebida — diz ela, por fim.

— Posso comprar uma cerveja ou algo assim — emenda Owen rápido demais.

Ele e Cruz estão especialmente desconfortáveis. Acho que sabem que hoje era sobre nós, e não sobre eles. Acho que sabem que poderiam ter ficado sem nós e se despedido de nosso amigo. Eles não param de mudar de posição, movendo as mãos e os pés para posições diferentes. Charlotte e Isla estão sentadas nas mesas de piquenique. Eu fico sentada no banco.

— Ou vodca? — pergunta Cruz, olhando para o restante de nós em busca de ajuda. — O que será que havia dentro dele, afinal? Uísque?

Todos já bebemos do frasco de bebida de Jack mil vezes, mas nunca pensamos em perguntar o que havia lá dentro. Jack conhecia coisas que nós não conhecíamos. E agora não podemos mais conhecer essas coisas. Delilah fica com os olhos cheios de lágrimas.

— Ah, meu Deus, não sei ao certo o que exatamente havia lá dentro — diz ela. — O que quer que fosse, eu detestava. Era nojento. Era como fogo.

— Nós vamos dar um jeito — asseguro. É incrível como o vocabulário fica limitado quando você tenta usá-lo para consertar algo. — Você quer, sei lá, dizer algumas palavras?

Imagino uma espécie de funeral improvisado, o que, é claro, parece terrível.

Também sinto a falta dele, escrevo para Cruz. Eu o observo enquanto lê. Ele acena com a cabeça. *Mas não há espaço para eu sentir a falta dele.*

Posso criar espaço para isso, escreve ele de volta. Owen olha para ver para quem estou enviando mensagens de texto.

— Minha mãe — digo, e escondo o telefone no bolso.

Delilah não para quieta no canteiro de dentes-de-leão. Ela nunca mais vai poder usar esse vestido, vai ficar coberto de manchas. Já consigo vê-las mesmo no tecido escuro, quase invisíveis, mas ainda amarelas.

Mas imagino que vá ser a coisa menos desagradável que vai se grudar ao tecido. Os vestidos de funeral costumam ir para a lata de lixo, assombrados demais pelas coisas que doem.

— Você quer que eu faça um brinde a Jack? — pergunta Cruz.

Não temos nada com que brindar, mas está claro que isso não será importante.

Acho que Delilah vai lhe dizer para ir em frente, mas ela ergue um dedo para nos silenciar.

— Quero dizer que acho que todos estamos cometendo grandes erros. — Ela fala devagar, tão devagar quanto Owen, sem a essência que faz dela Delilah. — Quero dizer que Angelika está certa. Quero dizer que ver vocês juntos, Cruz e Charlotte, Owen e Lorna, me aterroriza. Eu fico enjoada. Fico enjoada ao pensar nas coisas que fizemos. As coisas que vocês ainda estão fazendo.

Ela está deitada de barriga para cima, então olha diretamente para o céu. Os balões do outro dia desapareceram, exceto por um azul e murcho, preso ao portão por uma fita prateada. Acho que todos estamos olhando para aquele balão.

Ela vai se sentir diferente amanhã. Se não amanhã, em uma semana ou um mês. Vai se lembrar de Saad e Hiba. Vou lembrar a ela há quanto tempo Cruz e Charlotte se amam. Minha mãe vai lhe contar sobre Esther e Aaron, e sobre a suposta Anna em Bed-Stuy.

— Delilah — começo. — Você sabe que...

— Nós não fizemos sacrifícios — me interrompe ela, irritada e irreconhecível.

Isla balança a cabeça e morde a língua. Eu também, mas discretamente.

— Arrogância — diz Delilah, e posso ouvir a voz de Angelika se intrometendo: *Vou repetir para o caso de não terem prestado atenção.*

Delilah cerra os punhos e nos diz sem nos dizer que precisamos ficar em silêncio, que não podemos tocá-la, que as coisas agora são diferentes.

Que ela acredita.

Eu me sinto estúpida por pensar que o futuro seria fácil, simples e nosso. Estúpida por pensar que nada nunca precisaria mudar, mesmo depois de saber quão rápido as coisas podem mudar. Estúpida por acreditar na Futura Lorna, na Futura Delilah e no Futuro Jack, todos vivendo na Devonairre Street, mas não mais Jovens da Devonairre Street.

Eu tinha uma ideia sobre as maneiras pelas quais podíamos nos desfazer, as maneiras pelas quais LornaCruzCharlotteDelilahIsla podia se tornar Lorna, Cruz e Charlotte, Delilah e Jack, Isla.

Isso não fazia parte de minha lista de medos, preocupações e imaginações.

Isso é o inimaginável.

— Eu tenho de ir — anuncia Delilah.

Ela não nos dá uma razão nem nos diz o que tem de fazer, mas imagino.

Sinto sua falta antes mesmo de ela ter deixado completamente o jardim.

Sinto falta dela e da pessoa que ela deveria se tornar.

9.

Na manhã seguinte, vou até a padaria e compro café da manhã para mim e para mamãe, então ando em direção ao jardim no caminho de volta para casa. Há um antigo banco lá, coberto de corações, iniciais, declarações de amor e palavrões em abundância. Sempre gostei do romantismo de sentar em um banco no qual tantas outras pessoas se sentaram antes de mim.

Hoje preciso disso. Faz anos que não fico em um cômodo com o amor de mamãe e papai, e agora também não vou mais poder ficar perto do amor de Jack e Delilah. O banco é o mais próximo disso que posso ter. Estou desesperada para me sentar nele com meu café e um doce, e desfrutar de cinco minutos sem pensar em Jack, Delilah, Chicago ou no iminente aniversário de sete anos do Atentado a Bomba na Times Square.

Está ensolarado, finalmente, e pequenas manchas rosa florescem por todo o Brooklyn. É estranho quando a natureza é incompatível com o que realmente está acontecendo no mundo. Deveria ser um dia cinzento em pleno inverno. O próprio jardim deveria estar deserto, sem flores e úmido.

Em vez disso, está absolutamente lindo.

Cruz já está no portão do jardim, olhando para o banco.

Fico de pé a seu lado. De ontem para hoje, alguém o pintou todo de branco e escreveu AMOR FOI ENCONTRADO AQUI na parte de trás com pinceladas azuis.

Na verdade, ficou bonito, e os entalhes estão todos intactos por baixo da nova camada de tinta. Não dá para cobrir sombras com tinta.

Coloco a mão no braço de Cruz e aperto. Ele se sobressalta um pouco.

— Eu não vi você aí — diz ele.

— Não consegue sentir quando estou bem a seu lado?

Acho que ele sorri.

— Quem fez isso? — pergunto.

Cruz dá de ombros.

Delilah poderia ter pintado o banco, talvez, mas, até onde sei, não saiu de casa depois que ficamos todos no jardim ontem. Na realidade, parece o tipo de coisa que Owen faria — um grande gesto romântico que eu não pedi —, mas ele nem quis me beijar na noite passada quando me deixou em casa.

— Você lembra que nos conhecemos aqui? — pergunta Cruz.

Eu não lembrava, mas lembro agora. Minha família se mudou para a rua algumas semanas antes da família de Cruz. No dia em que ele se mudou, meu pai me levou ao jardim para brincar enquanto minha mãe pintava meu quarto. Papai estava fumando um cigarro e me disse para não ficar perto dele, então tive de ficar sentada no banco, enquanto ele ficou de pé perto do portão. Cruz e o pai também estavam no jardim, chutando uma bola de futebol um para o outro por cima das plantas. Mais tarde, Angelika apareceu e esbravejou com todos nós: com papai por fumar, com Cruz e seu pai por desrespeitarem as plantas, comigo pela forma descarada com que olhava para Cruz.

— Oi! — cumprimentei o menino.

Eu era diferente naquela época. Gostava de outras crianças, de acenar dizendo olá e até do sol nos olhos.

— Oi — disse ele de volta, um pouco menos entusiasmado, protegendo os olhos e franzindo o nariz.

— Eu gosto de seus cachos! — falei, desejando poder correr até ele e puxar um.

Eu tenho uma irmã disse ele. Você pode brincar com ela.

Ele tinha sete anos e eu tinha seis. Eu não queria brincar com a irmã dele. Queria brincar com ele, com sua bola de futebol e seus cachos elásticos.

— Não, obrigada. Vou ficar aqui olhando você.

Não me lembro de muita coisa sobre ter seis anos, mas me lembro disso.

— Aquele dia foi bom — confesso, e desejo que Cruz concorde comigo.

Ainda quero puxar seus cachos.

Ele engole em seco e se aproxima de mim. Nossos cotovelos se tocam, e nenhum de nós se afasta.

Amor Foi Encontrado Aqui, o banco proclama repetidamente, tão alto como se alguém gritasse essas palavras.

— E estamos tendo dias realmente ruins — acrescenta Cruz.

Eu estremeço, o rosto de Jack surgindo em minha mente. Aquele arquejo de dor. Não sei como me livrar disso. Cruz cobre a garganta com a mão, como se seu coração tivesse saltado para o pescoço.

— Agora não está tão ruim — digo, pensando que o banco tem um quê de otimista e que estar perto de Cruz tem um quê de maravilhoso.

Quando papai morreu, mamãe pediu que eu me certificasse de sempre permitir bons momentos. Mesmo quando tudo dói, mesmo quando outras cidades explodem e as pessoas que amamos morrem, ainda há espaço para coisas doces. Deixo que nossos cotovelos se tocando seja uma coisa boa, enquanto todo o resto parece ruim.

Cruz não diz nada. Ele continua olhando para o banco, então faço o mesmo. E o banco olha de volta para nós.

10.

Mamãe permite que eu falte mais um dia de aula na segunda-feira.

— Amanhã tudo volta ao normal — diz ela, enquanto caminhamos até a casa de Delilah.

Ergo as sobrancelhas. Mamãe balança a cabeça para si mesma.

— Pareço uma daquelas pessoas falando.

Nós duas sabemos a que pessoas ela está se referindo: as que têm um cronograma que determina quanto tempo o luto deve durar. Provavelmente as mesmas pessoas que inventaram o Minuto de Silêncio.

— Você leu o horóscopo hoje de manhã? — pergunta mamãe.

— O meu falava apenas sobre cura. Odeio essa palavra.

— Preveem desgosto para os nativos de Aquário — revela mamãe. — Um longo período de desgosto.

Mamãe é de Aquário. Ela estala os dedos e ouço seu coração se acelerar. Como a maioria das pessoas, ela nunca lê o horóscopo quando ele está escondido ao lado de anúncios de casamento e palavras cruzadas. Algum tempo depois do Atentado a Bomba, eles começaram a crescer. É diferente agora que ocupam duas páginas inteiras na primeira seção, uma coleção de ensaios em vez de uma frase sobre o que seu futuro pode reservar. É difícil não os ler agora.

— Já não estamos em um período de desgosto prolongado? — pergunto. — Todos nós?

— Ah, acho que podemos encontrar uma saída — responde mamãe, e ela parece certa disso, mas não acreditamos em horóscopos, então nada disso importa.

— Delilah também é de Aquário — lembro.

As coisas não estão bem no apartamento de Delilah: sua mãe está escondida no quarto, e ela não sai dos degraus da frente do prédio.

— É onde eu preciso estar — explica Delilah, quando mamãe e eu chegamos com chá e girassóis nas mãos.

Está usando uma nova saia preta que passa dos joelhos. Na parte de cima, um suéter de lã cinza, pesado demais para abril. É largo e fechado no pescoço. Sinto falta da linha delicada da clavícula de Delilah. Sinto falta de sua cintura e de seus joelhos, dos macaquinhos florais, das calças *skinny* azuis e das camisetas com mangas rendadas e frases desbotadas.

Delilah pega o chá e sorve com avidez. Nunca a vi beber o chá antes. Angelika diz que o chá de lavanda promove a longevidade e a cura, e que, adoçado com quantidades generosas de mel, mantém nossas intenções puras. Pessoalmente, ele me deixa sonolenta. Desejo que faça o mesmo por Delilah. Ela parece precisar de um descanso.

— Lorna estava pensando em dormir aqui — diz mamãe.

Delilah não pegou os girassóis, então ainda estão nos braços de mamãe, como se ela fosse a vencedora na final de um concurso de beleza. É estranho, e eu me esqueci de como falar com minha melhor amiga. Delilah coloca a xícara no chão e se concentra em suas mãos, que estão tecendo fios vermelhos e brancos no colo.

— Sim! — exclama ela, sorrindo pela primeira vez em quase uma semana. — Você pode ajudar!

Seus olhos piscam, alternando-se entre minha mãe e eu, e ela vê o corte de cabelo de mamãe pela primeira vez.

As sobrancelhas de Delilah formam um *v* profundo.

— O que você fez?

Sua voz é grossa e estrondosa, como o som do metrô quando dá solavancos abaixo de nós a cada cinco minutos. Ela começa a tremer, e não sei se é de raiva ou exaustão, ou se tem se esquecido de comer desde que Jack morreu. Tento segurar suas mãos para que parem de tremer, mas ela me repele.

É isso que fazemos agora: eu estendo a mão para ela, e ela estremece, afastando-se de mim.

Delilah parece incapaz de falar. Não consegue tirar os olhos da cabeça de mamãe. Leva as mãos aos próprios cabelos e puxa alguns fios, como fez no dia do funeral, como se pudesse alongá-los aqui e agora.

— É apenas cabelo, querida — diz mamãe. — Não muda tudo o que sempre conheceu. As coisas continuam as mesmas.

É a coisa errada a dizer. Os olhos de Delilah se incendeiam, e ela sacode a cabeça violentamente.

— Nada é o mesmo! — grita ela.

Delilah se levanta de um salto e toca as extremidades do cabelo de minha mãe. Mamãe permite, mas fica tensa.

— Como pôde fazer isso? — Sua voz se eleva, acelerando rapidamente. — Você não se importa comigo, com Jack nem com todos os outros? Só se preocupa consigo mesma?

Ela grita, e as pessoas começam a se debruçar para fora de suas janelas, que ainda estão abertas por respeito a Jack.

Agora é a vez de mamãe ficar sem palavras.

Delilah balança a cabeça, pega um punhado de pulseiras e as coloca bem diante do rosto de mamãe.

— Você precisa usar estas pulseiras! — diz ela. — Não é hora de ser arrogante! Não acredito que foi capaz de fazer isso, depois de tudo o que aconteceu.

É então que Delilah finalmente chora. Mamãe pega as pulseiras e as coloca nos bolsos, e Delilah desmorona novamente na escada, como se nunca devesse ter se levantado para começar.

Alguns edifícios adiante, a porta de Angelika se abre. Ela e seu cachorro ficam parados na frente do prédio e observam. Angelika cruza os braços sobre o peito, e percebo um vislumbre de medo.

— É tarde demais para eu consertar qualquer coisa; é tarde demais para ouvir o que eu deveria ter feito — diz Delilah, ou acho que ela diz, em meio aos soluços. — Eu não deveria ter cortado o cabelo. Deveria ter usado uma dúzia de chaves ao redor do pescoço. Eu me esquecia das luzes o tempo todo. Zombava de Angelika. E o chá. Eu não bebia o chá. Não fiz Jack beber o chá. Ele deveria ter bebido o chá. Eu nunca deveria ter olhado para Jack. — Ela está perdendo o fôlego, mas diz novamente:

— Eu não deveria nem sequer ter olhado na direção dele. Nem por um instante.

Depois de um longo tempo, Delilah começa a tecer pulseiras novamente, mamãe vai embora, e eu fico e tento me lembrar de como éramos uma semana atrás, antes de tudo desmoronar.

— Arrogância é planejar um futuro quando você é uma Garota da Devonairre Street — diz Delilah um longo tempo depois, e sei que ela pensa sem parar nisso há horas, dias. — Eu planejei um futuro inteiro.

Sinto-me despedaçar um pouco mais que antes.

Angelika não se move de sua posição nos degraus do prédio. Ela nos observa enquanto ficamos sentadas e tentamos ser algo que não somos mais.

Acho que a vejo sorrindo.

...

— O vermelho é para proteção — explica Delilah. — O branco é para quebrar maldições.

Ela não quer assistir a filmes. Não quer tomar sorvete nem beber vinho, nem falar sobre Jack. Não quer dormir nem ficar de pé, nem sair para dar um passeio. Só quer fazer pulseiras.

Ela me mostra como entrelaçar os fios um ao redor do outro em uma trança preguiçosa.

— Quantas você quer fazer? — pergunto.

Tenho cuidado para não deixar que ela perceba quanto odeio isso.

— Precisamos de muitas — responde Delilah. — Para nós cinco, para você distribuir na escola e, obviamente, para sua mãe também.

— Então, uma para cada pessoa que conhecemos? — pergunto.

Eu sorrio e espero que Delilah sorria de volta para mim.

Ela não sorri. Arregaça as mangas do suéter cinza. Um padrão de listras vermelhas e brancas cobre seus antebraços, e o efeito me apavora.

Coloco a mão em seu ombro, e, dessa vez, ela não se afasta, mas pega meu pulso e movimenta meu braço diante de si. Amarra uma pulseira, em seguida outra no outro pulso também.

Ergo os braços para ver o que ela fez, e tento dar um sorriso encorajador. O sorriso sai torto e errado, tenho certeza.

— Você já o ama? — sussurra Delilah. — Você ama Owen?

Nunca houve um rosto mais preocupado, um tremor maior na voz de alguém.

— Não sei.

Nunca tive a chance de lhe contar sobre *eu amo a lua e você e não tenho uma galinha*. Não posso lhe contar agora.

Delilah sorri. É um sorriso que Angelika também dá. Como se soubesse algo a mais sobre o mundo.

— Se você o amasse, saberia. — Eu quase espero ouvir um sotaque polonês. — O amor é algo que você tem ou não tem. O amor é como uma febre.

Só porque Angelika diz, não significa que seja verdade.

— Angelika está me ensinando a identificá-lo. Está me ensinando tanta coisa. Não posso trazer Jack de volta, mas talvez possa salvar outras pessoas.

Delilah aperta minhas bochechas. Sua boca se aproxima da minha, seus cílios praticamente batendo nos meus. Juro que ela cheira a Aramis.

— Humm — diz ela, mas não diz nada mais.

Mais duas pulseiras são amarradas em meus pulsos. Em seguida mais duas. E mais duas.

Quero perguntar se ela consegue ver, se sabe se eu o amo ou não.

Não que importe. Não importa.

Eu não acredito.

Nunca acreditei.

Faço uma pulseira mesmo assim. Não custa nada. E faz Angelika, e agora Delilah, se sentirem melhor.

Levo quase a noite toda para perceber que me sinto um pouco melhor também.

II.

Acordo com o som da voz de Cruz e procuro por ele antes de lembrar que estou em uma cama dobrável no quarto de Delilah, e que Cruz e eu nunca compartilhamos uma cama. Identifico que sua voz está vindo do corredor, que parece incrivelmente distante e perigosamente perto. Eu poderia ir até ele, mas decido fingir que estou dormindo. Fico no quarto de Delilah e escuto.

Eu deveria pensar em Owen e nas coisas românticas que ele diz enquanto dorme nas horas logo depois que desperto, quando estou na horizontal, carente e sonhadora. Deveria pensar nele quando converso com Delilah sobre o amor. Deveria pensar nele o tempo todo, na verdade.

— É cedo, Delilah. — Cruz parece exausto, e calculo que, somando todos nós da rua, dormimos um total de dez horas nos últimos três dias. — Por que me pediu para vir até aqui?

O relógio marca cinco horas. Há uma tigela de limões ao lado dele.

— Eu tive um sonho — explica Delilah. — Sonhei que você e Lorna estavam juntos. Tão felizes que praticamente vibravam. Então estávamos todos na praia e vocês escreviam seus nomes na areia, como em um filme idiota. E não paravam de se beijar.

— Tudo bem — disse Cruz.

Quero que Delilah continue falando. Quero ouvir sobre o beijo e a vibração. Quero sentir a areia em minha pele.

— Acordei suando. Mal conseguia respirar. Meu coração ainda está... bem. Sinta.

Acho que ela coloca a mão dele sobre seu coração. Eles estão falando baixo, mas o apartamento é pequeno e, além disso, tenho sentidos extra potentes quando se trata de Cruz e Delilah. Estou sintonizada com os sons das pessoas que conheço melhor.

— Vai levar um bom tempo para se sentir bem de novo. Nem sei quanto tempo. Você vai ter pesadelos. Até os sonhos normais vão parecer pesadelos. E os pesadelos vão parecer reais. E, por Deus, Delilah, é terrível. O que você está passando...

E depois silêncio.

Cruz ainda tem pesadelos. Ele está na Times Square, e as luzes se apagam ao redor até ele ficar completamente no escuro. Às vezes, o pai o visita em sonhos. Mas ele é feito de pó e fogo, não de carne e osso.

Cruz me manda mensagens de texto me contando seus piores sonhos, então algumas manhãs eu acordo com seus pesadelos recontados. Nesses dias, compro para ele um sanduíche de bacon, ovos e queijo na melhor padaria, do outro lado do parque. Não falamos sobre isso. Eu apenas lhe entrego aquela delícia fumegante e salgada, envolta em papel alumínio, e ele o devora, me diz que vai ser um bom dia, e nos encontramos com os outros para ir caminhando até a escola. Os sonhos são segredos meus e de Cruz. Ultimamente as pessoas dão muita importância aos sonhos, então é melhor que os guardemos para nós mesmos.

Delilah geme, e sinto o peso de Cruz mudar. Acho que ele a está abraçando.

— Isso não é sobre mim — disse Delilah em voz alta. — Você não ouve. Estou dizendo para ter cuidado.

— Depois que meu pai morreu, eu basicamente achava que o mundo ia explodir — diz Cruz. — Você está achando que mais coisas terríveis vão acontecer. Eu entendo. Mas, Delilah, é isto. Isto é a coisa ruim. Já aconteceu. Não invente mais coisas ruins em sua cabeça, ok?

— Não acho que ela ame Owen.

Delilah não está ouvindo. Minha boca está seca, e não consigo limpar a garganta nem tossir, nem me arrisco a engolir. Somos Lorna-CruzCharlotteDelilahIsla. Não nos dividimos em partes e contamos os segredos uns dos outros. Todos temos os mesmos segredos, as mesmas histórias, as mesmas tristezas.

— Ela não precisa amar Owen — diz Cruz.

— Não acho que ela ame Owen, e não acho que Charlotte ame você.

O assoalho range. Delilah deve ter se aproximado dele, para dar ênfase.

— Aposto que você precisa comer — avisa Cruz. — Seria bom se tomasse um pouco de água, comesse um sanduíche e assistisse a algum programa ruim na televisão. O que acha?

— Pare de dizer besteiras. Eu não chamei você aqui para fazermos um lanche. Chamei porque estou aterrorizada com o que pode acontecer.

— Delilah.

— Cruz, ela pode se apaixonar por você. Todo mundo sempre pensou...

Meu corpo se contrai, aguardando o fim da frase, mas ele não vem.

— Não seja essa pessoa. Jack não ia querer isso para você.

— Isso é *exatamente* o que Jack ia querer.

Ela está falando mais alto, e logo não vou poder mais fingir que estou dormindo. O quarto parece pequeno, e a cama dobrável, dura. Eu quero sair, mas não posso.

— Mesmo que Lorna me amasse...

Agarro o lençol com mais força. Não adianta nada. Estou flutuando, estou virando de cabeça para baixo. Onde estão meus óculos escuros?

— Não podemos perder você.

Delilah hesita na última palavra, e sei que as lágrimas vão começar de novo e que vou ter de sair do quarto para abraçá-la.

— Hiba e Saad — cita Cruz. — Lembre-se deles. E eu e Charlotte. Lembre-se de nós.

— Todos estão falando sobre você e Charlotte e Hiba e Saad. Precisamos falar sobre a Maldição. Precisamos falar sobre o quanto eu amava Jack, sobre como fui egoísta e sobre como Angelika sabia que isso ia acontecer. Precisamos falar sobre arrogância. Precisamos falar sobre todas as outras histórias, sobre os cadernos e mais cadernos de anotações que Angelika tem. Os cadernos e mais cadernos de anotações que sua mãe tinha. Todas as coisas que ouvimos sobre a rua, e nunca discutimos. Precisamos falar sobre a Maldição.

Cruz não responde.

— Angelika já contou a você sobre Emilio e Stacey? — pergunta Delilah.

Emilio e Stacey são um daqueles casais sobre os quais ouvimos durante anos. Cruz deve conhecer a história, mas Delilah continua mesmo assim. Às vezes é um alívio contar repetidas vezes as mesmas histórias. Às vezes é tortura.

— Stacey tinha um marido que estava bem, o tempo passava e todos ficavam muito nervosos com a perspectiva de que o marido... qual era o nome dele?

— Dominic.

Cruz pensou recentemente nessa história.

— Todos esperavam que Dominic morresse, diminuíam a velocidade do carro quando ele passava na rua, davam-lhe maçãs, manjericão e tudo o que conheciam para tentar salvá-lo, e toda essa energia foi investida em mantê-lo seguro e na preocupação com ele. Então *Emilio* foi atropelado por uma mulher em um jipe. Ninguém estava preocupado com Emilio.

Eu saio da cama. Não aguento ficar ali por nem mais um minuto. Estou vermelha de vergonha, já que sei o rumo da história. Delilah supostamente é minha melhor amiga. Não suporto ouvi-la contando essa história, como se fosse um alerta sobre mim.

Eu a odeio por acreditar em algo diferente do que eu acredito pela primeira vez.

Odeio Angelika por fazê-la acreditar em algo novo.

— Stacey estava histérica no funeral. Perdeu completamente a cabeça. Ela amava Emilio. Nunca amou Dominic. Você pode ser casado com uma pessoa e não a amar de verdade. Você pode até pensar que a ama, e não amar. Ninguém jamais precisou se preocupar com Dominic. Ele estava bem o tempo todo!

Quando Delilah e eu ouvimos essa história pela primeira vez, perguntei a Angelika o que Stacey deveria ter feito de diferente.

— Acho que está claro — respondeu Angelika. Com seu sotaque, *está* soa como *esdá*, e a palavra *claro* fica mais leve e mais delicada do que quando eu e Delilah a pronunciamos. — Você estava prestando atenção?

— Eu estava prestando atenção. Mas ela se casou com alguém seguro. E o amor aconteceu mesmo assim. O que ela podia fazer? Parece que o amor simplesmente acontece, quer você queira, quer não; quer você seja casado, quer não.

— É como as luas e as marés — disse Delilah.

Era o seu ditado para quando alguma coisa era inescapável, inevitável.

Eu me pergunto se ela acha que Cruz e eu somos como as luas e as marés. Esse pensamento me paralisa.

— Você esqueceu tudo sobre eles? Stacey, Emilio e Dominic?

— Conheço a história. Conheço todas as histórias.

— E se você for Emilio? E se Owen for Dominic?

Segue-se um ruído terrível. Um choro. Um soluçar.

— Não há nem ao menos uma parte de você que esteja com medo? Cruz. Tem de haver. Até mesmo uma minúscula parte de você deve morrer de medo dela.

Ela sou eu.

Espero por sua resposta. Espero um sonoro não.

Mas ele não vem.

12.

Cruz vai embora e fico na cama até que Delilah deixa cair uma frigideira no chão da cozinha, então posso fingir que acordei por causa disso.

— Bom dia — cumprimento.

É muito cedo, as aulas ainda vão demorar a começar, e ainda estou cheia do monte de linguiça, alface e pão da noite passada. Delilah me dá iogurte com amêndoas mesmo assim, servindo-o em uma pequena tigela que sua mãe fez quando era isso que sua mãe fazia no retiro da Cura Através da Arte.

A Sra. James escondeu todas as pinturas e esculturas para que Angelika não visse. Mas manteve tudo o que era funcional: tigelas, canecas e pratos que enchem os armários do apartamento. São tortos e malfeitos, e não acho que contribuíram muito para ajudar a Sra. James a seguir em frente.

Ouço a mãe de Delilah se movendo no corredor, e fico grata pelo barulho porque não sei como preencher o silêncio com palavras. Sou uma péssima mentirosa e nunca tive de esconder nada de Delilah.

— A escola vai ficar estranha sem você — digo finalmente.

— E sem Jack.

Há uma raiva nela com a qual não sei lidar. Eu concordo. Delilah amarra mais pulseiras ao redor de meus pulsos. Não quero mais pulseiras; as que tenho deixam marcas na pele por estarem apertadas demais, me dão coceira.

Elas mais parecem grilhões que fios. Delilah boceja.

— Está com sono?

Posso sentir sua exaustão. Sinto seu cheiro: o cheiro rude e indistinto de alguém que não dorme nem toma banho há vários dias. Seus olhos estão secos de tanto chorar, e preguiçosos por causa da falta de descanso.

Ela esfrega os olhos e caminha até o sofá na sala de estar. Dobra os joelhos debaixo do queixo e adormece em cinco minutos, o completo esgotamento de um corpo diante de todas as coisas que o mantinham acordado.

O sono vem, não importa quão profunda seja a tristeza. É como uma dádiva do universo, e ouvir a respiração pesada de Delilah também me relaxa.

Todo o resto está mudando, mas a realidade do sono permanece a mesma. Ele existe e vai nos encontrar.

Como as luas e as marés.

• • •

Caminhamos até a escola em nossa linha reta — eu, Cruz, Isla e Charlotte. Os pedestres nos odeiam: em Nova York, as pessoas não devem caminhar em linhas horizontais. Devemos caminhar de dois em dois, como os animais na arca de Noé.

Mas hoje somos quatro em vez de cinco, então a calçada parece quase vazia.

— Você está usando muitas pulseiras — comenta Cruz, olhando para meus braços cobertos.

A maneira como repara em mim me dá arrepios. Jamais dei importância a meus braços, mas com Cruz olhando para eles hoje, não consigo pensar em nada mais. Eu me pergunto como ficam quando se movimentam, e se estão muito pálidos.

Coloco os óculos escuros, e meu coração se acalma.

— Delilah está sendo meio... Delilah está agindo de maneira estranha. Temos de manter Angelika longe dela — digo.

Acho que Cruz tenta olhar através de minhas lentes escuras, mas sei que estou protegida atrás delas.

Usamos camisetas listradas e calças jeans, todos nós. A semelhança me faz sentir falta da velha Delilah.

— Angelika pode ser incrível durante uma crise... — concede Charlotte.

— Você a viu quando Delilah voltou do hospital — lembro. — Não foi nada incrível.

— Ela a estava confortando. Ela nos conforta. É o que ela faz.

Charlotte e eu estamos discordando mais que nunca. Não suporto a ideia de outra divisão em nosso grupo, então concordo e me esforço para abrir um sorriso.

— Angelika é louca — diz Isla.

Sua camiseta listrada termina bem acima do umbigo. Sua calça jeans dobrada na barra é tão justa que acho que vai arrebentar. Ela parece ter 25 anos, e isso me deixa nervosa.

— Seja respeitosa — diz Charlotte, irritada.

Charlotte nunca se irrita, e até Cruz parece ter ficado surpreso.

— Somos sempre respeitosos — digo. — Mas a última coisa de que Delilah precisa é se sentir ainda mais culpada. Ou mais triste. Ou mais confusa.

Chegamos à entrada da escola. É aqui que esperamos por Owen e Jack todas as manhãs. Owen sempre beija meu pescoço, e Jack sempre beija Delilah na boca por tempo demais. Então Jack nos conta sobre uma música que temos de ouvir e da qual nunca ouvimos falar, e coloca um fone de ouvido na orelha de Delilah. Observamos como desaparecem em uma bolha e caminhamos atrás deles, sem nos importar nem um pouco.

Nunca tive inveja ao ver Delilah se apaixonar. Eu me apaixonei por sua alegria e fiquei feliz por um de nós poder experimentar o amor.

Hoje apenas Owen vem ao nosso encontro, é claro.

Ele beija meu pescoço. Está seco, e sentimos um choque elétrico entre seus lábios e minha pele.

— Ai! — exclama ele. — Você me ferrou!

Tento sorrir, mas fracasso. Tudo fracassa agora. Não vamos em direção à porta; não temos a bolha de amor de Jack e Delilah para seguir. Ficamos parados e assistimos às outras pessoas viverem suas vidas normais. A escola fica em um cruzamento movimentado. Mulheres com carrinhos de bebê bufam enquanto tentam passar desviando de nós, passeadores com cachorros se esforçam para evitar que seus cinco cães pulem, lambam e enrosquem as coleiras em torno de nossas pernas. Há um parquinho do outro lado da rua, e os adultos nos olham enquanto passamos por ele, prontos para gritar conosco se entrarmos.

— Malditos adolescentes — murmura uma garota que não está tão longe da adolescência, empurrando meu ombro com o seu.

Eu a vejo se afastar, e invejo como sua vida hoje é exatamente a mesma que foi ontem e no dia anterior.

Fiz muito isso nas semanas depois que meu pai morreu. Via as pessoas passarem de abaladas e comovidas logo após o Atentado a bem algumas semanas depois. Era aterrador. Usavam as mesmas roupas, as mesmas gírias, as mesmas piadas internas que antes. Eu era diferente. Eu era nova.

As pessoas na rua derramam café por andarem rápido demais, e reviram os olhos para nós. Não estão à procura de Jack ou Delilah. Não estão preocupadas com Chicago. Estão absolutamente bem. Estão indo adiante.

— Não sei se consigo entrar — confesso. — Será que vamos realmente conseguir ficar sentados lá o dia inteiro, falando sobre, sei lá, Dickens ou o que quer que seja? E os outros amigos de Jack? Eles estão aqui hoje? Ele tem outros amigos? Não deveríamos saber?

Isla dá de ombros.

— Não tenho amigos em minha série — diz ela. — Talvez ele não tivesse nenhum na dele. Ele era novo e logo conheceu Delilah, então...

Começo a entrar em pânico por causa de todas as coisas que não sabemos a respeito de Jack. O que havia em seu frasco de bebida, de quem ele era amigo, que matéria ele tinha no primeiro período e se gostava de chocolate. Vasculho a mente procurando fatos sobre ele, coisas que sabemos ao certo, para que ele não desapareça rápido demais.

— Qual era aquela música que ele nos disse para ouvir na semana passada? — pergunto.

Não posso entrar sem uma recomendação musical de Jack. Não posso abrir mão de tudo de uma vez só. É isto que as pessoas não entendem sobre as tradições da Devonairre Street: temos de abrir mão de tantas coisas quando as pessoas que amamos morrem. Então nos apegamos a outras coisas familiares. Talvez eu mantenha meu cabelo comprido em parte porque não posso mais comer *donuts* com meu pai aos sábados pela manhã. Talvez Charlotte use a chave ao redor do pescoço porque seu pai não está mais aqui para se vestir de Papai Noel na festa de Natal da família.

— Alguma daquele álbum de canções de amor — responde Isla. — Ele estava obcecado com aquela coisa.

— *69 Love Songs* — cita Cruz.

Ele olha para mim quando pronuncia a palavra *amor*, como se fosse uma acusação. Meu coração para.

Olho para Owen, mas ele está mexendo no telefone, provavelmente pesquisando sobre o álbum. Ele é tão doce, bom e bonito, e não o amo nem um pouco.

— O álbum do Magnetic Fields, certo, Lorna? — pergunta Cruz, e sou forçada a encará-lo de novo.

Faço que sim com a cabeça.

— "Eu não quero esquecer você" — respondo.

As sobrancelhas de Cruz estremecem. Ele estremece. Charlotte percebe e nos dá uma olhada. Balanço a cabeça e aperto os lábios.

— A música — digo, mas estou vermelha, Cruz está corando, e Charlotte ou qualquer pessoa que tenha olhos pode ver. — A música que Jack nos disse para ouvir na semana passada foi "Eu não quero esquecer você". Magnetic Fields, do álbum *69 Love Songs*. É boa. É ótima.

— Certo.

Cruz também está corando.

Preciso que esse momento chegue ao fim. A música toca em minha mente agora, e também preciso que pare.

— O que vamos fazer durante o Minuto de Silêncio hoje? — Tento mudar de assunto.

— O que vocês costumam fazer — responde Charlotte. Ela não é tão gentil quanto deveria ser quando fala sobre a morte de meu pai. — Quero dizer, o que quer que pareça adequado a vocês.

— Mas será que vai haver um? — pergunto.

Owen inclina a cabeça e todos os outros me olham como se eu estivesse maluca, como se o Minuto de Silêncio semanal fosse um pilar de nosso mundo, como se nada pudesse mudar nossa necessidade dele.

Talvez tenham esquecido que sete anos antes ele não existia. Odeio o fato de fingirmos que as coisas sempre foram assim.

— Bem, teve Chicago. Não precisamos de um Minuto de Silêncio por Chicago? Também foi em uma terça-feira. Quantos minutos de silêncio podemos fazer toda terça-feira para o resto de nossas vidas?

Estou falando um pouco alto. Até agora, Cruz era a única pessoa que sabia como silêncios me incomodavam. Enviei uma mensagem de texto para ele durante um Minuto de Silêncio um mês atrás. Não devemos fazer nada do tipo — durante os silêncios também devemos ficar quietos —, mas foi bom. *Não estou tão silenciosa por dentro*, escrevi. *Somos duas das únicas pessoas no mundo que poderiam fazer barulho durante o momento do silêncio sem ser punidas por isso. O que eles diriam?*

Quando o encontrei no corredor mais tarde naquele dia, ele sorriu e senti a mais profunda gratidão por Cruz e eu estarmos nessa juntos.

— Hum — diz Owen, o que não é uma resposta.

— Você acha que vamos fazer um por Chicago? — pergunta Charlotte.

Parece que todo mundo, exceto Cruz e eu, já praticamente se esqueceu de Chicago. A morte de Jack foi tão impactante e próxima, Chicago fica tão longe, e há um limite para o que cabe em uma única semana. Mas Chicago ficou em mim. É difícil sofrer por tantas coisas ao mesmo tempo.

Quando eu era pequena, meu pai e eu gostávamos de fazer bolos e biscoitos juntos, e, um dia, quando eu media o açúcar e a farinha em xícaras medidoras de cobre perfeitas, parei no meio do processo em pânico, a prática de medir as coisas subitamente me perturbando.

— Você está com sua ruga de preocupação, Lorna — disse ele, apontando para o lugar entre meus olhos onde guardo tudo o que me assusta.

— Você diz que me ama mais a cada dia — falei. Papai sorriu, acenou com a cabeça e pegou as gotas de chocolate no armário. — Mas e quando você ficar sem espaço? Vai ter de começar a me amar menos?

Papai riu e me abraçou forte, me levantando um pouco de modo que minhas pernas ficaram balançando no ar.

— Quanto espaço para amor você ainda tem? — perguntei com o rosto em seu ombro. — Uma colher de sopa? Ou uma xícara?

Depois dessa pergunta, surgiram um milhão de outras, como pipocas estourando em meu cérebro. Eu queria saber o tamanho e a forma exatos do amor. Seu volume, sua densidade, quanto pesava, quanto espaço ocupava, se era sólido, líquido ou algo completamente diferente.

— Você é muito parecida comigo, minha pequena — disse papai, me dando mais um aperto antes de me colocar de volta no chão. — Ainda estou aprendendo, mas o que posso dizer com certeza é que os corações se expandem para acomodar mais amor ao longo do tempo. Você acha que não pode haver mais espaço, mas sempre há.

Agora não tenho mais tanta certeza disso. Parece que nossos corações estão tão cheios de tristeza que estão entrando em colapso, abarrotados demais para que caibam outros sentimentos. Não tenho espaço para amar Owen, perdoar Angelika ou lamentar por Chicago como devia.

Papai gostava de grandes perguntas sobre amor, corações e como as coisas são no mundo, mas, quando ele morreu, eu não tinha idade suficiente para fazer as perguntas mais importantes.

Pude lhe fazer tão poucas perguntas importantes, valiosas e complicadas, e essa semana uma nova surge a cada hora.

— Se houver outro Minuto de Silêncio, podemos pensar em Jack — sugere Owen.

O abismo entre o que sinto e o que ele compreende está ficando tão grande que, às vezes, acho que não conseguimos nem ao menos nos ver através do que nos separa.

— O que era mesmo que Jack gostava de dizer antes de entrarmos? — pergunta Isla.

Fecho os olhos e imagino Jack como o vi todas as manhãs durante os últimos meses, da exata maneira como eu me permitia acreditar que o veria todas as manhãs, mesmo depois que terminássemos a escola, na vida real. Ele costumava abraçar Delilah bem apertado, virar a cabeça para o restante de nós e dizer algo antes de se afastar do grupo. É indescritivelmente triste que o que ele dizia todas as manhãs já seja difícil de lembrar.

Prometo prestar atenção aos detalhes sobre meus amigos daqui em diante. Vou me lembrar de suas frases engraçadas, de seus tiques verbais e se dizem *qual é?*, *e aí?* ou *tudo bem?* quando nos encontramos nos corredores. Vou me lembrar de cada um dos ditados inventados de Delilah. Luas e marés, cebolas e manteiga, e tudo o que ela inventar quando voltar a ser Delilah.

Aperto os olhos, mantendo-os firmemente fechados. Vejo o rosto de Jack, seus fones de ouvido, seu blazer surrado e seus cabelos desgrenhados. Vejo suas mãos nos bolsos e me lembro de que ele sempre colocava as mãos nos bolsos quando não estavam em Delilah.

— "Vamos lá, crianças" — disparo. — Era o que ele dizia todas as manhãs.

É uma coisa tão pequena para lembrar, mas fico aliviada por ter recuperado algo que estava se perdendo.

Não nos movemos por um minuto, sentindo a falta dele dizendo isso. Sentindo a falta de algo que não sabíamos que era importante na época. Sentindo a falta disso no presente e também da promessa disso no futuro.

— Vamos lá, crianças — repete Cruz.

E, assim, temos um novo ritual. É o trabalho de Cruz agora, nos conduzir para começarmos o dia.

• • •

Às 10h11, temos nosso Minuto de Silêncio.

Na sala do outro lado do corredor, ouço Cruz suspirar.

13.

Quando as aulas terminam, quero ver alguma coisa bonita. Mamãe e eu tentávamos fazer isso todos os dias depois que papai morreu.

"Todos os dias vamos encontrar pelo menos uma coisa que seja bonita", dizia ela, trazendo para casa um cartão-postal de Renoir de uma das barracas que vendem reproduções do lado de fora do Metropolitan.

Aqueles eram os piores dias, os dias em que trazia cartões-postais para casa, como se tivéssemos de retroceder um século para encontrar algo que não fosse horrível no mundo. Nos melhores dias, encontrávamos algo bonito dentro de nosso próprio apartamento ou na rua. Nos melhores dias, conseguíamos ver beleza em um mundo sem meu pai.

Faço uma longa caminhada e acabo indo parar no jardim. Parece improvável que eu consiga encontrar beleza ali hoje — os lugares onde Jack esteve serão feios por um bom tempo, acho.

Mas encontro. Minha coisa bonita do dia.

Cruz no banco.

Meu rosto deve ter mudado. Posso senti-lo corando, mas ele faz ainda mais que isso, muda de uma maneira resoluta e reconhecível. Coloco os óculos escuros o mais rápido que posso, mas não rápido o bastante, porque, em vez de dizer oi, Cruz diz:

— Você nos ouviu conversando hoje de manhã.

Estou quente e trêmula. Nervosa e oca. É claro que ele sabe no que estou pensando, no que tento não pensar.

Depois do Minuto de Silêncio da manhã, a diretora anunciou nos alto-falantes:

— Obrigada. Haverá um segundo Minuto de Silêncio para recordar o Atentado a Bomba de Chicago às 16h36. Esperamos que vocês o levem tão a sério quanto levam o da manhã. Vamos apoiar nossos irmãos e irmãs de Chicago. Esperamos por respostas com eles. Vamos aprender os nomes dos Afetados. Vamos aprender suas histórias e as histórias de suas famílias. Obrigada.

Não falta muito para as 16h36 agora, e os cinco novos nomes que aprendemos estão gravados em minha mente, como imagino que deveriam estar. Na próxima terça-feira, vamos aprender mais cinco, mais cinco na semana seguinte, e no próximo ano estarão em nossas provas de História dos Afetados; serão palavras em cartões para memorização.

Eu costumava achar que o fato de as pessoas aprenderem meu nome me tornava mais real, tornava meu sofrimento mais palpável. Depois do funeral de Jack, começo a duvidar. Somos palavras de um vocabulário, conceitos, como as capitais dos estados, o juramento à bandeira ou o pai-nosso — palavras que as pessoas repetem sem que tenham nenhum significado.

Sento-me ao lado de Cruz. Mais perto do que o necessário. Ele faz com que eu me sinta real.

Olho em volta para me certificar de que Angelika não está à espreita, mas lá no fundo sei que está com Delilah. Que agora sempre estará com Delilah.

— Não deu para ouvir muito — admito finalmente, e Cruz tira meus óculos escuros do rosto, colocando-os sobre meu cabelo.

— O que você achou do que Delilah disse? — sussurra ele.

— Eu estou com... Owen. — Faço uma pausa antes de seu nome porque o esqueço por um segundo. — Não penso em você desse modo.

Mas, enquanto digo isso, penso no tamanho de seus braços, na forma de seus cachos e em como nós dois ficamos calados e estranhos quando estamos tristes ou preocupados.

Penso em como ele me conhece de uma maneira impossível, de uma maneira que ninguém nunca vai me conhecer.

Penso na lua, que está sempre lá, mas sempre crescendo e minguando. Que é ao mesmo tempo previsível e inconstante. Acho que o amor é mais ou menos assim.

Como as luas e as marés.

Cruz se aproxima de mim.

— Minha mãe tem um namorado — revelo. — E ela cortou os cabelos.

Ele acena com a cabeça.

— Você e eu não acreditamos na Maldição — continuo. Isso não costumava ser algo que precisávamos esclarecer. Era tão óbvio quanto não acreditar no coelhinho da Páscoa. — Nossos pais não acreditavam na Maldição.

Coloco os óculos escuros de volta. É mais ou menos como tomar um gole do frasco de bebida de Jack: o volume do mundo diminui, as bordas parecem menos ásperas.

Pensar que a Maldição é ridícula era mais fácil quando Jack estava vivo.

Cruz olha para o banco. O nome de seu pai está lá em algum lugar. Assim como o do meu.

— Podemos ficar tristes por causa de Jack sem ficar com medo de tudo?

Queria dizer isso como uma afirmação, mas acaba saindo como uma pergunta. Odeio não ter mais certeza sobre as coisas. Olho para o telefone: já são quatro e meia, e faltam poucos minutos para o mais novo ritual, a próxima coisa que supostamente vai fazer com que nos sintamos seguros e no controle, mas há caos sob a superfície de minha pele.

Nada é certo. Coloco a mão no cabelo, depois na chave, depois na borda do banco. Nada disso me estabiliza. Estou oficialmente instável.

Cruz pega meus óculos e os tira de meu rosto. O sol está forte de uma maneira que não estava alguns minutos atrás. Ele se movimentou no céu, e agora estamos sob seus raios em vez de na sombra, sem termos nos movido um centímetro.

O mundo está tão brilhante e vivo que preciso estreitar os olhos.

Cruz me beija.

Quando Owen me beija, sei exatamente como me sinto. Eu me sinto bem, do jeito mais simples e mais certo. Eu me sinto sexy e ardente; sempre quero mais. Posso me perder no beijo.

O beijo com Cruz é um beijo intenso e verdadeiro. Lábios. Línguas. Minhas mãos na maciez de seus cabelos, suas mãos em meus ombros, o banco nos sustentando. Estou alerta. Não estou nem um pouco perdida. Estou bem aqui no jardim, desesperada, desajeitada e insegura.

Não consigo respirar.

Continuamos a nos beijar, e acho que vou desmaiar por causa da infinitude do beijo. Eu achava que beijar era uma fuga, mas ainda estou bem aqui, ouvindo as buzinas dos carros e sentindo os cabelos caírem sobre os olhos, ficando presos entre nossos lábios, sentindo o nariz de Cruz encostando no meu e o ranger do banco quando tentamos nos aproximar.

Quando finalmente nos separamos, eu me levanto de um salto, como se o beijo fosse a gravidade. Meus joelhos cedem, e cambaleio um pouco. Não tenho equilíbrio nem fôlego, nem nenhuma das coisas de que uma pessoa precisa.

Pego os óculos de volta e os coloco no rosto para poder respirar novamente.

Verifico a hora. São 16h36. É o primeiro segundo Minuto de Silêncio. É o início de um novo tempo.

— É melhor nós... — começa Cruz, mas levo o dedo aos lábios que ele acabou de beijar.

Não consigo não fazer o que deveria fazer. Isso é parte de nossa vida agora, quer queiramos, quer não.

A rua fica silenciosa. Carros param. Alguém que não recebeu o memorando buzina, uma nota longa e ininterrupta, então também para o carro com um guincho, o som da lembrança.

A televisão de alguém está ligada, e a torneira de alguém está aberta, tenho certeza. Quando tudo fica em silêncio, dá para ouvir com mais clareza. Cruz e eu respiramos com dificuldade.

Em Chicago, alguém está na cama há uma semana, e começa a cheirar como se apodrecesse aos poucos. Em Chicago, alguém calcula o número de segundos que está sem a pessoa que ama. Em Chicago, alguém coloca fragmentos de osso e carne em tubos de ensaio, tentando identificar vítimas que todos já sabem que estão mortas. Em Chicago, estão bem no início de coisas que conheço tão bem.

Nós também estamos no início, acho, parados na sombra do que não deveríamos ter feito.

— Desculpe. — É a primeira coisa que digo às 16h37, quando podemos deixar para trás a tragédia a meio país de distância.

Em Chicago, eles ainda estão presos, é claro, e me sinto culpada por seguir adiante.

Cruz toca meu cabelo, e acho que talvez ele não esteja tão arrependido.

— Mamãe diz que as pessoas fazem coisas loucas depois de uma grande perda — argumento.

— Então isso é sobre Jack — diz Cruz.

— Eu estou com Owen — repito, mas soa ainda menos convincente agora.

— Você tem medo de ficar com alguém que ama?

Meu coração para no jardim. Tudo em que consigo pensar são limões, cordeiro e A Lista de nomes. Não quero encarar Cruz. Olho para meus pulsos cobertos de pulseiras.

Quero ser a Lorna que diz: "Não, não tenho medo de nada!", mas não sou essa Lorna. Sou a Lorna que já perdeu a ideia de um lindo futuro. Não quero correr o risco de imaginar outro.

— Owen é maravilhoso — asseguro.

Não tenho medo da Maldição. Mas talvez tenha um pouco de medo do amor e de como ele muda tudo.

— Charlotte também.

Cruz parece derrotado, no entanto, como se não quisesse que isso fosse verdade.

Deveríamos falar mais sobre isso, sobre o que aconteceu, sobre as coisas que estão acontecendo. Mas me esforço para concluir que beijar Cruz não significou nada. Essa é a escolha mais fácil, e preciso desesperadamente de facilidade.

Dolly e Betty aparecem na entrada do jardim. Betty limpa a garganta, e não há mais espaço para Cruz e eu falarmos sobre o que quer que seja. Dou um grande passo para me afastar dele. O espaço parece mais fácil.

Sempre fui LornaCruzCharlotteDelilahIsla e gostava de como o futuro parecia ser, todos nós ficando assim para sempre. Eu me imaginava mandando mensagens de texto para Cruz sobre os tipos de segredo que alguém poderia ter aos vinte, quarenta e setenta anos. Imaginava um Aniversário Compartilhado aos 21 anos, com grandes garrafas de champanhe, e aos 30, com os filhos de Delilah e Jack agarrados a eles, comendo bolo de mel pela primeira vez. Mas esse futuro já se perdeu. Somos todos pessoas novas, e em uma rua repleta de tradição, velhas viúvas e longas histórias, isso parece impossível. Nunca fui nova em folha.

— Sabe, aposto que você também ficaria bem com os cabelos curtos — comenta Cruz, como se estivesse dentro de minha mente.

Levo a mão ao cabelo. Tenho medo de que beijá-lo tenha feito meu cabelo desaparecer. Ainda está lá. Longo, fino, prateado e emaranhado nas pontas.

Betty e Dolly nos cumprimentam com um aceno, como se fosse um aviso. Elas colhem folhas de manjericão e de hortelã, e regam todo o canteiro, que cheira a frescor e agouro.

Cruz e eu nos despedimos à maneira da Devonairre Street, com as mãos se apertando por um segundo.

Pegar, segurar com força, soltar.

14.

Há um café que se transforma em bar à noite. Chama-se Julia's e fica em Prospect Heights, unindo dois Brooklyns distintos: um habitado por famílias, histórias e homens velhos, que ficam de pé na calçada e conversam em voz alta em meio ao ruído do trânsito; outro que é reluzente e novo, repleto de casais recém-casados, que bebem drinques caros, vão aos cafés com seus laptops e fazem mestrado em artes premonitórias ou História dos Afetados. Esses dois Brooklyns se esbarram, e certa vez Jack nos levou ao Julia's para vê-los se movendo um ao redor do outro, evitando contato visual, um fazendo cara feia para o outro, mas sem nunca se falar.

O Julia's era seu bar favorito porque todos o frequentavam, cada grupo se reunindo no próprio canto, mas necessariamente esperando juntos na fila do banheiro. Além disso, como Jack era um Abboud, não pediam nossa identidade.

Vou até lá agora, querendo Jack, mas também querendo estar longe, longe da Devonairre Street, de Angelika, de Cruz e de como começo a me sentir. É uma longa caminhada por ruas que conheço tão bem que percebo as menores mudanças: uma cadeia bancária se transformando em outra, um mercadinho com um novo toldo, uma melancólica árvore urbana plantada em uma esquina onde costumava haver uma máquina de venda automática de jornais.

Cada mudança parece mais uma pequena perda, um pouco do futuro que me foi prometido e depois arrancado. Nos dois últimos quarteirões, fico nervosa com a possibilidade de o Julia's não estar mais lá. Talvez no lugar haja uma butique, um Olive Garden ou um estacionamento. Quando vejo as letras brancas nas grandes janelas da frente, finalmente consigo respirar.

Ninguém sabe onde estou.

Entro e não vejo a mistura usual de residentes antigos e novos. Todos ali dentro são jovens, estão bem-vestidos e um pouco bêbados demais para aquela hora do dia. Há uma garota branca com um vestido branco e flores no cabelo, e um negro com um terno elegante beija o lóbulo de sua orelha.

É uma festa de casamento.

Prendo o cabelo no topo da cabeça, um coque prateado, e penduro os óculos escuros na gola da camisa. Gostaria de estar usando algo acetinado e com lantejoulas, mas visto legging e uma camisa que mal cobre minha bunda.

Decido não me importar.

Pego uma taça de champanhe de um garçom que não me encara a fim de verificar minha idade, e a bebo em três goladas épicas. Ele borbulha na garganta, e isso me dá licença para me aproximar da noiva e do noivo, que agora estão de mãos dadas enquanto falam com diferentes grupos de amigos. Gosto da maneira como o amor envolve todo mundo — quando ele está presente, todos podem sentir. Deixa algumas pessoas incomodadas, melancólicas ou com ciúmes, mas me aquece e me ajuda a relaxar. Gosto de como nos arrumamos para celebrar o amor e do fato de ninguém neste lugar ter medo do que vai acontecer depois.

O noivo acaricia a mão da noiva com o polegar. A noiva se volta para olhar o noivo a cada três frases. Circulam pela festa, e sigo logo atrás, certificando-me de manter o amor em minha linha de visão.

— Eu também não recebi o memorando sobre traje de festa.

Há um cara atrás de mim. Ele tem minha altura, pele clara e bochechas rosadas. Está vestindo calça jeans e uma camisa xadrez puída nas mangas e para fora da calça. Ele olha para minha bunda.

— Quem disse que isto não é traje de festa?

Bebo a segunda taça de champanhe. Ela borbulha em meu nariz, uma sensação incômoda que faz eu me contorcer e rir.

— Noiva ou noivo? — pergunta o cara.
— Nenhum dos dois.

Sinto-me como Isla, não eu mesma, e inclino o quadril de modo que meu corpo toma uma forma nova que não tem nada a ver com Lorna.

— Noiva — diz ele, sorrindo para si mesmo. — Amigo da noiva, quero dizer. Denver.

— Como a cidade.

— Denver, como a cidade. E você?

— Lorna.

— Não é uma cidade, então.

Ele se aproxima de mim, esse cara que pode ter 17 ou 22 anos, pode ser namorado de alguém ou uma pessoa horrível.

— Quer dizer *desolada*.

Dou de ombros, como se não fosse um nome com peso, forma e destino. Dou de ombros, como se eu não fosse uma Garota da Devonairre Street, uma Afetada ou ligeiramente famosa às vezes. Dou de ombros, como se tivesse ido a mais casamentos que funerais, como se ficar perto do amor não fosse grande coisa para mim.

— Essa é uma daquelas palavras que sei que deveria saber o que significa, mas na verdade não sei — confessa Denver.

A palavra *amor* é assim para mim, mas não digo isso.

— Preciso contar um segredo — aviso. — Não conheço a noiva nem o noivo. Nem nenhuma outra pessoa nesta festa.

Denver pega mais duas taças de champanhe e ergue a sua para um brinde. Sinto uma centelha de culpa.

— A comparecer sem ter sido convidado — sugere Denver.

— A estar na companhia do amor — digo.

Brindamos. E bebemos. O Julia's parece bonito, coberto de champanhe, balões brancos e confete. Eu me decido por uma nova Futura Lorna. Ela vai mudar de nome e sair atrás de casamentos por todo o país. Vai se infiltrar, absorvê-los e desaparecer. Vai beijar um novo garoto a cada casamento, mas não vai amar nenhum deles. Terá uma coleção de vestidos de festa e se alimentará de champanhe e bolo.

A canção dos noivos é "Unchained Melody", e eles não dançam exatamente, mas se fundem a ela. Oscilam, mas apenas de leve. Alguns dos convidados desviam o olhar, como se o abraço fosse demais, íntimo demais para o testemunharem. Voltam a encher seus copos de bebida e colocam fatias de queijo em cima de biscoitos. Denver pega minha mão, e assistimos como se fosse um filme, como se fosse para nós.

Exploro o formato de sua mão. É mais áspera do que a de Owen, menor do que a de Cruz. Ele tem um rosto despreocupado e segura minha mão com força. Amigos o cumprimentam com um aceno, e imploro para que não me notem, para que não me reconheçam. Fico apavorada com a possibilidade de que alguém o puxe de lado e explique quem sou. Enquanto está pegando *cupcakes* para nós, coloco a chave ao redor do pescoço para dentro da camisa e verifico se não há nenhuma mecha de cabelo se soltando do coque.

Observo enquanto ele volta com os *cupcakes*. Demorou muito mais do que os poucos metros entre nós sugeririam. Ele abraça garotas bonitas com vestidos curtos, e elas riem de piadas que provavelmente não são engraçadas. Um amigo rouba um *cupcake* e o enfia na boca, e Denver pega a cerveja do cara e a bebe de um gole só, os dois parecendo no meio de uma dança que já executaram uma centena de vezes antes.

Eles se parecem com LornaCruzCharlotteDelilahIsla quando estamos comendo bolo de mel ou bebendo vinho escondidos no jardim. Experientes. Familiares. Como se nada jamais fosse mudar.

Paro de esperar que ele volte até mim, e vou até ele. Não me importa com quem está falando ou que ritual de pessoas normais representa.

Eu o beijo.

Eu o beijo com tanta intensidade que ele tropeça para trás antes de se recuperar e me beijar também. Posso ouvir seus amigos dando risinhos abafados e fazendo algazarra, mas não é constrangedor, é maravilhoso, é o que fariam se ele beijasse qualquer garota de qualquer rua, o que me faz beijá-lo com ainda mais avidez, deixando mais dele entrar por entre meus lábios, estreitando meus braços ao redor de seu pescoço. É bom, ativa meus sentidos. Não é um beijo que altera o mundo. Não é nem um pouco parecido com beijar Cruz ou Owen.

Eu não ligo.

Arrasto-o por entre a música, a luz das velas e as bandejas vacilantes de champanhe até um banheiro. Pressiono meu corpo contra o dele.

— Tudo bem fazermos isso? — pergunta ele, o que me faz rir, porque sou eu que estou tomando a iniciativa, então é claro que sim.

— Tudo ótimo.

Enfio a mão em sua calça, ele abaixa minha legging também, e os toques são frenéticos e excitantes. A base de minhas costas está pressionada contra uma pia e alguém pode entrar a qualquer momento, mas não deixo que isso me impeça. Eu me movimento contra ele e não é sexo, mas todos os movimentos do sexo: os corpos se curvando e se roçando, a respiração ofegante.

Uma das mãos dele faz movimentos rítmicos entre minhas pernas, e a outra se entrelaça em meus cabelos.

Fico tensa, e ele sente, porque diminui o ritmo da mão entre minhas pernas, mas é com a mão em meus cabelos que estou preocupada. Meu cabelo se solta, a respiração dele se acelera e...

— Seu cabelo é incrível...

— Preciso ir — digo, irritada, puxando a legging e remexendo os quadris para tentar colocá-la de volta no lugar.

Estou toda torta e molhada.

— O que houve? Pensei que você queria... Eu fiz alguma coisa errada?

Denver parece um pouco desolado, e achei que talvez fosse mais velho, mas agora que realmente o vejo à luz forte do banheiro, acho que provavelmente tem minha idade. Todos têm mais ou menos minha idade: 18 anos, casando-se e tendo uma visão do futuro que é clara, adorável, romântica e segura.

Espero que isto seja a pior coisa que aconteça a Denver no ano.

— Meu lugar não é aqui — respondo, tocando o cabelo para ver se há mechas soltas, pistas sobre quem sou.

— Podemos nos sentar e conversar. Não precisamos... Eu não esperava que...

Ele é fofo, Denver, mas também é um grande erro e um segredo que vou ter de guardar para sempre.

Deixo o banheiro e o cheiro sintético de limão do desinfetante. Afasto balões e caminho por entre mesas com arranjos florais brancos e restos descartados de *cupcakes* sem cobertura, taças de champanhe pela metade, guardanapos sujos de batom.

Eu me permito passar pela noiva e pelo noivo, dando uma última olhada na maneira como seus cotovelos os mantêm conectados. Ela não percebeu que a barra do vestido está cheia de migalhas, cerveja derramada e poeira; ele não percebeu a música ruim ao som da qual ninguém está dançando, nem que outro casal está brigando em um canto.

Talvez o amor seja não perceber, e isso é um problema, porque agora percebo tudo.

Deixo para trás o Julia's, o gosto de champanhe, uma hora sendo uma garota normal e o maior erro que já cometi e sobre o qual ninguém jamais vai saber.

É uma longa caminhada até minha casa, a cada passo tentando esquecer o gosto da boca de Denver, a sensação de sua mão desesperada por mim e a ideia de que eu poderia ser outra pessoa, Não Afetada e Não Amaldiçoada, ousada e livre.

15.

Na manhã seguinte, estou de ressaca. Fico feliz pelo fato de o rosto de Denver ser comum e por eu não saber seu sobrenome. Ele foi uma impossibilidade e uma coisa terrível que fiz, e só. Vou deixá-lo lá, no Julia's, com o rosto corado, o zíper da calça aberto e a lembrança de uma menina misteriosa.

Lá embaixo, mamãe deixou o jornal aberto na seção do horóscopo. Todos dizem alguma versão de: Tenha Cuidado ou Aproveite sua Vida ao Máximo ou Temos Apenas Uns aos Outros. Folheio o restante do jornal, e as notícias são ainda piores. Pode ser que ainda haja outro Atentado a Bomba, precisamos de respostas para o Atentado de Chicago, alguns dizem que uma vidente em Milwaukee sabia que aconteceria. Há estudos sobre como a História dos Afetados está funcionando nas escolas, e os resultados são inconclusivos, mas convincentes, uma combinação impossível. Políticos defendem um Minuto de Silêncio diário. Se meu pai estivesse vivo, perguntaria por que achamos que o silêncio ajuda de alguma forma. Essa seria uma das complicações que ele amava. Acho que ele ficaria fascinado pela maneira como as coisas são hoje, e sinto ainda mais sua falta, desejando que pudesse questionar tudo isso.

— As coisas vão se acalmar — garante mamãe, quando entra na cozinha depois de um banho.

Ela faz chá. É de baunilha. Nunca tomei chá de baunilha. Mesmo as menores coisas estão mudando. O chá cheira a alguma coisa que eu passaria na pele, mas não tenho certeza se quero beber.

— O jornal diz que nada está se acalmando — retruco.

Ficamos sem receber o jornal por dois anos após o Atentado. Quase todas as matérias eram sobre as Vítimas, os suspeitos misteriosos, a beleza de um país em recuperação, o medo de que voltasse a acontecer e perfis de pessoas que seguiam em frente, a maneira como a conexão humana perseverava após a tragédia. Era estranho ler sobre a coisa mais impactante que já aconteceu comigo pelos olhos de outra pessoa. Mamãe costumava amassar o jornal inteiro e pisoteá-lo quando ficava especialmente frustrada.

Lemos muitos livros no café da manhã durante esses dois anos.

— Acha que devemos parar de assinar essa coisa outra vez? — pergunto.

— Quando nos mudarmos para a Califórnia, paramos — responde ela. — Não vamos nem informar onde estamos morando. Não vai ser ótimo?

Eu me pergunto se mamãe imagina que a Califórnia seja mais ou menos como Marte.

— Teríamos de nos preocupar com os terremotos lá — argumento, tentando fazer uma piada mesmo que ela pareça um pouco séria.

— Podemos sobreviver a um terremoto, Lorna.

Finjo não ouvir. Nunca poderíamos sair da rua. Nós *somos* a rua.

Mais adiante no jornal, há um longo artigo sobre Jack Abbound, a família Abbound e seu luto. Há uma foto de sua mãe, com Michael e alguém que suponho ser seu pai: pálidos e poderosos.

No artigo, Jack é chamado de "*um jovem promissor de uma das famílias mais proeminentes do Brooklyn*" e "*um rapaz com um futuro grandioso, mas que se deixou levar por farras rebeldes e por um fraco pelas pessoas erradas*".

Viro a página, para onde o artigo continua.

Há uma foto, mas não é de Jack nem de sua rica família. É uma foto nossa. Estamos de costas para a câmera. Quatro meninas com vestidos de lã preta, três de nós com cabelos que vão até a cintura, Delilah no meio, seus cabelos deixando-a mais alta. Estamos em linha reta, olhando para a igreja.

Eu nos vejo, por um momento, como as outras pessoas nos veem. Parecemos insólitas e assustadoras. Parecemos antiquadas e deslocadas. Intrusas em uma cidade na qual vivemos toda a vida. Parecemos completamente inadequadas.

Não é de admirar que nos odiassem.

Durante décadas, os moradores da Devonairre Street vivenciaram um número incomum de tragédias. A rua histórica é conhecida por seu luto público e pelos lendários rumores de uma maldição. Os nomes dos moradores mais conhecidos da rua estão agora registrados na História dos Afetados. As famílias Ryder, Rodriguez, Partona, Chen e Joneron são todas Afetadas do Atentado a Bomba da Times Square. De acordo com o demógrafo Dr. John Ganderton, o número de famílias Afetadas em uma única rua é estatisticamente improvável. "É frequente vermos ruas com altos níveis de bombeiros ou policiais Afetados por uma tragédia como o Atentado a Bomba. Bairros nos quais vive uma grande quantidade de funcionários municipais geralmente vivenciam uma perda desproporcional. Os números nesses casos podem ser mais facilmente explicados".

Mas a Devonairre Street não pertence a um desses bairros. "Esses números nesse bairro são altamente improváveis", explica o Dr. Ganderton. "Eu consideraria isso uma anomalia estatística".

Outros, no entanto, os consideram evidências concretas de uma maldição.

"Nós evitamos essas mulheres", afirmou um homem da vizinha Belleford Street, que pediu para não ser identificado. "É bom que elas cultivem os cabelos compridos, para sabermos com o que lidamos. Aquele garoto rico? Eu teria dito a ele para ficar longe também. É uma pena".

Todos os moradores falam de Jack Abbound e dos alertas que gostariam de lhe ter feito quando ficaram sabendo sobre a morte do filho da socialite.

"Queremos que o foco seja meu irmão. Não vamos comentar sobre a maldição", disse Michael Abbound, irmão do falecido, em um comentário feito no dia seguinte à morte prematura de Jack Abbound.

"Gostaríamos que nosso filho tivesse feito escolhas melhores", disse Bert Abbound, pai do falecido, após o funeral. "Tínhamos grandes expectativas para seu futuro, de que ele encontrasse seu lugar na cidade que amamos. Ele teria sido motivo de orgulho para o sobrenome Abbound. Não nos interessa fazer comentários sobre as companhias incomuns com as quais ele andou nos últimos meses de sua vida".

"É claro que ele morreu; ela o amava", disse Angelika Koza, a moradora da Devonairre Street. Ela explicou como funciona a maldição, dizendo que as mortes sempre acontecem nos primeiros cinco anos do amor de uma garota por um garoto. "Se um garoto ou um homem não morre dentro de cinco anos, eu sei que ele nunca foi realmente amado", afirmou ela. "Eu tentei impedir. Sempre tento, quer o garoto tenha um sobrenome importante, quer não".

Este rapaz de fato tinha um sobrenome importante, no entanto, e de acordo com muitos amigos e familiares, um futuro brilhante. Sua morte ocorreu apenas algumas horas após os Ataques de Chicago, fato que aqueles que acreditam na maldição alegam ser mais uma prova de sua legitimidade.

"Coincidência demais para uma rua só", disse um garçom no famoso Bistrô da rua. E a esse respeito, pelo menos, os moradores do Brooklyn e os matemáticos concordam.

A família Abbound pede que sua privacidade seja respeitada neste momento difícil.

...

Fecho o jornal quando termino de ler e encaro mamãe para ver se ela o leu antes do banho.

— Eu sei, Lorna. Não imagino como conseguiram achar Angelika. Provavelmente ficaram perambulando pela rua, procurando por alguém que lhes dissesse algo interessante. Você sabe como são esses repórteres.

Minha mãe e eu aparecemos em três grandes matérias sobre as Famílias das Vítimas e, todas as vezes, fomos retratadas de uma maneira que nos pareceu definitivamente equivocada. É o que detestamos a respeito da História dos Afetados. Já fomos "Lorna e Emily: Sobreviventes Fortes com Crenças Incomuns", "Lorna e Emily: Lutando para Seguir Adiante" e "Lorna e Emily: Focadas na Comunidade em seu Momento Difícil".

Não somos essas Lornas e Emilys.

Na maior parte do tempo, somos Lorna e Emily: Não Lavando os Pratos Nem Conversando Muito, ou Lorna e Emily: Céticas e Amedrontadas, ou Lorna e Emily: Com Raiva do Mundo.

Hoje somos Lorna e Emily: Provando um Chá Novo e Tentando Entender o Que o Amor É de Verdade.

Jack Abbound não era o Jack Abbound do jornal. Não mencionaram suas tatuagens, o frasco de bebida, a frequência com que beijava Delilah nem as letras de suas músicas favoritas. Não disseram nada sobre como ele colocaria os pés nas cadeiras de minha futura cozinha ou sobre como eu teria aprendido a identificar a diferença entre seu bocejo cansado, seu bocejo entediado e seu bocejo apenas por bocejar. A matéria mencionou seu futuro brilhante, mas se esqueceu de descrever como ele ficaria de smoking e o sabor do bolo que ele e Delilah serviriam no casamento.

Que ele ficaria ridículo e jovem demais.

Que eles serviriam bolo de mel.

A matéria supunha que ele teria morado em um dos edifícios angulares de sua família à beira d'água, mas sei que teria morado em nossa rua, provando que todos estavam errados: sua família, Angelika, talvez até mesmo eu.

— Espero que Roger não veja isso — diz mamãe.

— Esse é o nome da... pessoa?

Não quero falar sobre o cara na vida de minha mãe.

Então tenho um vislumbre da noite passada no Julia's. Um soluço de champanhe. O osso de meu quadril batendo contra uma pia de cerâmica. Uma noiva com flores nos cabelos.

Eu o engulo de volta.

— Ele é do Queens.

Ser do Queens é uma maneira de dizer que *Roger talvez não saiba sobre a Maldição*.

— Acho que eles recebem o jornal no Queens — argumento.

Mamãe fica um pouco desapontada.

— Ele não é o tipo de cara que acreditaria nessas coisas. — Ela está tentando convencer a si mesma mais do que a mim, então não me dou o trabalho de dizer nada. — Ele joga fora a seção do horóscopo. E acha que espelhos inquebráveis são uma piada.

O espelho em nossa sala de estar é definitivamente quebrável.

Não quero saber muito sobre Roger nem sobre as coisas das quais ele gosta ou não gosta, as coisas nas quais acredita ou não acredita.

— Ele diz que é importante que todos tentemos nos lembrar de como as coisas eram antes. Houve mudanças demais na forma como vemos o mundo, segundo ele.

— Eu me lembro de como as coisas eram antes.

Penso em papai e em suas mãos largas, seu hálito de café e seu método de cortar sanduíches em tiras em vez de em metades.

Mamãe coloca o jornal na bolsa, termina o chá e beija minha testa.

— Vou chegar tarde — avisa ela.

Não tenho oportunidade de dizer nada sobre minha foto no jornal ou a aparência da imagem: desolada e estranha, como se fôssemos quem eles dizem que somos.

...

Não nos demoramos tanto tempo do lado de fora antes de Cruz nos conduzir para dentro da escola hoje. O fato de dois recrutadores do exército ficarem olhando sem pudor para Isla enquanto terminam seus cigarros ajuda. Ou talvez tenham lido o jornal e estejam olhando para todas nós. Estou cansada demais para me preocupar com isso, com Isla ou com qualquer outra coisa. Mas sinto um pouco de pena de ambos mesmo assim. Parecem completamente entediados. É um trabalho ingrato, hoje em dia, convencer jovens a se alistar. Os recrutadores passam a maior parte do tempo tentando persuadir garotos de 17 anos a abrir mão de noivados em favor do alistamento. Mamãe sempre diz: "Não dá para convencer alguém a se alistar quando não se sabe de quem essa pessoa estaria protegendo o país". Tento imaginar um de nós no Exército, mas tenho achado impossível invocar qualquer tipo de futuro.

Olho bem em seus olhos antes de entrarmos definitivamente. Não tenho raiva, mas quero que saibam que os vejo olhando para nós.

• • •

Eu me agarro a Owen no almoço. Passo os braços em volta de seu pescoço e beijo o espaço onde a camiseta encontra sua pele. Não penso em Denver. Não penso em Cruz. Não penso.

— Você está cheiroso — elogio. — Quer passar lá em casa mais tarde? Minha mãe vai sair com o cara.

— Claro — responde ele.

Tento encontrar preocupação por trás das palavras. *Você está com medo de mim?*, pergunto mentalmente, mas não consigo achar uma resposta na superfície de sua pele. Afasto o beijo de Cruz e as coisas que dissemos e sentimos no jardim; bloqueio os momentos no banheiro do Julia's e me concentro em Owen, que beija bem, é um bom namorado e uma pessoa segura, fácil e sem complicações. Beijo sua boca, o que não é permitido no refeitório, e alguns caras começam a fazer algazarra; Charlotte e Cruz estão do outro lado da mesa e se remexem, desconfortáveis.

— Você está tendo um bom dia, hein? — diz Owen, o que está muito longe de como me sinto, mas eu o beijo novamente para ver se um beijo pode fazer com que seja verdade.

— Taí um homem corajoso — diz um cara atrás de nós chamado Anton.

Ele tem os primeiros vestígios melancólicos de uma barba e usa a mesma camisa quase todos os dias.

— Quem iria imaginar que você lê o jornal, Anton — ironiza Cruz.

Ele está com as costas eretas e franzindo o cenho. Charlotte o cutuca para que fique quieto.

— É tudo muito bizarro, cara. Eu não conhecia o tal do Jack, mas é tudo muito bizarro.

— Sai daqui, cara — manda Cruz.

Ele está inclinado para a frente, como se fosse se levantar, mas Charlotte pressiona seu joelho. Coloco uma perna sobre a coxa de Owen e lhe dou uma batata frita do meu prato, como se isso provasse alguma coisa. Tento não olhar para Cruz.

— Só estou dizendo.

Não sabemos exatamente o que Anton está dizendo, mas meu coração bate forte por causa da maneira como as coisas mudam devagar e todas de uma vez. Ficamos a maior parte do tempo na escola. E, na maioria das vezes, as pessoas não olham para nós, a não ser logo depois do Minuto de Silêncio, como se quisessem ver algo triste em nosso rosto. Fora isso, acostumaram-se conosco e com nosso modo de existir como um único organismo.

Isso também passou agora.

Anton se vira e mais pessoas podem estar sussurrando, mas não as escuto porque tudo o que consigo ouvir é Isla entrando no refeitório. Ela usa botas de cano alto que fazem ruído quando tocam o chão, e seus cabelos açoitam o ar com tanta força que juro que soam como um oceano. Ela está com um vestido azul muito curto, uma coleção de cinco chaves ao redor do pescoço e dezenas das pulseiras de Delilah. Seus seios estão pressionados para cima e para fora, e ela cheira a almíscar e a final de dia.

Cruz parece desconfortável, mas não diz nada; sabe que é o melhor a fazer. Nenhum de nós diz nada, mas muitas pessoas olham para o modo como ela balança os quadris: inexperiente, um pouco estranha, exigindo atenção.

— O que foi que eu perdi? — pergunta Isla, pegando o sanduíche de Cruz do prato e dando uma mordida faminta.

— O que foi que *nós* perdemos? — emenda Charlotte.

Para meninas que parecem tão diferentes, sempre fomos um pouco iguais. Mas hoje Isla é Outra Coisa. Ela revira os olhos para Charlotte e toca os próprios quadris, como se quisesse ter certeza de que estão realmente lá.

Estão.

— Exatamente o que era de se esperar — respondo.

Não falamos sobre o artigo a respeito de Jack nem sobre a foto de nós quatro. Fica subentendido.

— Vai ficar tudo bem — garante Owen.

— Isso parece legal — diz Isla. — Mas, na verdade, não vai ficar tudo bem.

Charlotte dá tapinhas no lugar a seu lado. Se conseguirmos fazer com que Isla se sente, talvez parem de nos olhar. Tento imaginar como deve ser para Anton e seus amigos observar nossa vida em vez de viver a própria.

Isla não se senta. Ela fica mais ereta. Puxa o cabelo das costas e o passa por sobre o ombro.

— Não vou ser uma garota triste e intocável.

Ela dá uma olhada no refeitório, e me pergunto o que procura. Isla não é nada discreta. Quero desaparecer, mas ela torna isso impossível. Ouço risinhos e um pedido de silêncio.

— Ainda posso me divertir.

Coloco a mão no alto da coxa de Owen.

Charlotte se abraça a Cruz.

Todos fingimos que não estamos sendo observados.

Exceto Isla. Isla sorri para todos que a encaram. E encara todos de volta.

16.

No sábado, Delilah começa a bater nas portas.

Ela vem primeiro à nossa, ainda usando lã cinza, os cabelos cobertos por um lenço vermelho que eu já tinha visto Jack usar ao redor do pescoço. Suas roupas estão ficando mais folgadas, sua boca, mais rígida.

— Você está bonita — elogio, mas o que ela realmente parece é estranha, malcuidada e preocupada.

— Venha até minha casa ao meio-dia — diz.

Estreito os olhos para tentar realmente vê-la.

Não consigo.

Faço que sim com a cabeça.

— Acho que precisamos nos unir — avisa ela. — É uma emergência.

— Emergência?

— Você vai?

Seu rosto não muda de expressão, e Delilah não olha exatamente para meus olhos. Ela perdeu peso, tenho certeza. Seu rosto parece mais magro que há uma semana; os ossos estão mais proeminentes, os ângulos todos novos.

— Você está bem? — pergunto, implorando que olhe diretamente para mim. — Você não parece muito bem. O que posso fazer?

— Preciso que todos venham até minha casa ao meio-dia para conversarmos — responde ela.

Quero sacudi-la para obter novas palavras, expressões diferentes. Na noite em que Jack morreu, vi seu rosto mudar uma centena de vezes, e imaginei seu corpo de formas todas novas, abraçado a Jack. Agora ela está congelada nessa única expressão, e tenho dificuldade de lembrar como ela era quando beijava Jack, bebia vinho ou revirava os olhos para o bolo de mel.

— Você pode me ajudar a avisar todo mundo.

— Com todo mundo você quer dizer Isla, Cruz e Charlotte?

— Eu mesma vou avisar Cruz. — Delilah me dirige um olhar duro. — Sua mãe está em casa? Talvez pudesse ajudar a avisar às pessoas também. Preciso preparar tudo.

— Preparar o quê?

— Minha casa. Angelika já está lá, mas tenho certeza de que ela precisa de ajuda. Ela já avisou a todas as amigas. Mas ainda não falamos com as famílias no final do quarteirão. Talvez você possa fazer isso por mim.

— Delilah — digo, esperando que, de alguma forma, ouvir seu nome a transforme em Delilah novamente.

Não adianta.

Então vou bater em portas. Porque não sei o que mais fazer.

...

Ninguém se atrasa. Eu me pergunto se foi o rosto magro e sério de Delilah que assustou as pessoas e as fez serem pontuais, ou se a morte de Jack, o Atentado a Bomba de Chicago e talvez até o iminente aniversário de sete anos estão deixando as pessoas nervosas demais para relaxar e se atrasar ou não dar grande importância. Todos com quem falei aparecem com chá e limões. Os limões são empilhados na mesa de centro da pequena sala de estar de Delilah.

A Sra. James está sentada em uma poltrona e observa os frutos rolarem e caírem no chão, reluzindo pela sala com sua luminosidade insistente.

Ela tem uma ruga entre os olhos, e não posso imaginar no que está pensando, mas parece mais velha. Também está coberta de lã e com o rosto inchado. Tudo o que sempre esteve naquela sala desapareceu: livros sobre recuperação após uma tragédia, tapetes de oração, um tapete de ioga, uma meditação emoldurada que tinha a ver com o poder de se libertar. Todas coisas que Angelika odiava.

Esses objetos foram substituídos por fotografias do Sr. James. Fazia anos que eu não via seu rosto... A Sra. James e Delilah nunca deram ouvidos às regras sobre manter a memória dos homens viva cobrindo nossa casa com suas imagens. Mas hoje ele está em toda parte: cabeça calva e olho estrábico com o tom exato de pele escura de Delilah e o sorriso que ela costumava ter.

— Eu tinha me esquecido de como ele era! — exclamo, e a Sra. James olha para mim de cara feia, como se eu tivesse blasfemado em um espaço sagrado.

— Exatamente — argumenta Angelika.

Ela está ocupada em acender pequenas velas vermelhas por toda a sala. É uma coleção eclética de velas altas de jantar, velas baixas e velas gordas e fedorentas. O cheiro é opressivo — uma mistura de diferentes aromas com o tema vermelho: Pomar de Maçãs, Azevinho Natalino, Rosa Aveludada e Torta de Morango.

Pelo menos cinquenta pessoas estão aglomeradas na sala, espalhadas pelo corredor, sentadas no caminho até a escada, amontoadas na quase cozinha que é, na realidade, apenas uma bancada, dois armários e uma velha geladeira amarela que a Sra. James se recusa a substituir, embora seja muito antiga e mal gele o suficiente para evitar que o leite azede.

Cruz, Charlotte e Isla estão sentados no chão perto de Delilah. Mamãe e eu ficamos junto às estantes e cobrimos o nariz com as mãos, tentando escapar do cheiro de velas aromáticas, dos perfumes de velhas senhoras e de dias de ovos cozidos demais e cordeiro malpassado. Nem mesmo o spray de cabelo de mamãe é suficiente para encobrir todos os outros aromas. Ela está usando mais que o habitual hoje: seu cabelo curto é, de alguma forma, mais difícil de conter que o comprido, e mechas continuam se soltando do minúsculo coque que ela fez na nuca.

— Obrigada — agradece Delilah, a voz tão baixa que não consegue competir com o burburinho de toda a rua se perguntando por que estamos aqui, balançando a cabeça contra a crueldade da família Abbound ou o vestido de Isla, que poderia ser uma combinação, e sua meia-calça rasgada até a coxa.

Estão sempre mais preocupados com as roupas da Isla do que com as minhas. Na outra noite, no Julia's, eu estava usando menos do que Isla usa agora, mas isso não despertou o mesmo tipo de indignação quando passei pela rua. Acho que Isla também deve perceber como seu corpo é um campo de batalha particularmente tenso em comparação com o nosso. Penso em como a Sra. Abbound olhou para Delilah também. É desconfortável pensar em nós como qualquer coisa que não seja um único organismo, mas é claro que é mais fácil ser uma Garota da Devonairre Street branca.

Isla tem pulseiras vermelhas e brancas dos pulsos até os cotovelos.

Cortei as minhas. Elas me davam coceira e ficaram maltrapilhas e cinzentas depois que tomei banho com elas.

— Obrigada por virem — diz Delilah.

Angelika coloca um dedo nos lábios e silencia todos os que não pararam de tagarelar.

Mando uma mensagem de texto para Cruz. Não consigo evitar. Deveria estar enviando mensagens de texto para Owen, dizendo onde e quando podemos nos encontrar mais tarde, quem vai levar cerveja, sorvete ou camisinha. Mas não preciso mandar uma mensagem de texto para Owen. Passei a semana toda acariciando-o, apoiando a cabeça em seu ombro enquanto assistíamos a filmes, com as pernas em torno dele quase todas as noites em meu sótão e uma vez no jardim, quando já estava tarde e eu não conseguia dormir, então o convenci a irmos até lá escondidos.

Na escuridão das três da manhã, me senti bem porque Cruz não era mais a última pessoa que eu tinha beijado ali.

Ao nascer do sol, eu me sentia péssima.

Está tudo errado, escrevo para Cruz agora.

Vejo quando ele sente a vibração do telefone; vejo quando o verifica; vejo quando diz a Isla que é outra pessoa, provavelmente.

Você está com medo, escreve ele de volta. *Eu não.*

Isla está com medo, escrevo. *Delilah está com medo. Até Charlotte parece estar com medo.*

Eu o observo enquanto lê minha lista e acaricia as costas de Charlotte, mas acho que é acidental, um gesto tão familiar que não tem mais significado. Se acariciasse minhas costas, seria algo notável.

Cruz não responde. Mas também não para de me olhar.

Eu desvio os olhos primeiro.

— Precisamos fazer alguma coisa — incita Delilah, como se estivéssemos no meio de uma conversa. — Alguma coisa precisa ser feita.

— Delilah me procurou — diz Angelika, passando por entre os corpos sentados no chão e quase tropeçando em alguns limões caídos até chegar ao lado de Delilah e apertar seu ombro. — Tarde demais, ela veio até mim. Mas agora temos de olhar para a frente. É tarde demais para consertar tudo. Delilah sabe disso agora. Ela compreende. Ela é uma de nós. E finalmente chegou a hora de fazer mais.

Eu me retraio ao ouvir as palavras *uma de nós*.

— Delilah é uma de *nós* — repito, embora saiba que não devo responder Angelika.

A velha olha em minha direção. Seu olhar se alterna entre mim e minha mãe. Ela franze o nariz. O coração de mamãe se agita. O meu quase para.

— *Nós* é uma palavra engraçada, não é? — pergunta Angelika depois que décadas se passam na pequena sala que precisa desesperadamente de uma janela aberta. — Não costumava ser assim. Costumávamos ser todas mulheres da Devonairre Street. Unidas. Havia apenas um Nós. Vocês jovens... — Ela se afasta, acendendo outra vela. — Bem. Não costumava ser assim.

Charlotte olha para o chão. Delilah e Cruz olham para o chão. Até mesmo Isla olha para o chão.

Não sei para onde olhar.

— Você é uma de nós, Lorna? — pergunta ela.

— Eu...

— Não responda agora — interrompe. Angelika não me diz quando responder. — *Naiwny* — murmura, uma palavra polonesa que não conheço.

Há tanto espaço entre Angelika e eu e o modo como vemos as coisas.

Há um espaço crescendo entre o modo como Delilah e eu vemos as coisas também.

Não posso ficar parada, assistindo a esse novo futuro se desenrolar. Meu coração se aperta quando penso que minha amiga pode nunca mais amar.

— Cometi um erro — admite Delilah, baixando o olhar. Ela balança a cabeça, engole em seco e tenta de novo. — Não. Mais que isso. Eu matei uma pessoa. Matei... Não escutei... Eu...

Angelika acena com a cabeça. Eu a odeio por fazer isso.

— Ok, tudo bem, já basta — diz mamãe.

Tinha me esquecido de que ela estava a meu lado. Ela ajeita os fios de cabelo rebeldes atrás das orelhas. Coloca a mão em meu ombro.

— Não basta — retruca Angelika, olhando para mamãe de cima a baixo.

Observo enquanto as duas se encaram, e é mamãe quem cede primeiro, o queixo caindo sobre o peito, a cabeça movendo-se de um lado a outro, em um pequeno e silencioso *não*.

Escolho olhar pela janela em vez disso. Há um casal mais velho passando em frente ao prédio, e desejo que Delilah tivesse pensado em fechar as cortinas, porque noto que eles olham para nós. Estou certa de que são turistas por causa de sua marcha lenta e de seus tênis de corrida. Vieram para ver a rua Amaldiçoada do jornal antes de visitar o local do Atentado a Bomba na Times Square, ou de fazerem um passeio pela Ellis Island.

Sei o que parecemos a eles: mulheres tristes e curvadas, aglomeradas em uma pequena sala de estar, todas de cabelos compridos e com roupas de lã. Eu me pergunto se conseguem sentir o cheiro de lavanda ou se percebem como todas nos encolhemos na presença de Angelika. A mulher sorri, como se tivesse visto exatamente o que veio até aqui para ver. O homem cora e passa a mão na testa.

Ela diz alguma coisa e tira uma foto.

Odeio o que quer que seja que ela vê em nós.

Angelika — de pé, as costas eretas, os ombros para trás, o rosto relaxado e parecendo quase jovem — examina a sala, olhando para cada garota e mulher com um olhar crítico e cuidadoso.

O casal na rua se anima ao vê-la. Eles sussurram algo, balançam a cabeça e finalmente seguem em frente.

— Charlotte — chama Angelika, olhando para as tranças e os olhos azuis da jovem e sua boca nervosa e crispada. — Sem chave?

Charlotte toca a clavícula, o lugar onda a chave normalmente repousa. Não está lá. Ela fica de um vermelho intenso, tão vermelha quanto algumas das velas. Não é de seu feitio esquecer as coisas, e não é de seu feitio ficar com vergonha.

— Eu tirei — admite ela. — Algumas horas atrás. Esqueci de colocar de volta.

— Você não deveria tirar nunca — ralha Delilah, no que eu achava que seria uma fala de Angelika.

— Certo — diz Charlotte. E então, novamente: — Certo.

Isla passa os dedos por sua coleção de chaves, e elas fazem um barulho, um ruído metálico. Ela abre um sorriso afetado. Angelika também olha para ela, mas não a elogia por suas chaves. Até Angelika deve saber que não são suficientes.

A que está pendurada em meu pescoço não fez nada para evitar que eu agisse de maneira terrível.

— Eu queria me encontrar com todos vocês porque os últimos dez dias foram horríveis, e não sei mais o que fazer a não ser recorrer a minha comunidade — começa Delilah.

Ela joga os ombros para trás e se parece de novo com a Delilah que conheço. Quero estar perto dessa Delilah; quero levá-la para longe daqui a fim de que possamos nos sentar lado a lado, contar segredos e rir das coisas que mais machucam, como sempre tentamos fazer.

Mas ela não olha para mim. Não olha para ninguém em particular. Ela não faz parte de LornaCruzCharlotteDelilahIsla. Sei disso com tanta certeza quanto sei que não amo Owen, que tenho saudades de meu pai, que gostaria que o aniversário não estivesse se aproximando, que não acredito que Jack se foi.

— Pedi ajuda a Angelika — continua Delilah.

Sua respiração muda, e ela se curva para a frente. Ela fala como se estivesse em confissão, recitando seus pecados, todas as maneiras pelas quais decepcionou Angelika, todas as coisas que deveria ter feito diferente. Suas mãos e seus joelhos tremem, a voz se eleva, e as mãos agarram as laterais do pescoço, como se tentasse manter a calma. Então começa a chorar, minha Delilah, lágrimas escorrendo pelo rosto, tão rápido que não conseguiria pegá-las se tentasse.

As mulheres mais velhas acenam com a cabeça e unem as mãos à frente, como se orassem para que ela tivesse tido mais juízo. Isla, no chão, se encolhe, puxando os joelhos para junto do peito e apoiando a testa em cima deles. Eu me pergunto se ela se sente escondida, sentada assim.

Charlotte mantém a mão onde sua chave deveria estar, e Cruz apenas olha para mim. Não tenho certeza, mas acho que sua cabeça balança em um pequeno *não*, como fez minha mãe antes. Não, não vamos acreditar. Não, Delilah não está certa só porque está triste. Não, o que quer que venha em seguida não é para nós. Não, não podemos deixar que Angelika tenha esse poder, se aproveite, faça da morte de Jack o próprio imperativo.

Não consigo localizar essa certeza. Na verdade, não consigo me localizar.

Angelika toma a mão de Delilah. Conheço tão bem a mão de Angelika que posso imaginá-la na minha, a aliança de ouro rígida contra meu dedo, a textura da palma surpreendentemente macia. Há a ponta de um sorriso em seu rosto, e vejo seu polegar acariciar um ponto na mão de Delilah.

A Sra. James fica engasgada e sai da sala.

Com Delilah chorando e o resto de nós atordoados, entristecidos e subjugados, Angelika está no comando.

— Nós costumávamos ter regras — diz ela. Sua voz ressoa, e me pergunto qual será a palavra polonesa para *regras*. — Eram boas regras. Elas nos faziam bem.

Da maneira que Angelika pronuncia, a palavra *bem* soa como um punho em uma mesa. Delilah continua desmoronando sob as palavras. Uma vela perto dela se apaga. Delilah se sobressalta e a reacende, trêmula, depois se perde na luz vacilante enquanto Angelika continua.

Se o casal de turistas ainda estivesse na rua, acho que ficaria assustado com a maneira como Angelika observa cada movimento de Delilah;

eles conversariam mais tarde sobre como acenamos com a cabeça em sincronia, unimos nossas mãos todos ao mesmo tempo, como se estivéssemos na igreja. Teriam notado a inclinação intimidante do corpo de Angelika ao iniciar a nova lista de regras. Entenderiam o que torna as regras impossíveis de ignorar.

— Vamos acender velas vermelhas todas as noites. Vamos mantê-las nas janelas para que possamos vê-las. Para sabermos que estão acesas. Vamos ficar de olho nas chaves ao redor do pescoço, no cabelo crescendo, no chá de lavanda e nas coisas que vocês vão comer. Vamos cuidar do jardim. — Angelika lista o que já fazemos, a não ser pelas velas vermelhas, o que parece um pequeno preço a pagar caso ajude Delilah a se acalmar. — As saias deverão ser abaixo do joelho. As blusas, cobrindo o colo. Haverá também um toque de recolher. Às dez horas da noite, todas as mulheres e meninas precisam estar em casa, sem homens nem meninos por perto.

As senhoras mais velhas ficam quietas. Acho que algumas até sorriem seus sorrisos de lábios finos. Saad e Hiba baixam a cabeça. Estão acostumados a ser ignorados e esquecidos nesses momentos. Eles não contam porque Angelika decidiu que seu amor não é real.

Começo a tremer por dentro e por fora, com um medo gélido.

— Não podemos controlar o mundo lá fora — diz Angelika, levantando um braço, como se ele pesasse muito, e gesticulando para a janela e para o mundo do lado de fora. — Mas podemos controlar nosso mundo. — Ela faz uma pausa, considerando. E olha para mim. — Nós.

Mamãe fica tensa a meu lado. Está prestes a dizer algo, mas não diz. Olho novamente para Cruz, e ele ainda está olhando para mim, por mais tempo que qualquer pessoa já olhou para outra, acho. Não consigo decifrar seu rosto. Não consigo decifrar o rosto de Charlotte, e Isla ainda está escondida. Estou na temperatura do inverno, do gelo, das coisas que mais nos dão medo. Estou nessa exata temperatura.

Delilah é a única que consigo decifrar, e tudo o que vejo é sofrimento e medo, uma combinação tão familiar que mal posso nomeá-la. É o olhar das viúvas da Devonairre Street; é o olhar que nossas mães tiveram e do qual lutaram para se livrar; é a aparência que Angelika, Dolly, Betty e o restante usam como um distintivo.

Talvez eu também tenha essa aparência agora, mas sem a sombra da crença pairando sobre tudo. A crença transforma o medo e o sofrimento em algo mais simples. Eu entendo agora.

A crença faz com que o sofrimento pareça possível de administrar. Mas não é.

— O amor acontece à noite — diz Angelika, sussurrando, como se fosse um segredo que alguns de nós talvez não conhecêssemos. — Então vamos eliminar a noite.

Algumas pessoas limpam a garganta. Alguns pés se arrastam.

Estou tonta por causa do cheiro de maçã, canela e cera derretida. Cinquenta pessoas é gente demais para esse espaço minúsculo, dez horas da noite é cedo demais para ser trancada em minha casa, e até mesmo o que visto hoje — saia de lã acima dos joelhos e uma camisa rosa com gola baixa — é de repente uma violação das regras da Devonairre Street. Angelika e as outras viúvas olham para mim, Isla e Charlotte, como se já devêssemos ter encontrado um jeito de nos cobrir e nos tornar invisíveis, aceitáveis e indesejáveis.

Fico com medo quando Angelika diz *vamos eliminar a noite*, como se a noite fosse uma coisa que estivesse à disposição, algo que lhe pertencesse para distribuir, do jeito que o amor sempre foi.

Espero que alguém comece a rir. Como isso não acontece, espero que alguém diga a Angelika que ela não está no comando. Em vez disso, uma sala cheia de gente morde os lábios e enxuga os olhos. As mãos de minha mãe se fecham em punhos cerrados ao lado do corpo.

Acho que vejo Charlotte e Isla acenarem com a cabeça, e esse minúsculo movimento hipotético força as palavras a saírem de minha boca.

A noite é nossa, penso, mas tenho medo de dizer. *O amor é um direito nosso, assim como a noite.*

— Você não pode... — tento enfrentá-la um pouco, mesmo que não com as palavras que eu gostaria de poder dizer.

— Vou repetir, para o caso de você não ter prestado atenção — interrompe Angelika.

— Eu estava prestando atenção — retruco, e é isso.

A discussão, de alguma forma, acabou. Tudo o que resta é uma mesa de comida para combater a Maldição que ninguém quer comer, mas aparentemente todos o farão.

• • •

Quando as primeiras pessoas se preparam para sair, Angelika fica de pé outra vez, segurando o espaldar de uma das cadeiras dobráveis que Delilah arrumou. Se ela se apoiar demais na cadeira, vai cair, e acho que quero que isso aconteça, um pouco.

Silencio esse pensamento e me lembro de Frank Sinatra, dos quebra-cabeças e de chorar com o rosto na curva do pescoço de Angelika quando minha mãe se trancou no quarto e me pediu para parar de incomodá-la.

Penso em Aramis, o cheiro de alguém que é sólido, reconfortante e presente.

— A matéria no jornal — diz Angelika. — Sei que todos a lemos. Pensei a respeito. Depois da guerra, as pessoas souberam sobre nós. Elas nos evitavam. Havia menos tentações, menos mortes. Menos amores acidentais.

Quando Angelika diz *a guerra*, está se referindo à Segunda Guerra Mundial. Ela era uma criança pequena na época, mas foi quando seu pai morreu e quando a Maldição supostamente começou. Nenhum dos homens casados da Devonairre Street voltou; nenhum dos namorados voltou.

De acordo com Angelika, no início a Devonairre Street era abençoada. Todos na rua se apaixonavam. As pessoas diziam que, se morasse na Devonairre Street, você encontraria o amor verdadeiro e seria feliz para sempre. Mulheres e homens solteiros se mudaram para os prédios de fachada marrom, na esperança de encontrar maridos e esposas. Lojas de artigos de casamento, floristas, chocolaterias se mudaram para a rua. "O comércio do amor", diz sempre Angelika, com um olhar amargo no rosto. "Eles chamaram de epidemia de amor, mas era apenas arrogância", sempre emenda em seguida. "Eles tomaram esse amor como algo certo. Pensaram que sempre estaria lá. É preciso pagar pela arrogância".

A Maldição aconteceu quando pessoas demais começaram a tomar as Bênçãos do Amor da Devonairre Street como algo certo.

No dia em que Angelika nasceu, uma dúzia de homens da rua foi enviada para a guerra.

"Meus pais fizeram parte disso. Minha mãe se mudou para a rua a fim de encontrar alguém. Alugou um apartamento e esperou que o amor fosse até ela. Como se tivesse direito a isso. Bem. Ela aprendeu. Todos nós aprendemos, um dia". As coisas que Angelika diz quando está falando sobre as Bênçãos da Devonairre Street são assustadoras. Se alguém de fora da rua a ouvisse, haveria ainda mais histórias sobre nós.

"Meus avós sempre moraram aqui", lembra minha mãe sempre, dando de ombros, como se isso nos fizesse melhores que aqueles cujos antepassados se mudaram para cá buscando se apaixonar.

— Acho que a matéria foi boa — diz Angelika depois de uma longa pausa. Ninguém se move, como se tivéssemos um Minuto de Silêncio aqui e agora, mesmo que não seja uma manhã ou uma tarde de terça-feira. — Delilah foi procurada para comentar a morte de Jack Abbound.

Minha amiga estremece ao ouvir a palavra *morte*. Leva uma eternidade para que ela não seja uma surpresa. Passei o primeiro ano inteiro sentindo um aperto no estômago toda vez que alguém mencionava o que tinha acontecido com meu pai.

— A cidade quer saber mais sobre nossa rua. Sobre a Maldição. Há interesse. Acho que seria sábio lhes dizer tudo o que pudermos. — Angelika olha para mim, para Charlotte, para Isla, para Delilah. — Que vocês, meninas, digam o que fizeram e quem são.

Não quero que ela repita isso, mas ela vai repetir.

17.

Estamos em exibição no Bistrô na noite seguinte.

Mamãe soltou o cabelo curto em vez de usar um coque, e eu estou comendo batatas fritas com maionese. Não sei qual é a postura oficial da rua em relação à maionese, mas sei qual é a postura em relação a mim e a minha mãe.

Nós somos ruins.

Os joelhos de mamãe estão à mostra, e descobri que não tenho nenhuma blusa que cubra o colo.

São nove da noite. O toque de recolher se aproxima, e Roger ainda não chegou, mas estamos esperando por ele. Acho que esperamos por ele, esperamos pelas dez da noite e esperamos para ver o que será feito em relação a nós quando desrespeitarmos mais regras.

— Você vai amá-lo — garante mamãe, mas não tenho a intenção de sentir nada por ele.

Owen também está aqui. Ele está nervoso: brincando com o guardanapo, pegando minhas batatas fritas e olhando para o relógio, como se também quisesse que chegássemos em casa a tempo. Ele está com a mão em minha coxa, e tento me lembrar de como essa sensação era boa. Na primeira vez que saímos, fomos ao cinema e, no meio do filme, sua mão encontrou o caminho para o mesmo lugar, e eu poderia jurar que minha perna queimava por causa da emoção. Mesmo depois que ele tirou a palma de minha coxa, eu ainda podia senti-la, horas depois.

Mas já estou esquecendo como pensei que poderia me sentir em relação a Owen naquela noite vaga de terça-feira. Essa é a diferença, acho, entre o amor e desejar que algo fosse amor: quanto tempo a lembrança dura.

— Não podíamos ter ido a outro lugar? — pergunto.

Mamãe dá de ombros, como se não conseguisse imaginar por que eu gostaria de estar em outro lugar, mas a resposta é óbvia. Angelika já passou na frente do Bistrô uma vez, e não parece ter sido coincidência.

— Este é nosso lugar favorito.

Mamãe diz as palavras *lugar favorito* como se reivindicasse um direito.

— Estou morrendo de fome — diz Owen.

— Vamos fazer os pedidos assim que Roger chegar — assegura mamãe.

Noite passada ela tirou a chave do pescoço e me disse que já estava na hora de eu conhecer o homem que ela ama. Jogou fora o spray de cabelo. "Meu cabelo está curto, não preciso disso", disse para mim ou para si mesma. Agora ela cheira a sabonete e algodão. Não acendemos nossa luz externa antes de sairmos para o Bistrô.

Isso é mentira: acendi nossa luz externa, como fazemos todas as tardes quando o sol começa a se pôr; Angelika diz que as luzes nos ajudam a encontrar o caminho certo. Ela afirma que temos de combater a noite. Mas, quando estávamos saindo, mamãe olhou para a luz, para o vidro empoeirado da luminária, para a carreira de luzes acesas por toda a rua, previsível, simétrica, segura, e pressionou o interruptor para desligá-la.

"Desperdício de energia", disse ela.

Já está escuro; todos vão notar.

Estávamos em casa às dez nas duas últimas noites desde a reunião, mas hoje vai ser diferente.

Mamãe e eu estamos prestes a ser as primeiras a desrespeitar o toque de recolher.

Os repórteres virão no próximo fim de semana para falar comigo, Delilah, Isla e Charlotte. Ficou decidido da mesma maneira como tudo é decidido agora: rapidamente e sem ouvir nossa opinião.

Não contei a Owen sobre os fotógrafos. Sua mão, pousada sobre minha coxa, passa a apertá-la. Ele precisa cortar as unhas; posso senti-las cravando-se em mim.

Eu amo a lua e você, e não tenho uma galinha, penso, e tento mais uma vez me lembrar da sensação de ouvir a doçura sonolenta dessas palavras. Agora soam apenas como uma frase sem nexo. Talvez ele nem mesmo estivesse dizendo essas coisas para mim. Talvez em seu sonho estivesse em um barco a remo com uma supermodelo ou sob uma nuvem de chuva com sua mãe.

— Sua mão está suada — aviso, e mexo a coxa de modo que sua palma desliza para fora dela. — Eu quero ir para casa.

— Você está com medo — diz mamãe.

Soa como uma acusação.

— Delilah quer que respeitemos o toque de recolher. Se você não quer respeitar, tudo bem. Mas eu quero fazer isso por ela.

Um garçom vem até nossa mesa, enche nossos copos, e ficamos em silêncio por um minuto.

— Bem, isso é importante para mim — sibila mamãe depois que ele vai embora. — Roger é importante para mim.

— Lorna não está com medo — diz Owen.

Ele se volta para mim, e vejo que está com medo. É como uma doença, uma doença muito contagiosa que se espalha pelas pessoas de nossa rua.

— Você disse que não tem medo. Que não há razão para ter medo, certo, Dra. Ryder? Ninguém está com medo?

É assim que vai ser agora, tentar ter namorado. Haverá suor, fala rápida e verificação de obituários. Não haverá noites fáceis e românticas; não haverá lapsos ardentes de discernimento, como no Julia's. Haverá decisões calculadas, avaliação de riscos e o fantasma de Jack pairando por toda parte, como um alerta.

Mamãe suspira, não exatamente respondendo, mas proclamando:

— É por isso que temos de nos mudar para a Califórnia. Não estou brincando. Não aguento mais ouvir essas coisas.

Eu a ignoro e seguro a mão de Owen. Preciso que Owen fique. Eu o estou afastando, mas o que preciso mesmo é que fique exatamente onde está, para ser uma espécie de barreira entre mim e realmente me apaixonar por alguém. Penso em nosso primeiro beijo, na primeira vez que transamos, na festa à qual fomos no outono, quando dançamos lentamente até as músicas mais rápidas, tirando todo mundo do sério. Vasculho e vasculho, procurando esses sentimentos.

Mas.

Não paro de pensar nos lábios de Cruz, em seu encolher de ombros e nos monstros de giz que desenhamos na calçada tantos anos antes.

Se eu conseguir esquecer Cruz, se mamãe conseguir esquecer a Califórnia e se o mundo inteiro conseguir nos esquecer, vai ficar tudo bem. Tento visualizar: as coisas dando certo. É difícil.

A porta do Bistrô se abre, e ele entra. Roger. Ele fica parado na porta, alto e magro, e examina o lugar. Tem cabelos grisalhos e olhos caídos, e carrega um buquê de tulipas cor-de-rosa.

As tulipas são um erro. É tudo um erro. Angelika aparece na janela com uma cara feia, observando Roger e minha mãe, o abraço que ele lhe dá, as tulipas que me entrega e a maneira lenta e despreocupada com que puxa uma cadeira e se senta — as pernas relaxadas, um sorriso aberto, como se tivesse todo o tempo do mundo.

Angelika observa tudo. Tenho a sensação perturbadora de estar em um filme sobre minha vida. É isso que ser vigiada faz com você.

— A famosa Lorna Ryder — diz o homem que se chama Roger, estendendo a mão.

É a pior coisa que poderia ter dito.

— Isso.

Coloco as tulipas sobre a mesa, e algumas pétalas acabam pousando sobre a manteiga, mas não me importo o suficiente para movê-las.

— E você é Roger.

Ele aperta a mão de Owen também, e isso é outro tipo de injustiça. Eu me pergunto o que meu pai teria feito ao conhecer meus namorados. Teria perguntado se gostavam dos Mets, acho, e os teria provocado se fossem muito formais. Teria me perguntado mais tarde, entre *sundaes* caseiros e grandes copos de água gelada, se eu estava apaixonada por eles, porque papai gostava de conversar comigo sobre coisas que pais e filhas nem sempre conversam.

Roger fala sobre os atrasos do metrô com minha mãe, e Owen acena com a cabeça, como se fosse importante, mas não é.

Meu pai gostava de falar sobre o amor, sobre o quanto era grande e pequeno. Quanto era forte e delicado. Como eu deveria ficar atenta a ele. Como eu não deveria ouvir a opinião de nenhuma outra pessoa a esse respeito, a não ser a dele, a de E.E. Cummings e a de Shakespeare.

Esses são os detalhes sobre os quais eles não escrevem nos jornais. Esses são os fatos que não fazem parte da História dos Afetados. Essas são as coisas com as quais a própria Angelika não se importa. São minhas, e vou ficar com elas.

— Seu pai e suas conversas sobre o Amor — disse Betty certa vez, quando perguntei qual era a coisa de que ela mais se lembrava a seu respeito.

Faço essa pergunta às viúvas todos os anos no aniversário de meu pai. Às vezes, suas respostas mudam, e isso me fascina. Por que se lembram de um jeito em um ano, e de outro no ano seguinte?

— Ele amava o amor? — perguntei. É o que mamãe sempre diz sobre ele, com um rolar de olhos e um sorriso distante que eu gostaria de capturar em uma garrafa.

— Ele era fascinado pelo amor — respondeu Betty.

— Ele também o amava — disse Dolly, interrompendo, como sempre, para deixar sua marca na conversa.

— Bem, sim. Mas ele era... bem. Ele era um pouco como Angelika. Queria atribuir palavras a ele. Gostava de tentar encontrar a maneira certa de descrevê-lo. É por isso que eles se davam tão bem.

— Meu pai e Angelika?

— Ah, sim — respondeu Dolly.

— Ah, sim, sim — completou Betty. — Tinham longas conversas que o restante de nós não conseguia acompanhar.

— Ou ficávamos entediadas! — disse Dolly. — Eu ficava tão entediada depois que eles começavam.

— Mas seu pai, ele nunca ficava entediado — disse Betty.

— Não quando se tratava de amor — completou Dolly, e ambas soltaram longos e tristes suspiros.

— Eu não me lembro de nada disso — falei.

Às vezes eu ficava nervosa, achando que inventavam meu pai, que ele se tornava parte da história da rua, e não mais meu pai.

— Tudo bem — tranquilizou Betty. — Nós nos lembramos dele para você.

— O que há de bom aqui? — pergunta Roger.

Mamãe me observa enquanto o conheço, esse homem que ela pode amar, e acho que procura por algo, mas não sei ao certo o quê. Não fico a uma mesa com minha mãe e um homem desde que meu pai morreu, e, na verdade, não tinha me dado conta disso até este exato momento.

Sete anos é uma eternidade e é também um instante, e ambas as coisas são verdadeiras agora, olhando a camisa azul passada de Roger e seus olhos azuis desbotados.

— O bife é delicioso, mas, por favor, não peça — digo, pensando em meu pai e seu amor pelo bife malpassado do Bistrô.

Roger acena com a cabeça, como se isso fizesse sentido, e talvez seja por isso que minha mãe o ame.

Olho para a janela, procurando Angelika, mas Delilah tomou seu lugar. Dói vê-la me observando.

— Mãe — chamo, indicando a janela com o queixo.

Mamãe segue o gesto e respira fundo.

— Está tudo bem, Lorna — diz ela, brincando com as pontas do cabelo, como se guardasse nelas um poder secreto. — Ela vai embora se a ignorarmos.

— Eu não quero ignorá-la. — Delilah cruza os braços e me encara. — Ela é minha melhor amiga.

— Ela também está envolvida em algo com o qual não queremos estar envolvidas.

Mamãe está usando a voz de terapeuta. Sei porque é mais baixa, mais lenta e mais formal. Owen se remexe em seu assento, mas Roger permanece imóvel.

— Poderíamos simplesmente fazê-las felizes e ir para casa. Esta noite. Conceda a elas esta noite.

Parece simples em minha cabeça. Sempre cedemos um pouco, sempre entregamos pedaços e partes de nós mesmas a Angelika e à rua, e não sei por que esta noite temos de assumir uma posição. Poderíamos assumir uma posição amanhã ou no dia seguinte. Podemos respeitar o toque de recolher por uma semana ou por um mês. Eu participarei da matéria de bom grado, se isso mantiver Delilah calma, se nos der a todos uma chance de nos reagrupar e encontrar um ao outro novamente.

Estou disposta a fazer qualquer coisa, percebo, pela chance de continuar a ser LornaCruzCharlotteDelilahIsla.

— Acho que talvez seja melhor eu ir embora — diz Owen.

Não sei se é a tensão entre mim e mamãe ou a ameaça de Delilah e Angelika do lado de fora do Bistrô, ou se um minúsculo fragmento de crença se infiltrou em Owen, mas ele se levanta, estende a mão para Roger novamente e mal olha em minha direção.

— Vou com você até a porta — digo, mas Owen apenas dá de ombros.

Eu o beijo na porta, na frente de Delilah, na frente de minha mãe, de Angelika e de Roger, que ainda demonstra o desinteresse e a tranquilidade de uma pessoa que não tem medo. Eu o beijo como se pudesse encontrar algo novo e surpreendente em sua boca. Eu o beijo, aproximo o corpo do dele, fecho os olhos com força e imploro a meu corpo que se deixe levar pelo beijo.

Ele me beija de volta, mas sem entusiasmo.

Durante todo o tempo, Delilah nos observa, e sinto que está nos observando.

— Preciso ir, Lorna — diz ele.

— Está tudo bem entre nós? — pergunto.

São quase dez horas. Estou na porta e poderia ir embora com Owen, poderia caminhar para casa com Delilah, poderia fugir de minha mãe e de Roger e das coisas nas quais acreditamos.

Mas as coisas nas quais acreditamos — no amor, em não ter medo e no fato de que Maldições são bobagens — são as coisas nas quais meu pai acreditava. Não posso fugir delas.

O Bistrô é o lugar que meu pai mais amava. É um edifício antigo, com cornijas, teto com placas de estanho ornamentadas e bifes enormes. Algumas tardes, papai e eu vínhamos até aqui depois da escola. Ele pedia bife com batatas fritas, eu comia as batatas fritas e fazia a lição de casa enquanto ele examinava planos de construção, plantas baixas ou revistas de arquitetura, e passávamos horas assim à luz tênue. Voltávamos para casa cheirando a manteiga e carne.

Não me lembro de muito, mas me lembro disso. Não preciso perguntar a Betty e Dolly sobre essas memórias; não preciso torcer para que sua narrativa a respeito dele esteja certa. Bistrô, *cappuccinos*, bife malpassado e plantas baixas são coisas sobre meu pai que sei com certeza, o que significa que são as melhores coisas sobre ele.

Beijo Owen novamente, mas não há nada ali. Até mesmo a centelha de desejo se foi, porque eu não o amo e nunca vou amá-lo. Porque amo outra pessoa.

Fico de pé na porta, a meio caminho entre o lado de fora e o lado de dentro, faltando três minutos para o toque de recolher, e observo Owen se afastar.

Delilah pega minha mão. Ela percebe o jeito como me desvencilho.

— Lorna — diz ela.

Em meu nome há decepção, uma súplica e todo o amor do mundo. Senti falta de meu nome em sua boca. Gostaria que o dissesse novamente, mas ela fica em silêncio, esperando.

— Nós não acreditamos — digo, tendo o cuidado de olhá-la diretamente nos olhos.

Delilah balança a cabeça com força, sem me ouvir. Ela agarra meu pulso, procurando suas pulseiras, e, quando não encontra nenhuma, joga meu braço de volta para mim, com mais violência do que qualquer uma de nós esperava. Abro as mãos e ergo os ombros até as orelhas.

Ela cerra os punhos ao lado do corpo.

Na Devonairre Street, ou você está junto ou não está. Somos meninas sem pai, esposas sem marido e pessoas que viram o pior que a vida tem a oferecer. E permanecemos aí: na lama, na tristeza, na fúria, nos escombros, nas cinzas e nos edifícios em chamas. Permanecemos juntas.

Isso é o que sempre fazemos, mesmo quando parece tolo ou estranho. Mesmo quando é cansativo e irritante. Ficamos juntas.

Angelika e Betty também caminham pela rua agora.

— Toque de recolher! — gritam elas, o sotaque do Brooklyn de Betty parecendo se harmonizar com o sotaque polonês de Angelika.

Quero fazer o que querem que eu faça. Mas não posso.

— E quanto a Jack? — pergunta Delilah.

Ela sussurra seu nome. Acho que pronunciá-lo alto faria com que doesse ainda mais.

— E quanto a nós? — pergunto.

Angelika e Betty passam diante do Bistrô; Delilah e eu ficamos na rua, dez horas da noite chega, e isso nos dilacera.

18.

Roger não está morando conosco nem nada, mas suas meias estão no chão do banheiro e a sala de estar cheira a desodorante masculino e bacon, que ele tem feito para nós todas as manhãs.
Essa manhã é diferente.
Essa manhã eu o escuto antes de sentir o cheiro de bacon ou ver suas meias.
Há um gemido. É um som horrível e grave, que viaja de meus dedos do pé até minha garganta, onde fica. Fecho os olhos e desejo que, de algum modo, isso bloqueie o som, mas só o torna mais alto. Posso ouvir os batimentos cardíacos de minha mãe também, batidas vigorosas, aceleradas e inconstantes. Ela suspira.
Eu me viro na cama e desejo estar em qualquer outro lugar do mundo.
Seu suspiro é alto e despreocupado. Está preenchido com todas as coisas que não quero saber sobre ela.
Eu me enrolo em uma bola e coloco o travesseiro sobre a cabeça.
Roger solta outro gemido; um gemido alto, quebradiço e final que acho que vou passar o resto da vida tentando esquecer.
Estou em um impasse entre chorar e rir, entre corar e gritar.
Considero a ideia de ficar na cama o resto do dia ou pelo menos até Roger ir embora, mas isso não é uma opção hoje.

. . .

— Uma manhã não é uma manhã sem bacon — diz Roger, quando desço as escadas dez minutos depois dos sons que sacudiram o apartamento.

É algo que meu pai teria dito.

Eu acho.

Tento separar a voz de Roger do som que ouvi vindo do quarto de minha mãe. Tento imaginá-los como se tivessem saído de seres diferentes.

Coro ao ver o bacon, os antebraços nus de Roger e como seus cabelos finos estão bagunçados na parte de trás da cabeça.

O profundo desconforto não é amenizado pela porção extra de bacon, por um bule cheio do novo chá de baunilha de mamãe e uma dúzia de fatias de torrada de canela, encharcadas de manteiga e afundando no meio por causa do peso da mistura especial de açúcar com canela de Roger.

— Obrigada — murmuro.

— É uma bela manhã — comenta ele, e minha cabeça faz um último esforço para ignorar a última hora de minha vida. — Sei que você teve uma semana difícil. Queria tornar as coisas um pouco melhores para você e sua mãe.

Não consigo nem ao menos fingir um sorriso.

Roger está certo, a semana foi tensa. Delilah não está falando comigo, Angelika vem a nossa casa diariamente para discutir com minha mãe, e todos ficamos mais calados na escola. Falamos sobre pizza, Dickens e o deplorável estado do banheiro das meninas no almoço, mas sobre quase nada mais.

Owen ainda se senta a meu lado e me beija quando eu o beijo, mas não apareceu mais em minha casa e continua a me olhar com aquele jeito de Angelika: procurando sinais de amor em mim.

Não acredito que encontre nada.

Você está pronta para fazer isso? Cruz me escreve quando estou terminando de comer o último pedaço de bacon. Trocamos mensagens de texto todos os dias dessa semana, mas evitei o jardim. O cheiro de hortelã, manjericão e terra agora parece perigoso. O banco em si parece um aviso; um sinal limpo e claro de como as coisas mudaram desde que Chicago explodiu e Jack morreu.

Nem sei o que é isso, escrevo de volta. Tudo o que sempre me disseram sobre repórteres foi para evitá-los, então me encontrar com eles de propósito parece completamente errado.

Vamos ao banco hoje.

As pessoas encarregadas das fotografias e da matéria se apaixonaram pelo banco, acho.

— Você não precisa fazer isso — avisa mamãe, quando a campainha toca.

Ela emergiu do quarto com as bochechas tão rosadas e tão radiantes que tive de esconder meu rosto atrás do cabelo.

Espiamos lá fora. Há cinco mulheres na entrada do prédio, prontas para fazer meu cabelo e minha maquiagem e falar comigo sobre como é ser uma Garota da Devonairre Street.

— Está tudo bem — asseguro, mas não acredito nisso.

— Essa é a última coisa que vamos fazer por ela — diz mamãe.

Angelika está andando de um lado para o outro na rua, patrulhando de novo. E não está mais sozinha. Está ganhando seguidoras. Isso faz mamãe tremer. Faz minha garganta ficar seca.

— É por isso que não podemos ficar aqui — explica mamãe.

Finjo não ouvir. Roger cantarola por entre dentes o refrão de "California Dreaming". Está usando um dos antigos aventais floridos de mamãe e calças de pijama de flanela.

— Estou fazendo isso por Delilah — esclareço.

— Não posso acreditar que Angelika conseguiu manipulá-la — diz mamãe. — Sempre pensei que Delilah fosse a mais forte de todos vocês.

Se Delilah era a mais forte, então quem eu era? E quem eu sou agora?

— Esses repórteres deveriam tirar fotos daquelas senhoras malucas se querem uma história real — brinca Roger, sempre fazendo piada das coisas que são mais pesadas para mim e para mamãe.

Nós não rimos.

• • •

Elas deixam meu cabelo longo. Delineiam meus olhos de preto, e eles se destacam em contraste com minha pele muito pálida. Deixam meus lábios mais rosados, e uma hora depois eu sou eu, mas não sou eu. A estilista dá uma olhada em meu armário e escolhe meu suéter de coração e minha *legging* cinza, e me pergunta se tenho "algumas daquelas chaves, como as outras garotas".

Coloco a que sempre uso, e elas trocam um olhar que me diz que estamos correspondendo às expectativas.

— Vocês todas são tão bonitas — elogia a maquiadora. Ela tem uma mecha rosa no cabelo e usa sombra cor de bronze. — Deve tornar tudo ainda mais difícil.

— Costumo usar óculos de sol — explico, mostrando os meus.

Eles são grandes, escuros e com armação azul. Eu os coloco. Ela leva um dedo ao queixo.

— Misteriosa — diz. — Gosto disso.

Quando me olho no espelho, gostaria que os óculos escuros escondessem mais de mim. O formato do rosto, meu cabelo comprido e a forma como meus lábios se abrem são todos bem distintos.

— Você é de Aquário? — pergunta a estilista.

Em cada um de seus dedos há pelo menos dois anéis, e a maneira como ela move as mãos me faz pensar que são pesados. Eu me pergunto se é uma escolha que ela fez há tanto tempo que não pode mais se livrar agora. Eu me pergunto se está feliz com a escolha de ser essa garota em vez de aquela garota.

Acho que essa é a pergunta que mamãe tem feito em sua cabeça. Quem seríamos se vivêssemos na praia, se fizesse quarenta graus todos os dias, se ninguém soubesse quem somos.

— Não — respondo. — Leão.

— Graças a Deus — diz a estilista. — Os aquarianos vão ter um péssimo mês. E vocês todas já sofreram o suficiente.

— Coisas ruins acontecem de qualquer maneira — lembro.

Estou citando meu pai, mas ela não sabe. Ela acena com a cabeça, séria. Essa é outra coisa engraçada sobre ser um Afetado. Estranhos acham que seu sofrimento faz com que você compreenda algo maior, mais profundo.

A repórter, uma porto-riquenha com cabelos brilhantes e roupas de alfaiataria, escreve minhas palavras.

— Bela frase, Lorna — diz ela.

Não quero ser citada na revista repetindo as palavras de meu pai. Não quero ser o oráculo de ninguém. Mas é muito tarde. As palavras já foram ditas, estou parecida com a ideia de alguém de uma Garota da Devonairre Street, e logo estamos todas no jardim, aglomeradas ao redor do banco, mais bonitas e com olhos maiores que o habitual.

Delilah não me cumprimenta.

Ela se separa do restante de nós e fica de pé embaixo da árvore onde Angelika a declarou apaixonada. Isso é algo que os repórteres adorariam, mas nenhuma de nós diz nada sobre aquela tarde. Angelika também está sendo fotografada, na entrada de seu prédio, segurando uma vela e um limão, cercada por suas fervorosas seguidoras.

— Ela não está com um visual ótimo? — pergunta a fotógrafa ao homem que posiciona as luzes.

— Absolutamente perfeito — responde ele.

Todas esfregamos nossas testas e desejamos que o dia acabe.

...

Cruz fica de pé ao lado do portão do jardim. Ele não vai participar da sessão de fotos, mas está aqui, talvez por Charlotte, talvez por mim, talvez pela ideia desbotada de LornaCruzCharlotteDelilahIsla. Está segurando um *bagel* e tem olhos tristes que não param de me encarar.

Gostaria de um *bagel*, mas não combinaria com a imagem de Garota da Devonairre Street.

— Ninguém quer ver vocês comendo, rindo ou fazendo o dever de casa — explica a repórter, quando pergunto se podemos fazer alguma outra coisa em vez de ficarmos sentadas ali. — Isso é o que as pessoas comuns fazem. Estamos aqui para registrar algo especial.

— Você, com as tranças? — chama a fotógrafa, apontando para Charlotte. — Você se senta do lado direito do banco.

Charlotte acena com a cabeça. Deixaram que ela mantivesse as tranças, mas pintaram seus lábios de um vermelho perigoso, e ela está usando um dos vestidos de hippie da mãe; é baixo nas costas e rendado na frente, e fica muito largo na cintura. Eles o ajustaram em seu corpo com um cinto de couro que ela nunca usaria. Charlotte não está nada parecida com ela mesma. Acho que talvez não tenham gostado de suas conservadoras camisas de colarinho, ou de seus lábios finos e tênis surrados. Essas coisas não se encaixam na ideia de garotas românticas, perigosas, intocáveis e tristes, tristes.

Isla usa seu vestido azul e tem uma dúzia de chaves em torno do pescoço. A fotógrafa diz o tempo todo para ela parar de se mexer.

Delilah está toda de preto. Seu afro cresceu, e eles colocaram um raminho de lavanda ao lado de sua orelha.

Não nos enquadramos no novo código de vestuário. Meu colo está à mostra, assim como os joelhos de Isla. Charlotte também está exposta. Apenas Delilah está coberta da maneira que deveríamos andar agora. Posso sentir seus olhos em meu pescoço; vejo quando ela engole em seco diante do pedaço à mostra das coxas de Isla.

Colocam Isla sentada do lado esquerdo do banco e me pedem para sentar no meio. Meu suéter de coração me dá coceira. Assim como meu rosto maquiado.

Deixaram Delilah ficar um pouco separada, de pé uns trinta centímetros à direita de nós. Suas costas estão rígidas e seu olhar também. Ela olha diretamente para a câmera, como se a desafiasse.

— Certifique-se de registrar a parte de trás do banco — pede a repórter, e somos orientadas a nos virar e encarar a câmera enquanto ela se move para trás de nós, nossos rostos agora emoldurando a proclamação: *Amor Foi Encontrado Aqui.*

Estou suando.

Cruz não se move, e há mais senhoras se aglomerando junto ao portão para assistir. Sempre que me mexo, dou uma cotovelada em Charlotte, e, quando as pernas de Isla se cruzam, seu salto chuta minha canela, e já estamos feridas o suficiente.

— Não consigo fazer isso — decido, quando o sol está em nossos olhos.

— Olhos bem abertos, olhos bem abertos — comanda a câmera, a voz alta, persistente e terrível.

— O sol está muito forte — explico, porque o resto das garotas são zumbis e todos que assistem devem ter se esquecido de que somos pessoas, acho.

— Pisque entre os cliques da câmera, ok? Vamos conseguir. Olhos bem abertos, olhos bem abertos.

Estreito os olhos por trás dos óculos escuros. Olho para Charlotte, Isla e Delilah, mas nenhuma delas olha para mim. Não reconheço nenhuma, de qualquer maneira. Não somos nós mesmas. Somos a ideia de alguém sobre como as Garotas da Devonairre Street devem ser.

— Podemos fazer uma pausa? — pergunto.

— Apenas sejam vocês mesmas — diz a fotógrafa, mas o que ela realmente quer dizer é o contrário.

Flutuo para o alto e nos observo de uma árvore no jardim. Não nos parecemos nem um pouco com nós mesmas. Estamos exatamente como alguém poderia nos imaginar: ideias exageradas do que meninas podem ser. O rosto de Delilah não desfaz nem por um minuto o cenho franzido, e cada parte dela está rígida, cada músculo tenso, como se, ao relaxar o mindinho esquerdo, ela pudesse desmoronar. O restante de nós está com os ombros curvados e pegajosas por causa da maquiagem, do suor e de outra coisa: submissão.

Tenho consciência de minhas pernas finas, da pele coberta de pó, da curva de minhas costas e dos corações em meu suéter, tão berrante e ridículo que não consigo acreditar que me permiti ser convencida a usá-lo.

Ninguém que nos visse agora saberia como Delilah cheira quando chora, ou como Charlotte enruga o nariz quando beija Cruz, ou o ruído que as botas de Isla fazem quando batem na calçada da Devonairre Street. Nem ao menos sabem que, por baixo dos óculos escuros, estou olhando apenas para Cruz.

É incrível o que veriam se realmente olhassem.

19.

Não tiro o suéter de coração e permaneço no jardim muito depois que as repórteres e fotógrafas e as senhoras ávidas e cruéis que me observaram o dia inteiro vão embora. Meu cabelo está emaranhado e caindo sobre o rosto, então eu o prendo para trás, e Isla, Charlotte e Cruz me abraçam antes de partirem, mas o gesto parece fantasmagórico.

Delilah também fica, como se tivesse algo a dizer agora que os outros se foram. Mas permanece em silêncio e se dirige até o portão. Quando pergunto para onde vai, responde que tem trabalho a fazer.

— Você se lembra do que Jack dizia sobre ir embora cedo? — pergunto, pensando no sorriso que ele costumava abrir quando interrompíamos uma festa para ir dormir ou fazer a lição de casa. Delilah olha para mim de um jeito estranho, como se eu não devesse dizer aquele nome. — Jack costumava dizer que ir embora cedo era a coisa mais triste que uma pessoa podia fazer. Que deixar um momento bom era uma tragédia. Então você sempre dizia que era tão triste quanto uma borboleta em uma rede.

Mantenho a voz baixa, porque as lembranças são coisas silenciosas. Minha garganta se fecha um pouco em torno das velhas palavras de Jack, mas fico feliz por ter me lembrado de mais uma coisa sobre ele. Acho que talvez Delilah vá amolecer também. Ela olha para o céu, como sempre faz.

— Quando eu dizia isso, nem ao menos sabia o significado de palavras como *triste* e *tragédia* — argumenta Delilah. — Uma borboleta em uma rede. Deus. Eu era...

Ela faz uma pausa, procurando a palavra. *Brilhante*, penso. *Adorável. Encantadora. Perfeita.*

— Tola — conclui, com um suspiro.

— Agora você sabe — digo, porque somos melhores amigas, e melhores amigas dizem as coisas mais verdadeiras.

Por um momento luminoso, acho que Delilah me enxerga outra vez. Aquilo que há entre nós — o vínculo louco que vem de ambas termos pais mortos, rituais mágicos, apartamentos minúsculos e um Aniversário Compartilhado — surge, e estamos a um metro de distância, mas poderíamos muito bem estar pressionadas uma contra a outra. Podíamos muito bem ser uma só de novo.

Então meu telefone vibra, olho para o nome de Cruz e para sua mensagem de texto; a resposta para a pergunta *de quem é a mensagem?* fica estampada em meu rosto, e, assim, o momento passa.

— Sinto muito sua falta — confesso, quando ela se vira para sair.

Delilah se volta em minha direção. Ela me encara, mas não sei o que está vendo.

— Você não quer fazer com que as coisas terríveis parem de acontecer? — pergunta ela, depois do que pode ter sido um minuto ou uma hora.

Seus olhos estão brilhando, e seu lábio inferior treme feito o de uma menininha. Não estamos sendo observadas, não estamos sendo fotografadas, não estamos sendo vistas como Aquelas Garotas.

— Eu queria que coisas terríveis deixassem de acontecer. Claro que queria. Quero dizer, é óbvio. Mas não somos a resposta. Não podemos impedir que o mundo aconteça.

Delilah balança a cabeça.

— Jack estava aqui. Então eu o amei. E agora ele se foi.

— Você sabe que não é...

Não termino a frase.

Eu me distraio com o vislumbre de um sentimento em meu peito. O pequeno pulsar de algo que eu vinha evitando.

Dúvida.

Tenho quase certeza de que Angelika é insana, de que Delilah está com o coração partido, de que as pessoas estão desesperadas, mas não estão certas. Tenho quase certeza de que uma Maldição é algo impossível.

Mas não tenho a mais absoluta certeza.

Há uma minúscula gota de dúvida.

— Nós amamos Cruz. Todas nós. Não queremos perdê-lo também.

Delilah fala em um murmúrio feroz.

— O que Cruz tem a ver com...

Meu estômago revira. Meus cílios estão pesados por causa de toda a maquiagem, da exaustão e de outra coisa também. Meu rosto está derretendo: base de longa duração, blush cintilante e um batom rosa demais escorrendo sob o sol da Devonairre Street.

Delilah também está derretendo, nós duas deixando de ser quem eles pensam que somos e voltando a ser quem somos de verdade.

— Todos nós gostamos de você com Owen. Angelika acha que Owen é perfeito. Seguro. Faça isso dar certo, ok? Por mim?

— Eu não amo Owen — respondo, e Delilah ri.

Senti falta de sua risada, do mesmo jeito que sinto falta de água quando estou com sede.

— Claro que não — diz ela.

Delilah foi a primeira pessoa para quem contei quando Owen me beijou no baile de outono. Foi para ela que contei quando decidi fazer sexo. Falei para ela sobre a forma das panturrilhas e o tom melodioso e engraçado de sua voz quando fala com a mãe ao telefone. Eu gosto de Owen. *Realmente* gosto dele. De verdade.

Mas Delilah sabe, eu sei e Angelika sabe que nunca vou amá-lo.

De acordo com Angelika, só é possível amar de verdade uma pessoa por vez. "O amor verdadeiro e real é singular no foco", diz ela. "O amor verdadeiro e real é tão grande que não há espaço para mais nada". Perguntei a papai se isso era verdade, e ele me entregou um livro do Neruda e me disse que nem mesmo os poetas têm as respostas, muito menos Angelika.

— Mas você e mamãe amam apenas um ao outro — argumentei. — Vocês vivem a versão de Angelika do amor verdadeiro e real.

Papai fez uma pausa.

Apertou uma mão contra a outra.

Não respondeu. Em vez disso, beijou minha testa e foi até a escada de incêndio para fumar um cigarro. A memória me atinge com força, algo de que não me recordava até agora, quando lembro perfeitamente.

Parece fora de sintonia com o resto das coisas que me disseram para lembrar.

Quero dizer isso a Delilah, mas ela está me olhando à espera de uma resposta, de uma promessa de ficar com Owen, e não quer falar sobre nada que não seja isso.

Dou um meio sorriso e um meio encolher de ombros.

— Vou tentar — prometo.

É uma frase vazia, e, no segundo em que a pronuncio, quero fazer o contrário. Não quero tentar coisa alguma; quero entregar os pontos.

...

O sol começa a se pôr, e ainda estou no jardim parecendo a Lorna da Devonairre Street em vez de a Lorna Real. É estranho como elas costumavam ser a mesma pessoa.

Há algumas plantas que precisam ser plantadas, então começo a cavar. Não contei sobre meu talento para a jardinagem a Angelika nem a nenhuma das viúvas. Tenho medo de que, de algum modo, isso se transforme em mais uma coisa que significa mais do que é. Quero que seja uma coisa minha, não delas.

Cavo com as mãos. Gosto de sentir a terra — úmida, seca, grumosa, poeirenta — e, quando a sinto em meus dedos, sei que plantas colocar onde, a que profundidade cavar e como cuidar delas. Um dos limoeiros — aquele com os maiores limões e as folhas mais verdes — é meu. Assim como o canteiro de espinafres e um vaso de amores-perfeitos.

É bom ter segredos, costumava dizer meu pai, quando eu o pegava fumando um cigarro em nossa escada de incêndio. *Todo mundo tem segredos*. Eu mantive os meus bem guardados, e passei a odiar os de meu pai. O problema de guardar segredos é que, quando você desaparece, os segredos desaparecem também. Posso pedir às viúvas que me contem histórias sobre meu pai todos os dias até o sol se pôr, mas elas nunca serão capazes de me contar as coisas mais importantes e mais íntimas.

Acho que ele gostaria de minha jardinagem secreta, pelo menos. Acho que ele gostaria do quanto estou me esforçando para não acreditar, e do sorriso que abro quando penso em Cruz. Ele gostaria de todas as coisas sobre mim que Angelika detesta.

Já ouvi as mulheres falando sobre flores diferentes que apareceram no jardim, e elas têm a própria lista de razões para isso. Razões mágicas.

Mas sempre fui eu.

Ouço um barulho perto do portão do jardim e olho para cima. Nada. Espero que seja Delilah voltando. Temos mais coisas a dizer uma à outra, e ela sempre disse que sua coisa favorita é me ver trabalhar no jardim.

— Adoro seu lado secreto que ninguém mais vê — disse ela uma vez, e pareceu quase romântico.

Talvez tenha sido mais romântico do que qualquer coisa já dita por Owen ou por qualquer outro garoto. Há romance em uma melhor amiga de verdade.

Eu também gostava de ser vista. Gostava de que Delilah conhecesse meus segredos, e, talvez, se ela voltasse ao jardim, eu lhe contaria alguns de meus segredos mais novos. Ela os detestaria, mas acho que isso não tem mais importância. Acho mais importante que ela me conheça do que me aprove.

Tenho terra debaixo das unhas. Coloco peônias no buraco que cavei. Peônias são voluntariosas. Se forem plantadas muito fundo, se recusam a florescer. São fáceis de cuidar, mas não podem ser colocadas muito profundamente na terra. E, mesmo na melhor das circunstâncias, não florescem por muito tempo.

Gosto de peônias pelos mesmos motivos que tiram as outras pessoas do sério. Gosto do fato de elas quererem estar no jardim, mas não muito firmemente enterradas. Gosto do fato de que só florescem se lhes for dado um pouco de espaço, lugar para se mover. Gosto do fato de que não florescem o ano todo, mas de que, quando estão no auge, são realmente espetaculares.

Quando as planto, deixo que saibam que podem deixar este lugar. Cavo buracos rasos e não aperto muito a terra a seu redor.

Pensei que estava profundamente enraizada na Devonairre Street, mas agora não tenho tanta certeza. Quero estar aqui, mas não muito profundamente. Não quero ir para a Califórnia, mas também não quero ser apenas uma Garota da Devonairre Street. Eu me lembro das pessoas no aeroporto algumas semanas atrás, com seu futuro, suas escolhas, seu amor firmemente enraizado e suas vidas que importam para elas, e para mais ninguém.

Tento me imaginar em outra rua, em outro estado. Também não me encaixo lá. Não me encaixo mais em lugar algum.

Logo sei que é Cruz quem está lá, do outro lado do jardim, sem erguer o olhar.

— Você está aí — digo, colocando as últimas peônias no lugar.

— Sua mãe está procurando por você.

— Esqueci de dizer a ela que ficaria fora.

Eu me levanto e tento limpar um pouco da terra, mas ela está grudada em meus joelhos, meus cotovelos, meus pulsos.

Posso ouvir Angelika não muito distante, andando pelas ruas, contando e recontando a história de como foi o dia. Ela está tão perto que também poderia nos ouvir, se estivesse prestando atenção.

Mas tenho a sensação de que não está.

— Imaginei que estivesse aqui — diz Cruz.

Ele já me encontrou plantando no jardim antes, mas nunca falamos sobre isso. Ele apenas acenou com a cabeça e seguiu seu caminho. Cruz e Delilah são diferentes nesse sentido.

— Você acha que sou como uma peônia? — pergunto, em vez de cumprimentá-lo.

— Essas coisas aqui? — indaga ele, aproximando-se mais do jardim, de mim.

Faço que sim com a cabeça. Ele se inclina para baixo e inspeciona as pétalas cor-de-rosa. Gosto do fato de ele considerar seriamente a questão, mesmo que seja uma pergunta absurda. Cruz sempre foi assim: acompanha a forma frenética como minha mente às vezes funciona, as estranhas conexões que ela faz.

— São minhas flores favoritas — explico.

Há terra em meu pescoço. Posso sentir. Jardinagem é um trabalho sujo. Meu suéter de coração provavelmente está arruinado para sempre, mas não me importo.

— Não acho que você seja parecida com nada — sentencia Cruz.

Ele volta a ficar de pé e se aproxima de mim.

Eu deveria me afastar, mas não me afasto. Já me esqueci do que prometi a Delilah. Esqueço a pequena centelha de medo e dúvida que sinto quando penso muito sobre Jack, os Atentados a Bomba ou Angelika. Esqueço quão claramente ouço o resto da vizinhança, a voz séria de Delilah se elevando de vez em quando para perguntar se alguém quer outra pulseira. Esqueço tudo quando as pontas de nossos sapatos se tocam.

Não sei quem se inclina, mas um de nós se inclina e o outro faz o mesmo, e nos beijamos.

Uma Garota da Devonairre Street não beijaria Cruz assim, não agora, mas eu o beijo ainda mais intensamente, porque não acho que algum dia tenha concordado em ser uma Garota da Devonairre Street.

Sou Lorna Que Beija o Menino da Casa ao Lado e sou Lorna Que Fica Horrível com Maquiagem e sou Lorna Que Cuida do Jardim Sem se Preocupar com a Sujeira.

Sou Lorna Que Não se Importa Que a Rua Esteja Movimentada, Que Possamos Ser Pegos, Que Alguém Possa Nos Ver.

As mãos de Cruz estão em meu rosto. Eu me pergunto se meu sabor lembra peônias, terra do jardim e batom grudento e completamente errado.

Eu me esqueço de respirar, então temos de nos separar para que eu finalmente recupere o fôlego.

Limpo a boca com as costas da mão. Nunca faria isso com Owen; seria rude e grosseiro, ou algo assim. Mas com Cruz está tudo bem. Foi um beijo bagunçado, e nós dois sabemos disso, mas foi um beijo incrível, e nós dois também sabemos disso.

Era um beijo secreto, e Delilah adora segredos. Talvez ela consiga farejá-los, da mesma maneira que tenho um sentido extraforte para os batimentos cardíacos de minha mãe.

— Eu sabia.

É a voz dela no portão do jardim. Cruz e eu nos afastamos um do outro, mas não importa, ela já nos viu.

As duas nos viram.

Angelika e Delilah estão lado a lado no portão. Estão segurando lavanda e limões, e sei, pela expressão em seu rosto, que viram tudo.

Delilah disse que sabia, e acho que eu sabia também. Sabia que ela me surpreenderia, sabia que não confiava em mim, sabia que precisávamos parar de fingir que tudo poderia ficar bem.

Delilah fica onde está, mas Angelika vem apressada em nossa direção, as mãos pegando meu rosto, suas unhas se cravando nele. Como sempre, elas são frias, gastas, a aliança pressionada contra a maçã de meu rosto. Isso dói.

— Não foi nada — diz Cruz. — O que estão pensando... O que viram... Estamos cansados. Isso não é...

— Vocês estão cansados? — grita Delilah, como se algo tivesse se soltado dentro de sua garganta.

— Você não deveria tê-las obrigado a fazer as fotos e entrevistas...

Cruz continua a se afastar de mim. E não sei o que Angelika está encontrando em mim, mas sei o que vejo nele.

Medo. Um medo real.

Ele cobre o rosto com as mãos. Delilah também cobre o rosto, todos nos escondemos das coisas que estão acontecendo.

"Os segredos só são ruins quando deixam de ser segredos", disse papai uma vez, pouco antes de morrer. Ele parecia triste e seguro. Não tinha se barbeado, e me lembro de pensar que ele parecia estar falando sobre algo específico, mas não perguntei o quê.

Eu deveria ter lhe perguntado qual era o segredo que o deixava tão triste.

— Ainda não está aqui — declara Angelika, dando um último apertão em meu rosto antes de soltá-lo.

Ela coloca a mão na bolsa que sempre carrega e tira lá de dentro um lenço cinzento. Coloca-o em volta de mim, e eu deixo. Estou tão acostumada a deixá-la me dizer o que fazer que não sei agir de outra maneira.

— Sinto muito — lamenta Cruz, e todos olham para mim, como se eu devesse pedir desculpas também, mas estou tão em choque por ouvir Cruz se desculpar que não consigo dizer nada. — Eu amo Charlotte —

continua ele. — Isso foi... Sinto muito. Eu sinto muito mesmo. Estou com Charlotte.

Seu nome é um corte em minha pele, uma coisa que choca, dói e queima.

— Você não está arrependida, Lorna? — pergunta Angelika. Ela deixa cair a lavanda e pisa em duas das peônias recém-plantadas. — Você é boa demais para nós? Acha que está acima de tudo isso? Esqueceu seu pai? Esqueceu as fotos de meu Chester, do Harold de Dolly, do Richard de Betty? Esqueceu todos eles? Acha que não sei o que sua mãe está fazendo, tentando dividir essa comunidade? Acham que podem sair daqui, nos deixar e ter uma vida feliz?

Angelika está tremendo e grunhindo. Seu dedo está em riste, apontando para mim, para Cruz, na direção de nosso prédio, das peônias, do céu.

— Nós não... Eu não... Eu fiz o que você pediu hoje. Fiz o que você queria.

Falo tão baixo que é um milagre que ela possa me ouvir.

— Vocês esqueceram tudo o que aconteceu, tudo o que já lhes ensinamos. Você e sua mãe.

— Eu não esqueci nada — retruco.

Angelika deve ter se encharcado de Aramis, deve ter tomado um banho dele. É o único cheiro que consigo sentir. Está me sufocando.

— Faça o que é certo! — exclama ela, a voz se erguendo, atingindo as árvores, o metal dos portões e o começo nebuloso de uma lua no céu. — Faça o que é certo! Você tem um pai morto e um amigo morto e, ainda assim, *ainda assim* insiste em ser Lorna Ryder, Acima de Tudo! Ainda assim! Você quer ser outra pessoa de outra rua. Mas você é esta pessoa, desta rua.

Essa última parte é a que dói mais, porque é verdade. É a única parte do que ela disse que eu sei com certeza que é inteiramente verdade: simples, feia, terrível e minha.

Exatamente agora, neste instante, eu entraria no carro com minha mãe e atravessaria o país com Roger. Aceitaria o dinheiro por nosso apartamento e torceria para que as memórias de meu pai viajassem também. Deixaria que a Devonairre Street se tornasse algo diferente, e torceria para me tornar algo diferente também.

— Eu vejo seus pensamentos — diz Angelika. — Arrogância. Acreditar que você pode escapar do que é. Você não pode escapar do que é.

Os portões do jardim são como barras de uma prisão.

Sempre serei Lorna Ryder, uma das Afetadas, uma Garota da Devonairre Street.

Olho para as peônias. Angelika pisou em mais duas. Elas não vão se recuperar. Não são fortes o suficiente.

20.

Eles intitulam o artigo "Aquelas Que Vocês Não Devem Amar".

O título dói, mas também está errado. A Maldição diz que eles podem nos amar, nós é que não podemos amá-los de volta. De alguma forma, é ainda mais triste. Eu me pergunto se os repórteres acham que parece mais romântico não poder ser amado, e mais deprimente ser obrigado a não amar.

Repórteres, eu aprendi, só gostam das tragédias românticas. Foi por essa razão que ficaram tão felizes por sermos bonitas. Foi por essa razão que ficaram tão ansiosos em nos fazerem usar suéteres de coração, vestidos de renda e delineador escuro, e foi por essa razão que quiseram que nosso cabelo ficasse solto e voando ao vento.

Eu sou uma Afetada. Sou uma Garota Amaldiçoada da Devonairre Street. E agora sou A Que Você Não Deve Amar.

Tento imaginar novamente a Futura Lorna, livre, despreocupada e sem ser o símbolo de nada para ninguém. Mas não consigo vê-la.

No mesmo abismo de meu estômago onde existe o medo da Maldição, há uma nova pergunta, uma pergunta que surgiu e não quer silenciar.

Vai ser assim para sempre?

É isso?

Penso na festa de casamento no Julia's. A noiva com o vestido fluido e as garotas debruçadas nos namorados, sem se preocupar com o que ninguém achava de seu amor. Tinham a mesma idade que eu, em uma rua não muito longe da minha, na cidade que sempre foi minha, mas elas eram de outra espécie. Pensei que poderia ser uma delas, um dia.

Não consigo enxergar isso.

Lendo o artigo, compreendo agora que o resto do mundo também não enxerga. Ninguém enxerga esse futuro para nós.

Mamãe e eu estamos sentadas na frente do computador, lendo os comentários sobre a história de nossa vida. É exatamente o que a estilista nos disse para não fazer. "As pessoas dizem coisas insanas", disse ela, amarrando um lenço em volta de meu pescoço e, em seguida, o tirando. "Não leiam os comentários. Não se deixem levar".

Nós nos deixamos levar mesmo assim. Mamãe serve para si uma enorme taça de vinho e pergunta se quero alguns goles. Não quero beber na frente dela. Quero ser pequena outra vez, nova demais para coisas como beber e amar.

Passamos por um comentário de BronxBomber1978, que quer saber quando "aquela dos peitos" vai fazer 18 anos, e pelos comentários de todas as mulheres que perguntam "quem está criando essas garotas?", e tentamos decifrar se eles acreditam. Eles acham que somos atraentes; acham que somos exibicionistas; acham que somos idiotas; acham que temos problemas mentais; acham que causamos os Atentados a Bomba; têm raiva de nós; acham que precisamos nos controlar; têm pena de nós por sermos Afetadas; desejam que os repórteres cubram Notícias Sérias e não Histórias Frívolas; acham que a cidade de Nova York é uma latrina; acham que somos privilegiadas e arrogantes; acham que somos o que há de errado com o mundo; se perguntam se fazemos parte de um culto; querem saber mais.

— Eles vão esquecer tudo em uma semana — diz mamãe, mas não parece tão segura.

Roger está na cozinha, fazendo um ensopado. O apartamento exala inúmeros aromas que me lembram dias frios e noites aconchegantes. Roger é um conforto, embora eu não queira realmente que ele seja.

Uma janela está aberta, deixando o calor do ensopado e o cheiro avassalador de pimenta escaparem. A cozinha está um pouco enfumaçada, o que significa que a sala de estar parece um pouco enfumaçada, e tenho certeza de que meu sótão também.

Eu jamais gostaria de viver em uma casa grande com minha mãe. Mesmo que vendamos nosso apartamento e nos mudemos para a Califórnia, espero que moremos em algum lugar pequeno e modesto. Gosto que vivamos vidas idênticas por causa do tamanho minúsculo de nosso apartamento. Não podemos escapar uma da outra. Se ela sente cheiro de cebolas, alho e carne sendo refogada, eu também sinto. Se ela ouve alarmes de carro, sirenes de polícia, músicos de rua, eu também ouço.

— Você está bem, querida? — pergunta Roger.

Estremeço diante da intimidade entre os dois e ouço, pela centésima vez, o eco de seu gemido. Também não podemos escapar dessas partes escondidas uma da outra, nem em nossa minúscula casa. Não posso des-saber que eles fazem sexo quase todas as manhãs. Nunca mais vou poder fingir que minha mãe é apenas minha mãe.

— Estamos bem — responde mamãe.

Ela dá um suspiro diferente daqueles que tento não ouvir.

Um ruído entra, flutuando lá de fora. Faço um esforço para ouvir, e tenho certeza de que é Angelika, porque sempre é Angelika. Não sei com quem está falando, mas posso imaginar o que estão dizendo. Ela deve estar cansada de falar sobre nós. Deve estar desesperada para falar sobre moldes de vestido, receitas de frango assado ou terra nova para plantar no jardim.

Mas, neste momento, só consegue falar sobre nós. Nossa vergonha. Nossa decepção. Nossa rebelião. Nossa arrogância.

Sempre nossa arrogância.

Mais vozes se juntam à de Angelika. Três, cinco, oito, e já está na hora de fechar as janelas.

— O que foi desta vez? — pergunta mamãe.

Ela suspira. Tem tomado táxis para ir e voltar do trabalho. Eles vêm até a porta de nosso prédio e a levam até a porta do prédio onde ela trabalha. Ela me pede para passar no mercado depois da escola, comprar café no ZeeZee, pegar comida no Bistrô.

Não diz que está com medo de andar pela rua, mas parou de fazer isso.

Mamãe não sabe que sou eu quem deve ter medo; fui eu quem foi pega com Cruz, como acho que elas sempre souberam que eu seria.

Há pelo menos uma dúzia de vozes embaixo da janela, mas as palavras são indistintas. A qualidade da luz também muda. Está quase completamente escuro do lado de fora, mas uma luz morna se reflete através do vidro.

Uma luz alaranjada.

Luz de velas.

— Está quase pronto, meninas — avisa Roger de seu posto diante do fogão.

Ele tem molho na boca, e as bancadas estão cobertas de ervas, sumo de legumes e utensílios sujos.

Papai também costumava cozinhar. Ele gostava de usar um chapéu de chef que era parte de uma fantasia de Halloween, e cortava os dedos tentando exibir movimentos elaborados com a faca nos quais não era realmente bom. Eu gostava de sua comida: era surpreendente e estranha. Achava que estava comendo bolo de carne e sentia gosto de *curry*. Enrolava um pouco de espaguete no garfo, e tinha gosto de limão, era oleoso e quase apimentado demais para engolir.

A comida de Roger é comum e gostosa, mas nunca surpreendente.

Mamãe vai até a janela, e a acompanho. Todas as vizinhas estão na calçada sob nossa janela. Angelika, Betty, Dolly, Maria, a Sra. James, a mãe de Charlotte, as Joneron, as Chen, algumas das menininhas cujo aniversário está prestes a desaparecer e se transformar em um único Aniversário Compartilhado.

Delilah está lá, é claro.

E também Isla, com suas terríveis botas e seu cabelo cada vez mais longo.

Fiquei sabendo que ela tem se encontrado com meninos no parque tarde da noite. É algo que vem sendo sussurrado nos corredores da escola e comentado na internet. Também é algo que posso ver em sua pele, irritada em torno do queixo e da boca. Seus lábios parecem inchados de tanto beijar.

"Não é amor", foi tudo o que ela disse quando Charlotte perguntou o que andava fazendo todas as noites no parque.

Vivemos em um mundo no qual é melhor transar com uma centena de caras que você não ama do que beijar um que você ama. Está tudo de pernas para o ar, e quero que Isla tenha as duas coisas: o sexo e o amor. Quero que ela use suas saias curtas e blusas justas porque gosta, não porque está tentando ser Outra Pessoa. Quero que mostre o colo quando tiver vontade e cubra os joelhos quando estiver com frio ou tiver se esquecido de raspar a perna, e por nenhuma outra razão. Não quero que homens nojentos e garotas más olhem para ela e falem sobre sua beleza como se fosse algo excitante e terrível, como se fosse desejável e Amaldiçoada de alguma maneira extraordinária.

A maioria dos comentários sobre a matéria eram a respeito dela, mas eles não a conhecem. Vejo a maneira como falam sobre nós, usando palavras diferentes dependendo da cor de nossa pele, do tamanho de nossos seios, do comprimento de nossas saias. Eu me safo com facilidade, com o cabelo loiro, a pele branca e meus seios de tamanho médio. Não importa que eu seja a mais perigosa. Eles não enxergam isso. Não conhecem nenhuma de nós.

Há pelo menos 25 pessoas na calçada e mais gente saindo de seus prédios. Todas têm velas vermelhas nas mãos. Angelika percorre o grupo riscando fósforos e acendendo as chamas. Seu peito está estufado, e ela parece mais jovem a cada dia que passa. As coisas que aconteceram nas últimas semanas deixaram o restante de nós cansado; nossos olhos estão rosados, com círculos escuros embaixo. Nosso cabelo está pegajoso, nossas costas, encurvadas, nossos rostos, magros e pálidos. O sofrimento deveria nos devastar. Mas Angelika está com as faces coradas e os olhos brilhando.

Talvez esteja até mesmo sorrindo.

A multidão fica em silêncio ao nos ver na janela.

Não temos acendido velas vermelhas. Não estamos obedecendo ao toque de recolher.

— O que está acontecendo lá fora? — pergunta Roger.

O ruído das vozes parou, mas a luz está mais forte, e mamãe e eu não saímos da janela.

— Coisa da rua — responde mamãe.
Ela abre um pouco mais a janela.
— Já chega — grita.
Angelika olha para cima, o rosto iluminado pelas velas, um brilho vermelho sobre todos os nossos vizinhos.
— Ora, era exatamente isso que eu ia dizer a você, Emily — diz ela.
Vejo Delilah cerrando os punhos e fazendo cara feia. Vejo Isla. As chaves em volta de seu pescoço parecem pesadas. Eu me pergunto onde estarão Charlotte e Cruz, e me distraio com a ideia dos dois, em algum lugar, juntos — enroscados um no outro na cama de Cruz, sob seu horrível cobertor laranja, admirando sua coleção de quadrinhos, a melancólica rede de basquete de plástico afixada na porta.

Será que ele a beija como me beija? Um padrão inesperado de lábios abertos e fechados, mãos movendo-se do cabelo para as costas, os quadris e o pescoço em uma busca frenética pelo lugar certo para segurar?

— É tarde demais, Angelika — diz mamãe.

Eu a chuto. É hora de fechar a janela, comer ensopado, deixar as velas queimarem, deixar as senhoras perderem o interesse por seu pequeno protesto. Escuto seus batimentos cardíacos. Constantes e altos. Prontos.

— Estamos indo embora daqui — anuncia ela para a multidão, mas principalmente para Angelika. — Vamos vender nosso apartamento. Outras pessoas vão vender os seus. Este lugar não vai existir para sempre. Não vê? — Ela faz uma pausa, como se não tivesse certeza se deve dizer a outra frase em sua boca. — *Você* não vai existir para sempre, Angelika.

Há um momento horrível durante o qual me pergunto o que Angelika vai dizer, mas ela não responde nada. Apenas olha com raiva para mamãe, para nosso prédio e para a traição de nossa existência sem velas.

— Estamos tentando manter todos seguros — diz Delilah. — É isso. Essa é nossa responsabilidade.

— Mudar-se não vai resolver nada — acrescenta Betty, a voz áspera e noturna. — Vocês não podem deixar a Maldição para trás. Estamos juntas nessa.

— Estamos juntas — ecoa Dolly.

Sinto o estômago revirar.

Ouço Roger ligar a televisão no noticiário. Talvez seja para não nos escutar, ou talvez seja apenas parte de sua rotina, uma coisa que faz sem pensar.

— ... estamos de luto com as vítimas — diz um repórter com uma voz animada demais. — Nenhum de nós vai esquecer.

Conheço bem essas palavras, as coisas que as pessoas dizem para se sentir parte de uma tragédia. Não se esquecer e se lembrar de fato são duas coisas completamente diferentes, no entanto.

— Por favor, desligue isso — peço a Roger, e ele é gentil e tranquilo, então desliga.

— Deixe-me olhar para você — pede Angelika. — Deixe-me ver seu rosto, Emily. Deixe-me procurar o amor.

Olho para o rosto de minha mãe. Ela tem o queixo pontudo e olhos pequenos. Seus cílios são longos, e, como a luz das velas exagera tudo, estão ainda mais compridos.

Acho que consigo ver.

Amor, perto de seus lábios, ao redor dos olhos, escondendo-se sob o queixo, franzindo o nariz quando ela sente cheiro de alecrim, tomilho e esforço. Amor, em seus cabelos curtos e em quanto ela se inclina para fora da janela. Amor, na maneira como fala com Angelika.

Roger vem até a janela e fica atrás de nós. Delilah desvia o olhar, como se até mesmo ver um homem fosse demais.

— Sim, está bem. Eu o amo — confessa mamãe.

Roger fica tenso, em seguida coloca a mão no quadril de mamãe. Ele o aperta três vezes e sorri.

Sinto os olhos ficarem turvos. É difícil respirar.

— Não — diz Delilah.

— Emily — diz Angelika.

— Eu amo — reafirma mamãe, mais alto que o resto delas, mais alto do que precisava ser. — E não tenho medo.

E mesmo que eu não acredite na Maldição, mesmo que nunca tenha acreditado e não tenha planos de acreditar, quero que ela retire as palavras, engula-as, nunca mais as pronuncie.

Roger sussurra em seu ouvido, não alto o suficiente para as pessoas na rua ouvirem, mas alto o bastante para eu ouvir e sentir em minhas veias.

— Eu também te amo.

Estremeço.

No computador, a matéria sobre nós ainda está na tela: "Aquelas que Vocês Não Devem Amar", em letras pretas em negrito. Parece uma sentença: uma pena perpétua segundo a qual temos de ser pessoas solitárias, amedrontadas e não-exatamente-reais para sempre.

— É tarde demais — diz Angelika, a voz falhando, o rosto imediatamente velho outra vez.

— Não — retruca Delilah novamente. — Não.

Mamãe se afasta da janela, e Roger a segue, mas eu permaneço.

Só tenho olhos para Delilah.

Minha Delilah que não é mais minha.

Mamãe e Roger comem o ensopado, mas eu fico na janela. Olho para Delilah, e Delilah olha para mim. Não sou tão destemida quanto mamãe nem tão medrosa quanto Delilah. Não sei o que sou.

— Eu o vejo em você também — diz Delilah, pouco antes de chegar a hora do toque de recolher e ela precisar se esconder da possibilidade do amor.

Vejo Isla franzindo o cenho para mim. Delilah com certeza lhe contou sobre mim e Cruz. A incrível Isla Rodriguez também é uma menina assustada que não quer perder o irmão mais velho.

— Eu o vejo em você inteira, Lorna.

21.

Caminho sozinha até a escola. É algo que nunca fiz antes, e as ruas parecem diferentes quando não estou acompanhada. São mais largas, por um lado, e percebo coisas, como janelas quebradas, portas pintadas de roxo e tijolos faltando na fachada dos prédios marrons. Em certo gramado, há uma estátua da Virgem Maria que eu jamais tinha notado, o que parece impossível, porque é quase de tamanho real. Há um novo bar que parece mais decadente do que as coisas na região costumam ser.

Cruz, Charlotte, Isla e Owen estão na porta quando chego. Eles estão de pé, não exatamente juntos nem exatamente separados.

— Isso é péssimo — avisa Isla.

Seus lábios estão vermelhos, e os cílios, tão longos que acho que devem ser falsos.

— O que é péssimo? — pergunto, supondo que esteja falando de mim.

As mãos de Charlotte estão em torno do bíceps de Cruz, e ela se pressiona contra ele com tanta força que nem um suspiro de ar poderia se colocar entre os dois.

Cruz não me encara.

— Estão falando sobre nós — responde Isla. — Eles viram.

— Talvez eu devesse ir andando — diz Owen.

Ele se esqueceu de me beijar, ou talvez eu tenha me esquecido de beijá-lo.

— Oi — cumprimento, e todos nos observam de perto. — Sua camisa está toda errada. Você se esqueceu de abotoar um botão em algum lugar no caminho.

Eu me permito tocar seu peito, no lugar onde aconteceu o esquecimento. Tenho a sensação — terrível, certa, desoladora — de que é a última vez que vou tocá-lo ali. Owen parece surpreso com meu dedo, com a camisa e com estar ao sol da manhã na frente da escola. Parece surpreso com a maneira como o mundo tem estado ultimamente.

— Vou ajeitar — diz ele. — Nos vemos mais tarde, ok?

Ele se inclina em minha direção, em seguida se afasta, como uma árvore ao vento, tentando decidir se me beija. É o momento. Se ele se inclinar em uma direção, significa que estamos juntos; se ele se inclinar na outra, isso muda tudo. É engraçado como um beijo não dado pode ter tanta importância.

Owen se afasta, e eu fico sem ser beijada.

Meus amigos me dão um instante para me recuperar antes de apontar para a porta da escola. É nossa foto da matéria no jornal.

Todas parecemos surpresas na imagem, o que é engraçado, considerando o tempo que passamos nos preparando para a foto, como estávamos todas maquiadas, arrumadas e hiperconscientes naquele dia. Mas lá estamos nós: eu, Isla e Charlotte sentadas, a maior parte do corpo coberta pelo encosto do banco, o pescoço esticado enquanto olhamos por cima do ombro, as palavras *Amor Foi Encontrado Aqui* abaixo de nós. A boca de Isla parece a de uma boneca, toda vermelha e surpresa, e os lábios de Charlotte formam uma linha cerrada. Porém, na fotografia eu tenho a sombra de um sorriso — está suspenso em meus lábios, que são praticamente a única coisa que dá para ver em meu rosto, com os óculos escuros cobrindo o resto de mim. Delilah está de pé atrás de nós, olhando para o céu, para Jack, mas ao observar mais de perto, seus olhos estão, na verdade, fechados, como se estivesse inclinando a cabeça para sentir o calor do sol.

Somos nós, mas não nós, na fotografia.

Somos nós, mas não nós, aqui na calçada em frente à escola, esperando por um tempo incrivelmente longo para entrar.

Sobre nossos rostos, escrito com *pilot* vermelho, as palavras POR SUA PRÓPRIA CONTA E RISCO.

É pior lá dentro.

Cruz e Charlotte viram para a esquerda, para seu primeiro tempo de aula, enquanto Isla e eu viramos para a direita. Isla tem um andar afetado. Os quadris se movem de um lado a outro, e ela não para de balançar os longos cabelos da Devonairre Street. Eu me pergunto como faz isso, como consegue permanecer forte enquanto todos nos observam.

Então descubro.

— Me dá cobertura? — pede ela, virando-se para a parede. Tira um pequeno frasco de bebida do bolso. É menor que o de Jack, e provavelmente está cheio de algo mais doce. Ela joga a cabeça para trás e toma um gole. — Quer um pouco? — oferece, e é tão cedo que ainda me lembro de alguns de meus sonhos, mas quase tomo um gole também.

Balanço a cabeça, e Isla sorri.

— Você vai me implorar por um pouco mais tarde — assegura ela.

Isla se dirige para sua sala, e chego a minha porta.

A figura pesada do Sr. Manning bloqueia a entrada. Ele tem uma mancha na gravata e cabelo nas orelhas, mas é um bom professor. Foi o que eu disse a Delilah quando ela contou sua história sobre a paixão que achava que ele tinha por ela na noite em que Jack morreu.

— Você acha que todo mundo está apaixonado por você — falei. — Você acha que esta cadeira está apaixonada por você. Você acha que o cachorro de Angelika é apaixonado por você.

Delilah deu de ombros como se quisesse dizer *é, talvez*, e Jack não riu, mas sorriu.

Tenho aula de inglês com o Sr. Manning no segundo tempo, e gosto de como ele fala sobre os personagens dos livros como se fossem pessoas reais. Ele sempre nos pergunta como nos sentimos a respeito deles, em vez do que pensamos sobre eles. É uma pequena diferença, mas é importante para mim.

— Srta. Ryder — cumprimenta ele. — Como você está?

— Ah. Bem. Obrigada.

Fico surpresa com a gentileza em sua voz.

— Também perdi um amigo muito jovem. Sei que você e Jack eram próximos.

Ele meio que sussurra, como se a morte fosse um segredo.

— Qual era o nome dele? — pergunto, uma parte de mim querendo saber tudo o que há para saber sobre o amigo morto do Sr. Manning.

O Sr. Manning dá um passo para trás, um pequeno passo que eu normalmente não notaria, mas quase tropeça ao fazer isso, então é difícil não notar.

— Alan — responde.

Aceno com a cabeça, como se isso fizesse sentido. Tenho mais perguntas — quando, como e por quê —, mas os olhos do Sr. Manning não param de desviar para algo atrás de minha cabeça, e seu pescoço está ficando rosa. Olho para trás, para ver o que ele está vendo.

É a fotografia. Consigo ver mais detalhes agora: o cintilar das chaves ao redor do pescoço de Isla, a cor chamativa dos corações em meu suéter, a maneira como as tranças de Charlotte são desiguais, os punhos cerrados de Delilah.

O Sr. Manning limpa a garganta.

— Eu lembro que, depois que Alan morreu, ir à escola era simplesmente horrível. Era difícil me concentrar. Tudo o que eu queria era um tempo sozinho.

— Claro — digo.

O sinal toca, mas o Sr. Manning não me deixa passar da porta.

— Aposto que você está se sentindo assim em relação a Jack. Ele era um bom garoto. Estava na minha turma de estudos avançados com Delilah. Vi os dois se apaixonarem bem diante dos meus olhos. Achava que se casariam logo após a formatura.

— Claro. Eu também achava isso.

Tento olhar além do Sr. Manning para ver meus colegas de turma, mas ele ocupa quase todo o vão da porta, de modo que só consigo ver alguns rostos curiosos. Dou um passo, para lembrá-lo de que está na hora de começar a aula, mas ele muda de posição e apoia os cotovelos contra a moldura da porta.

— Enfim, Srta. Ryder, estava pensando que talvez quisesses um tempo livre. Ou mesmo alguns tempos livres. Estávamos todos pensando... Alguns de nós acham que pode ser bom. Para você. A sala ao lado está vazia. Não quer ir para lá?

O Sr. Manning parou de me encarar.

— Estou bem para assistir à aula — asseguro a ele.

O Sr. Manning passa a mão na testa. Olha novamente para a fotografia atrás de minha cabeça.

— Delilah e Jack. Eu nunca teria imaginado os dois juntos. Nós, professores, nem sempre sabemos o que acontece com os alunos. — O Sr. Manning enfia as mãos nos bolsos enquanto, atrás dele, a turma está em desordem. Ainda assim, ele não se move de seu lugar na porta. — Eu jamais teria imaginado que Delilah se apaixonaria por Jack, mas aconteceu, certo?

— O amor acontece de maneiras misteriosas?

Quero que a conversa acabe, mude de direção ou se transforme em algo completamente diferente.

— Isso mesmo — concorda o Sr. Manning. — Qualquer um pode se apaixonar por qualquer um.

Uma sirene soa em algum lugar fora do prédio. Nós a ouvimos aumentar de volume e, em seguida, se afastar. Penso em Cruz, mesmo que não devesse. Penso no Atentado a Bomba. Penso em Jack. E ficamos os dois em silêncio por mais tempo do que seria confortável.

— Na verdade, não preciso de um tempo livre — digo. — Estou bem para assistir à aula.

O Sr. Manning não se move. Os cotovelos continuam apoiados na moldura da porta. Os pés se afastam um pouco, de forma que as pernas também ajudam a criar uma barreira. Ele limpa a garganta novamente. E de novo.

Eu fico tonta.

O Sr. Manning olha para a fotografia uma última vez, entra na sala de aula e fecha a porta.

"Nunca sinta vergonha", meu pai me dizia quando eu era pequena e Angelika tentava falar comigo sobre a Maldição. "Assim que começar a sentir vergonha, livre-se dela". Mesmo nestes últimos dias, senti nervosismo e dúvida; senti tristeza e medo. Mas não senti vergonha.

Agora experimento um sentimento úmido e repugnante.

Vergonha.

Vou para a sala de aula vazia e espero o Minuto de Silêncio chegar. Ele chega, claro. Sempre chega.

...

No Minuto de Silêncio, só consigo pensar em Cruz.

Acho que meu pai não se importaria. Era o que ele queria para mim. Que eu me apaixonasse. Sentisse que meus órgãos não têm peso, como se tivessem deixado meu corpo. Como se eu estivesse vazia, a não ser pelos pensamentos a respeito de Cruz, que me preenchem por inteiro. Meu pai queria que eu me apaixonasse.

Não sei se isso é amor.

Mas na verdade sei.

Toco a chave ao redor do pescoço, em busca de uma proteção na qual não acredito. Meu pai costumava revirar os olhos diante desse reflexo.

— Essa chave é apenas uma chave — dizia ele. Não há nada de mágico nela. Ela nem sequer abre nada.

Ele sempre parecia tão seguro que eu a largava no mesmo instante. Hoje continuo a segurá-la, minha mente finalmente perguntando: *E se a Maldição for real, no fim das contas?*

Tento ouvir a voz de meu pai de novo. Uma memória esquecida desabrocha: meu pai segurando meu queixo na mão pela primeira e única vez.

— O que quer que aconteça — disse ele enquanto estávamos sentados na entrada do prédio, terminando de tomar nossos sorvetes e observando o sol se pôr —, não dê ouvidos a Angelika. Não deixe que ela a convença a ter medo. Ignore-a. Não importa o que aconteça.

— Está bem — respondi. Eu tinha 8 anos, e isso parecia bom. Fácil.

— Posso tomar outro sorvete?

Ele me deu outro, como se o sorvete extra selasse a promessa.

Algumas promessas são difíceis de manter.

O Minuto de Silêncio se prolonga eternamente quando você está sozinha, em quarentena. O resto da cidade, a nação, pode seguir adiante. Mas estou presa em uma medonha sala de aula de espanhol, olhando para uma lista de verbos básicos, lembrando-me de meu pai e das promessas que fiz e tentando entender se elas têm mais ou menos importância agora que ele não está mais aqui.

São 10h11 de mais uma manhã de terça-feira, já faz quase sete anos que meu pai morreu, e talvez, *talvez* eu esteja apaixonada, como lhe prometi que ficaria.

Coloco a cabeça na carteira e ouço o silêncio terminar, o mundo seguir adiante. No entanto, eu não sigo adiante. Nunca.

Eles não deixam.

22.

Charlotte se junta a mim no segundo tempo; Isla, no terceiro.

Nenhum dos professores do sexo masculino nos deixa entrar em sala de aula. Alguns alunos do sexo masculino também protestaram contra nossa presença.

— A Sra. MacQuinn não se importou, mas os garotos disseram que eram eles ou eu. Como assim? Eles não podem fazer isso!

— Além disso, você está com meu irmão — emenda Isla.

— Certo. Sim, quero dizer, é claro.

Charlotte fica vermelha e brinca com a chave em volta do pescoço e um anel no dedo que eu não havia notado antes. Deve ser novo. É de cobre, bem fino, e fica lindo nela.

— Eu tenho namorado — sussurra ela, e posso jurar que me olha pelo canto do olho.

Nunca fomos muito próximas, Charlotte e eu. Ela sempre foi cética em relação a mim, e sempre fui crítica em relação a ela. Isso nunca importou, porque éramos LornaCruzCharlotteDelilahIsla, e esses sentimentos ruins eram apenas uma ínfima parte disso.

Agora parece que importa.

Todo esse tempo eu pensei que era Delilah quem flutuava para longe de nós. Mas Isla e Charlotte estão sentadas bem perto uma da outra, trocando uma série de olhares secretos, e penso em Isla na calçada em frente a minha casa noite passada, e no fato de eu ter beijado mais de uma vez o namorado de Charlotte, e então me dou conta.

Eu sou diferente.

Sou eu que flutuo para longe.

O batom de Isla está borrado e um dos botões de sua camisa está desabotoado. Angelika ficaria louca se visse quanto dela está à mostra.

Aposto que seu frasco de bebida está vazio agora.

— O que aconteceu com você? — pergunto, mas já sei a resposta.

— Não vou virar uma freira só porque não posso me apaixonar — rebate Isla.

Seus ombros a traem. Eles tremem, se agitam, e acho que ela gosta do que quer que esteja fazendo na sala de latim, debaixo da escada e no porão, mas também gostaria de amar.

Ela carrega um lenço de Angelika consigo — acho que todas as garotas fazem isso, exceto eu —, tira-o da mochila e o amarra com firmeza em torno do peito para ficar coberta como Angelika quer que fiquemos. Sua cabeça se abaixa um pouco, um sinal revelador de que está bêbada. É estranho: as regras que Isla segue perfeitamente e aquelas contra as quais se rebela.

— Você pode... — começo, querendo lhe dizer que não precisa dar ouvidos a Angelika.

Ela balança a cabeça.

— É isso que vou fazer. E não quero falar a respeito. Você, obviamente, não entende.

— Não entendo — concordo.

— Eu também não entendo você — diz ela.

— Eu vi você na frente de meu prédio na noite passada — admito.

Quero que ela se desculpe, que me diga que não significou nada ou que ria, sem dar importância. Ela não faz nada disso.

— Eu sei — diz, e é isso.

E mesmo que tenha dito que não queria discutir o assunto, Isla começa a falar:

— Eu não vou me apaixonar — garante. — Vou ser a garota com a qual eles podem ficar sem se preocupar com o amor. — Ela encolhe os ombros, e tenho certeza de que há um chupão em seu pescoço. — O amor não vale a pena. Não fui talhada para tudo isso.

— O que quer dizer com isso? — pergunto.

— Que eu não acredito. Mas também não desacredito. Não sou como você, ou como Charlotte ou como Delilah costumava ser.

Isla diz isso como se fosse um desafio, e me pergunto se as coisas que sempre amei — fazer parte de um todo, estar atada a ele dessa maneira complexa e indestrutível, a própria rua — são coisas que ela sempre detestou.

— Vou fazer as coisas do meu jeito. Não vou ser a garota que dizem que sou: triste, solitária ou com o coração destroçado, apaixonada e destinada a destruir tudo. Vocês podem ser essas garotas. Eu quero ser... Eu sou um tipo diferente de garota.

Quando éramos mais novas, Isla se espelhava em nós, acho. Ela pegava emprestados os óculos de Charlotte, meus vestidos e as frases de Delilah, e ensaiava ser uma espécie de combinação de nós três.

Agora ela só se parece, fala e age como Isla Rodriguez.

— Isla — diz Charlotte.

Mas a maneira como pronuncia me mostra que ela não tem mais nada a dizer.

— Como eu disse, não quero falar sobre isso — insiste Isla. — O que aconteceu com Jack... Eu não posso deixar isso acontecer com alguém que eu... Não. Não preciso de amor. Nem sei o que é isso. Começo a achar que ninguém realmente sabe o que é.

— Angelika diz que é um salto. Uma febre. Uma coisa que fica evidente na pele — esclarece Charlotte, como uma boa aluna.

— E você? — pergunta Isla.

Ninguém me pergunta.

De qualquer maneira, não estou pronta para responder. Angelika e Delilah dizem que o amor é reconhecível e evidente, mas eu discordo. Ele é impreciso. Instável. Não é matemática nem uma febre. Não para mim.

— Não acho que haja um momento quando você está amando e um momento quando não está — diz Charlotte, com cautela e sussurrando, e me pergunto se está ouvindo meus pensamentos. — Sei que é isso que Angelika diz; sei que é o que devemos pensar. Mas acho que o amor é mais como uma sombra. Algo que nos segue aonde quer que vamos. E não sabemos se está lá ou não até vê-lo, preso a nós, se alongando e revelando uma parte nova e estranha de nós mesmos.

Admiramos a poesia no discurso de Charlotte.

Odeio que ela esteja falando sobre Cruz. Odeio a beleza com a qual é capaz de falar sobre amá-lo. Odeio quão real as palavras tornam esse amor.

— Talvez a gente nunca saiba se está amando ou não — argumento. — Talvez ninguém saiba, e todos vaguemos a esmo, falando sobre o amor como se fosse alguma coisa tangível e reconhecível, mas, na verdade, estamos todos repletos dele. Talvez até as pessoas que dizem amar se perguntem: *É disso mesmo que estavam falando?*

Percebo que essa ideia incomoda Charlotte e Isla, mas gosto dela. Gosto da ideia de que não há respostas, não importa quantas malditas perguntas façamos.

Talvez também fosse disso que meu pai gostava: da busca por respostas, mas não das respostas em si. Apenas das perguntas.

Os minutos passam, e também as horas.

No almoço, a diretora entra na sala com a assistente, levando bandejas até nossas mesas. Lasanha, uma melancólica salada de alface, um cookie com gotas de chocolate, um pãozinho macio, um pedaço de manteiga duro demais.

— Serviço de quarto! — diz ela, os óculos de lentes grossas como os de Charlotte, o nariz mais parecendo um bico, a voz entusiasmada demais para a ocasião.

— Quando vamos sair daqui? — pergunto, quando fica claro que Isla e Charlotte não vão dizer nada.

— Ainda estamos pensando sobre qual será nosso plano — responde ela, um ponto de exclamação entusiasmado implícito no fim da frase.

Meus ouvidos doem ao ouvir como a diretora está se esforçando para tentar fazer isso parecer normal.

— Não pode nos manter aqui — digo.

Isla e Charlotte ainda estão caladas, olhando para as janelas, os pés, as bandejas de almoço, qualquer lugar, exceto para os olhos da diretora.

— Nunca nos deparamos com uma situação assim — explica ela. — A atenção da mídia é algo novo para nossa escola, e ainda não conseguimos bolar um bom plano para garantir que todo o corpo estudantil e vocês três fiquem confortáveis e seguros e sejam capazes de dar o melhor de si no processo de aprendizagem.

— Está tudo bem — murmura Charlotte.

Isla permanece imóvel e em silêncio.

— Você vai nos expulsar? — pergunto.

— Claro que não — responde a diretora, mas seus olhos se movem para a esquerda e para a direita, e sei que é uma possibilidade. — Foram semanas muito perturbadoras. O ataque em Chicago, a morte de Jack Abbound, além, claro, do fato de que está chegando o aniversário de sete anos e os jornais têm estado... bem, é um momento difícil. É um momento difícil para se sentir seguro e confortável. Mas vamos fazer o que for melhor para todos, prometo. E não vamos colocar a culpa em nenhuma de vocês. Não estamos com raiva de vocês.

Ela esfrega as mãos uma na outra, toda *muito bem, assunto encerrado*, e olha para a assistente, que não para de morder o lábio. A assistente tem uma balança tatuada no pulso. Libra. Atualmente é algo popular, fazer uma tatuagem do signo astrológico no pulso.

Isso me faz antipatizar um pouco com ela. Desconfiar dela.

Elas saem, e começamos nossa lasanha e tentamos pensar em algo sobre o que falar.

— O que Delilah faria? — pergunta Charlotte.

Seus óculos parecem um pouco embaçados, e o rosto, abatido. Eu me pergunto do que Cruz gosta em seu rosto. Talvez os olhos verdes, o nariz afilado ou a maneira como aplica um sopro perfeito de blush em cada bochecha.

— A nova Delilah ou a velha Delilah? — pergunto.

— A nossa Delilah — responde Charlotte, e todas sabemos o que significa.

— Ela não ficaria parada vendo isso acontecer — garanto. — Ela ia, sei lá, protestar. Fazer um abaixo-assinado. Ia dar risada e entrar nas salas de aula de qualquer maneira. Ela daria um jeito nisso.

Se pudesse nos ver agora, ela diria: "Não fiquem aí paradas deixando a Terra girar". E riríamos da maneira como Delilah diz a coisa certa no momento certo.

Mas Delilah não está aqui, então ficamos sentadas até as duas e meia, quando Cruz aparece e nos liberta da sala de aula.

— Eu deveria ter vindo mais cedo — comenta ele.

Eu concordo. Charlotte beija sua boca como se o fato de ele ter nos ignorado o dia todo e deixado que pagássemos o pato mais uma vez não importasse nem um pouco. Ele nos acompanha pelos corredores, feito um guarda-costas. Seu braço está em torno de Charlotte.

Owen está do lado de fora do prédio, e vê-lo faz meu coração se sobressaltar. Não de felicidade por estar perto, mas porque me esqueci dele durante todo o dia, então seu rosto é uma surpresa. Eu não sou uma boa namorada, afinal.

— Eles me trancaram — explico.

— Sim.

Owen está com as mãos nos bolsos, e meus amigos não nos deixam sozinhos, mas nos dão algum espaço.

— Você não foi me salvar.

— Eu não sabia que deveria.

Ele olha para meu ombro em vez de para o rosto.

— Você não é o mesmo comigo — admito, finalmente, porque Owen não diz mais nada. — Você sabia sobre a rua, sobre a Maldição e tudo mais. Sabia e isso não importava, eu achava. Mas agora importa?

Owen olha para meu outro ombro.

— Você nem parece você mesma naquela foto — diz ele. — O que fizeram com seu rosto?

— Maquiagem.

— Ah.

Eu conheço a maneira lenta de se mover, pensar e falar de Owen, então respiro fundo, aquieto as mãos agitadas e tento acalmar o coração enquanto espero que ele fale.

— Todo mundo que se casou com uma Garota da Devonairre Street durante a Segunda Guerra Mundial morreu na batalha — diz ele por fim.

Ele leu o artigo. Cuidadosamente.

— Sim.

— É estranho como eu não pensava muito nisso. Mas não conheço outras viúvas, a não ser sua mãe, a mãe de Charlotte, a mãe de Cruz e Isla e a mãe de Delilah. As mães de vocês são todas viúvas. As únicas viúvas que conheço no mundo inteiro vivem todas na mesma rua.

— Você está começando a acreditar — argumento.

Pelo canto do olho, vejo Isla flertando com um garoto tenso. Vejo Charlotte e Cruz de mãos dadas, evitando o olhar de todos que os observam.

Owen é muito lento com as palavras. Quase não pisca.

— Nunca senti por ninguém o que sinto por você — confessa ele, quando penso que vamos ficar em silêncio para o resto de nossas vidas.

Pressinto um *mas* em sua frase, e acho que talvez seja o fim, vamos terminar, ele vai me deixar porque sou muito assustadora, perigosa e errada.

Então vou ficar sozinha pensando em Cruz, em quem não quero pensar de jeito nenhum. Quero pensar em Owen. Quero que Owen fique. Quero ficar com ele em minha cama, todos os ângulos, suspiros, ajustes perfeitos e cochilos povoados de sonhos. Eu me sinto poderosa na cama com Owen e vulnerável no jardim com Cruz, e quero o poder de volta. Quero beber no jardim com nossos amigos sem me preocupar com coisas como o amor, pensando apenas nos olhos azuis de Owen, nas mãos enormes e nos roncos adoráveis.

Parece que construímos algo com blocos — LornaCruzCharlotte-DelilahIsla. Parece que tínhamos um delicado castelo de blocos na mesa de nossa sala de estar até a Morte de Jack e o Atentado a Bomba de Chicago se abaterem sobre nós, derrubarem tudo e depois zombarem de nós por acreditarmos que os blocos eram reais. Tudo o que quero é reconstruí-lo, exatamente como era.

Mas não posso fazer isso sem Owen.

— Uma vez, enquanto dormia, você disse que me amava — confesso.

Amor é a última coisa na qual quero pensar, a última palavra que quero dizer, mas lá está ele. O amor. Sempre surgindo quando menos esperamos. Sempre invadindo coisas perfeitamente seguras e agradáveis, como carinho, ternura e sexo.

— Eu disse?

— Eu amo a lua e você, e não tenho uma galinha — repito, sorrindo ao dizer essas palavras, embora tanta coisa tenha acontecido entre o momento em que ele as disse e agora.

— Ahn? — diz Owen.

Ele não sorri de volta. Qualquer que seja a mágica que há nessas palavras para mim, não existe para ele. Poderiam muito bem ter sido pronunciadas por outra pessoa.

— Foi o que você disse um tempo atrás. Quando estava sonhando.

Estou agitada por dentro e quero que ele me ache bonita. Essas coisas não são amor, mas são algo ainda melhor. Mais seguro. Mais fácil. O que sinto por Cruz é denso, inescapável, pesado. O que sinto por Owen é leve e encantador. Quero mantê-lo. Quero me agarrar a isso.

— Bem. Pelo que parece, foi um sonho e tanto — diz Owen.

E eu penso: sim, sim, foi.

Talvez estejamos prestes a terminar ou prestes a nos beijar, mas, em vez disso, alguém cospe em mim.

A princípio, acho que é uma gota de chuva, então olho para cima em busca de nuvens de tempestade. Não há nenhuma. O dia está ensolarado. Mas Henry Pollan está a menos de um metro de distância, de cara feia e passando a mão nos lábios.

— Fique longe de nós — ameaça ele, a voz mais profunda do que me lembro da aula de matemática do segundo ano.

Ele me convidou para um baile uma vez, e eu disse não, porque sabia que Charlotte, Cruz, Delilah e Isla não iam e eu não conseguia me ver lá sem eles; não conseguia imaginar meus braços ao redor do pescoço grosso de Henry.

Agora ele agita os braços e faz uma dança ameaçadora com os pés, como se estivesse pronto para lutar.

— Que droga foi essa? — exijo, tirando o cuspe da pele, batendo repetidamente nos braços na esperança de que, de algum modo, sinta o golpe em vez da umidade de seu cuspe. Engasgo.

Owen corre na direção de Henry por instinto, e naquele momento também amo seu corpo e a facilidade com que se move. Ele empurra um dos ombros de Henry e dá um safanão em sua cabeça.

Cruz vê e também vai na direção de Henry. Ele ergue os ombros, como se isso o deixasse mais largo, mais forte, mais assustador.

— Vá se foder! — xinga, batendo no outro ombro do garoto.

Owen e Cruz flanqueiam Henry, fazendo movimentos ameaçadores com o queixo, os cotovelos, os ombros.

Começa uma briga — Cruz, Owen, Henry e alguns outros se envolvem nela —, mas não dura muito porque Henry e os amigos acabam fugindo, com medo, penso eu, não dos meninos, mas das Garotas da Devonairre Street.

— Jack teria acabado com a raça dos caras — diz Cruz, quando restamos só nós na calçada.

Eu aceno com a cabeça, Owen acena com a cabeça, Charlotte fica com os olhos cheios de lágrimas, e Isla inclina o quadril, fingindo não se importar.

— Eles acreditam — argumento. — Todo mundo que vemos na rua acredita. Pelo menos um pouco. Eles se perguntam.

— Eles têm medo de nós — diz Isla, e, pela primeira vez em semanas, vejo a menina Isla de novo, com olhos tristes e desejando que o mundo fosse diferente.

23.

Seguimos o exemplo de Isla e nos embebedamos depois da escola.

— Finalmente — diz ela, como se esperasse que nos juntássemos a ela desde o início da manhã, o que acho que esperava.

— A Chicago — sugere Cruz, mas não é um brinde muito bom, e não queremos pensar em Chicago.

Ouvi dizer que a maioria das pessoas na cidade não voltou ao trabalho, e que as crianças não voltaram à escola; as coisas por lá estão paralisadas há mais tempo do que ficaram aqui depois do Atentado. Chicago não quer reconstruir, dizem as notícias. Eles querem transformar todo o espaço destruído em jardins, com as cinzas dos homens e mulheres mortos enterradas sob o terreno.

— A Chicago — repetimos de volta para ele, bebendo vodca sabor pêssego em copos de plástico.

É um gosto horrível, mas anseio por como vou me sentir depois de mais alguns goles.

Owen está conosco, mas em silêncio. Não nos tocamos nem nos falamos, muito menos nos olhamos. Mas pelo menos ele está aqui.

Ficamos bêbados da maneira triste, não da maneira divertida.

— Devíamos chamar Delilah — comenta Charlotte. — Ela faria isso conosco, aposto.

— Ela está ocupada com Angelika esta noite — revela Isla. — Estamos preparando uma homenagem. A todos que perdemos.

— Como você sabe disso? — pergunto com uma risada, como se tivéssemos voltado aos velhos tempos, quando ninguém sabia mais sobre Delilah do que eu.

Isla não responde. Ela espera que eu descubra a resposta sozinha.

Minhas costas começam a suar, e sei, com certeza, que sou eu a intrusa, e não Delilah. Que tudo o que pensei que era verdade não é, que não compreendo a rua onde vivo nem as pessoas que amo.

Isla trança folhas de grama, e Charlotte se inclina contra Cruz e toma goles de vodca maiores que os habituais. Examino as plantas. Alguém as regou demais e estão murchas.

As pessoas acham que estão ajudando, mas na realidade pioram as coisas.

O segundo Minuto de Silêncio é às 16h36.

— Temos de ficar em silêncio — diz Owen.

Cruz e eu reviramos os olhos.

— Não sou obrigada a ficar em silêncio — retruca Isla, mas fica.

Todos ficamos. Carros estacionam. A Devonairre Street para. Penso novamente na tarde na cama com Owen, e olho para ele para ver se está se lembrando da mesma coisa, mas ele está olhando para o banco com olhos enevoados.

— Preciso ir — anuncia ele, quando o Minuto acaba.

— Não terminamos nossa conversa mais cedo — pressiono.

Minha voz vacila, e todos ouvem, mas fingem não ouvir. Owen suspira.

— No que você pensa durante o Minuto de Silêncio? — pergunta ele.

Tenho a sensação de que há uma resposta certa e uma resposta errada.

— Em você — respondo. — Penso em você. — Pelo menos dessa vez, é verdade. — No que você pensa?

Owen faz uma pausa. Parece um pouco enjoado. Parece um pouco triste. Não se parece muito com Owen.

— Eu penso em Jack.

Pela forma como ele diz o nome de Jack, sei que acabou.

Ele pega um limão ao sair. Arranca-o da árvore, como se fosse algo que sempre fez.

...

Ficamos mais bêbados.

Então ficamos ainda mais bêbados.

Bebemos por raiva, bebemos por causa da solidão, bebemos para não sofrer, bebemos para evitar o medo. Isla é de algum modo nossa líder.

Quando já estamos com os olhos turvos e são seis e meia da tarde, Cruz pega o telefone para ler novamente o artigo. Ele o lê em voz alta, com a voz mais ridícula; e se estivéssemos minimamente sóbrios, não acho que seria engraçado, mas estamos embriagados, todos nós, até Charlotte, então é completamente hilário.

— É sobre *nós* — digo. — Estão falando sobre nós! Isso é muito louco!

— Muito louco! — ecoa Isla.

— Quantas pessoas no mundo estarão falando sobre nós neste momento? — pergunta Charlotte.

Ela está deitada no banco, as pernas se balançando, a cabeça em um ângulo estranho que não pode ser confortável.

— Uma centena — responde Isla.

— Espero que nenhuma — digo.

— Eles não sabem nada sobre nós — diz Cruz, diretamente para mim.

— Cem por cento incorreto — retruco. — Sabem tudo sobre nós. Esperem. Esperem. Tudo bem. Vejam.

Pego o telefone, acesso historiadosafetados.gov e vou até minha própria página, aquela que as pessoas podem acessar se quiserem se colocar no meu lugar ou algo assim.

"A História dos Afetados vai gerar compaixão e compreensão. Vai nos ajudar a lembrar as tragédias e construir um mundo melhor", disse o presidente quando o programa foi apresentado. Foi um discurso apaixonado que as pessoas afirmam que vai entrar para a história, assim como o Discurso de Gettysburg. As palavras estão escritas em uma caligrafia elegante no topo da página na internet.

— Estão vendo? Eles me conhecem — insisto, olhando para uma foto de mim mesma na tela.

Lá estou aos 11 anos, com as pernas cruzadas no aniversário de um ano no Prospect Park, perdida na grama enquanto todos estavam sentados em cadeiras. Meu cabelo estava despenteado, havia uma chave em volta de meu pescoço, e, na margem da foto, fica claro que estou segurando a mão de alguém.

A mão de Cruz.

Isla também assombra o fundo da fotografia — posso ver seu vestido de menina como um borrão atrás de mim. Mas é da mão de Cruz que não consigo tirar os olhos.

— Deus — diz ele, inclinando-se para dar uma olhada com todos os outros. — Você parece mais triste do que eu me lembrava de qualquer um de nós ter ficado.

— Eu odeio homenagens — explico.

O que fica mais evidente na foto, mais que minha tristeza ou a mão de Cruz ou o fato de a foto existir — acho que a pessoa que a tirou queria ter uma visão de como é a tragédia —, é a pilha de limões em meu colo.

Sinto uma onda de raiva em nome da menina que eu era aos 11 anos, recorrendo a uma pilha de frutas para me sentir melhor. Quando os limões não funcionaram, pareceu que havia alguma coisa errada comigo. Nos dois primeiros anos, eu não entendia por que a dor continuava voltando, feito uma inundação.

— Angelika está sempre lá — digo. — À espreita.

Penso em como ela se ligou a Delilah. Nas tardes trançando pulseiras na entrada do prédio. Nas canecas de chá idênticas. Em como Angelika agora tem uma foto emoldurada de Jack na janela da cozinha, roubando um pouco do rapaz para si.

— Nem me fale — diz Charlotte.

É um comentário bem-humorado de alguém que nunca faz comentários bem-humorados. Atiro os braços a seu redor, e por um instante somos melhores amigas.

Charlotte fica confusa, e o que havia entre nós desaparece. Ela se vira na direção de Cruz, agarra-se a seus ombros para se equilibrar, e volto a me ressentir de sua camisa de botão, seu cardigã bem passado e seus sapatos confortáveis.

Isla não diz nada sobre Angelika ou sobre limões até alguns minutos depois, quando comenta, simplesmente:

— Nada ajuda.

O sol começa a se pôr, logo teremos de ir para casa, e não estou nem perto de entender nada, exceto que estar perto de Cruz me faz querer estar perto de Cruz por mais tempo, que pensar em Angelika faz minhas palmas suarem e meu coração se acelerar, e que tenho pena da menina com o colo cheio de limões.

— Como vocês acham que eles estão fazendo em Chicago? — pergunto. — Eu sempre me esqueço deles. Isso não é absurdo? Devíamos ir a Chicago. Devíamos escrever cartas para as pessoas em Chicago. Devíamos estar... fazendo alguma coisa.

E, em um instante, compreendo os limões. Quero levá-los para Chicago, na esperança de que ajudem.

— Deixe Chicago cuidar de Chicago — diz Isla, a voz um pouco arrastada.

Eu me pergunto se ela não deveria ter amigos da própria idade, se fizemos algo terrível ao tratá-la exatamente como uma de nós.

— Eles não precisam que nos preocupemos. Eles querem espaço.

Lembro que, depois do Atentado, detestávamos as pessoas que queriam ocupar nosso espaço com seu sofrimento vago. Choravam à luz de velas e falavam sobre estar a um quilômetro e meio de distância, ou no norte do estado ou do outro lado do país.

E agora aqui estou eu, querendo tomar um pouco dos Ataques de Chicago para mim. Tentando chorar por alguém que não perdi, por pessoas que nunca amei, por um lugar que jamais conheci.

— Sinto que estamos ligados a eles — argumento, tentando me defender, mas sei que estou errada. — Somos iguais.

Charlotte adormece nos braços de Cruz. Isla recebe uma ligação e nos informa que vai se encontrar com alguém em Prospect Heights.

— Quem? — pergunto, porque ninguém mais se lembra de perguntar.

— Não importa — responde ela.

— Importa para mim.

Cruz muda de posição.

— Você me liga se precisar de mim? — pergunta ele, em uma reação completamente equivocada.

Precisamos manter Isla aqui. Temos de mantê-la segura e longe do que quer que esteja tentando fazer. Ela está tentando ser Outra Pessoa, e não podemos deixar isso acontecer. Isla é nossa. Sempre será nossa.

— Não vou precisar de você — responde Isla.

Isla não se volta para nos olhar quando sai. Olha apenas para a frente, o cabelo batendo atrás dela, como uma capa, dando-lhe superpoderes.

Então ficamos apenas eu e Cruz e uma Charlotte adormecida no jardim.

Somos sempre eu e Cruz sozinhos no jardim, com todas as coisas que não podemos dizer.

Não falamos, não nos encaramos, não enviamos mensagens de texto. Mas os minutos passam e também não nos movemos. Cruz me entrega seu telefone. Ele ainda está no banco de dados da História dos Afetados e acessou a própria página. Há uma foto sua, de terno e triste. Ele está olhando para alguém próximo. Uma menina com um familiar vestido cinza e meus cabelos prateados.

Ele está sorrindo um minúsculo sorriso para o jeito como ela segura um limão.

Vejo uma história diferente nessas fotos antigas. Minha história com Cruz.

Finalmente, finalmente olho para ele. Algo em meu coração irrompe, e lá está. O sentimento. O Sim. O Amor.

Então vemos um clarão. Câmeras. O jardim não é mais nosso.

24.

— Eu trouxe *donuts* — anuncia Delilah sábado de manhã.

Ela está parada na entrada de meu prédio às cinco da manhã no dia do Aniversário de Sete Anos, da mesma maneira que em todos os outros anos desde que meu pai morreu.

Cinco da manhã no dia do Atentado foi a última vez que vi meu pai. Ele costumava me dar um beijo todas as manhãs antes de sair para a academia e para o trabalho, e eu reclamava com ele por roçar seu rosto com barba em minha pele lisa antes mesmo do nascer do sol.

— Mas eu amo você! — sempre dizia com um sorriso grande, cheio de dentes, e um ataque de cócegas.

— É muito cedo para o amor! — eu reclamava.

— Nunca — dizia ele. Foi um roteiro que seguimos todas as manhãs por tantos anos, mas ele sempre soava sério nessa última palavra.

Agora Delilah está na entrada de meu prédio, como fica todos os anos a esta hora, e tem *donuts* de xarope de bordo e bacon do lugar perto da estação da linha G que meu pai nos disse que precisava ser um segredo só nosso para sempre, para que eles não ficassem famosos demais.

— Isto é o que faz a vida valer a pena — dizia ele ao morder um.

Essas são algumas de minhas memórias favoritas, porque são inteiramente minhas. Minha mãe odeia *donuts*, então papai levava apenas eu e Delilah. Ninguém mais da rua sabia sobre aquele lugar.

— Devíamos levar um para Angelika — sugeri uma vez, e meu pai riu, franziu o nariz e piscou. Os *donuts* eram só nossos.

A memória também é só nossa, então não há ninguém por perto para distorcê-la, virá-la de ponta-cabeça ou reescrevê-la como um conto exemplar. Angelika, Betty e Dolly não sabem sobre a loja de *donuts* 24 horas. A História dos Afetados nunca saberá. No site, a comida listada como a favorita de meu pai é bife, mas Delilah e eu sabemos que eram *donuts* e nunca vamos contar a ninguém.

— Você está aqui — digo agora, pegando o *donut* oferecido por ela, que já deu uma enorme mordida no seu.

— Não consegui esperar — explica, como faz todos os anos. — Eles estavam me chamando, me pedindo por uma mordida.

Eu me atiro sobre ela. Meus braços se encaixam em torno de seu pescoço, e sinto os dela envolverem minha cintura, e nós nos agarramos com tanta força que não há espaço entre nós. Fico em êxtase por ter essa Delilah — a que conhece a única lembrança secreta que tenho de meu pai, a que me compra um *donut* no meio da noite se isso for ajudar a aliviar a dor do pior aniversário do mundo. Essa é a Delilah que eu aperto. Essa é a Delilah em cujo ombro eu choro.

— Não pensei que você estaria aqui — confesso. — Mas vim aqui embaixo mesmo assim.

Ela não diz nada, apenas faz carinho em minhas costas e me deixa ficar pressionada contra ela até eu ter chorado lágrimas suficientes e tê-la apertado o suficiente.

— Sempre me esqueço de como essas coisas são deliciosas — diz ela.

Finalmente dou uma mordida no *donut*, e isso me faz sorrir. Salgado e doce, indulgente e ridículo, tudo o que meu pai era.

— Achei que talvez você tivesse se esquecido deles por completo — comento.

Ela dá outra mordida no *donut*.

A calçada está vazia. Eu me apaixono novamente pela Devonairre Street, de pé ali com minha melhor amiga em todo o universo, olhando as lâmpadas acesas que iluminam o caminho para o jardim, onde os limões reluzentes pendendo do limoeiro são quase brilhantes o suficiente para iluminar a noite também.

Aqui é minha casa.

— Para ser sincera, Lorna — começa Delilah, e a paz é interrompida porque a voz dela é a voz da Nova Delilah, e ela olha para o céu, que é para onde olha agora sempre que pensa em Jack e em Maldições —, achei que talvez você tivesse esquecido. Sobre hoje. Sobre seu pai. Sobre as coisas que aconteceram.

Olho para a esquerda e para a direita, como se Angelika estivesse em algum lugar por perto, porque suas palavras estão saindo da boca de Delilah. Mas ela não está.

Às vezes meu nariz é tomado pelo cheiro do ar poeirento e arruinado, mesmo que não haja nenhum outro cheiro como esse e ele tenha se dissipado há anos. Às vezes, parece que o Minuto de Silêncio nunca vai terminar, minha garganta se fecha no meio do caminho e fico observando o relógio, me perguntando se vou respirar de novo.

Não me esqueci do dia do Atentado.

E, se Delilah fosse Delilah, saberia disso.

— Eu me lembro de todas as coisas terríveis. — Tento não brigar com ela, porque não posso brigar com Delilah no Aniversário de Sete Anos. — Eu me lembro de cada uma das coisas terríveis. Não se preocupe. Só me esqueço dos dias bons e das melhores lembranças.

Ainda tenho a maior parte de meu *donut* sobrando, mas agora não conseguiria comê-lo. Estou enjoada. Não consigo parar de sentir o cheiro de fuligem de minha lembrança. Ele não deixa meu nariz. Meus olhos ardem, e isso também é uma sensação revisitada. Meus olhos doeram por dias após o Atentado; todos andávamos por aí de olhos vermelhos e lacrimejando. Algo no ar nos infectou, como se fôssemos alérgicos a tragédia.

Delilah coloca a mão sobre a minha.

— Eu não quero que fique chateada. Quero salvá-la.

— Não preciso ser salva.

Os olhos de Delilah se enchem de lágrimas, e sua cabeça se abaixa. Logo o sol vai nascer, o dia vai começar de verdade, e o que eu esperava que tivesse mudado entre nós vai voltar ao normal e estaremos presas a nossos novos papéis outra vez. É um destino cruel.

— Você vai enxergar — diz ela. — Vai enxergar, mas será muito tarde e, então, ficará como eu.

Ela está tremendo um pouco, e acaricio suas costas.

— Você quer ficar como eu? — pergunta ela.

— Eu...

— Não. Acredite em mim. Você não quer.

Delilah sai de meu prédio. Em um dia de aniversário comum, ela entraria para tomar chá e dar um abraço em minha mãe. Iria conosco até a vigília no parque; ela e a Sra. James prepararam o jantar enquanto estivéssemos fora, e o deixariam sobre a bancada, coberto com papel alumínio, pronto para ser aquecido e consumido enquanto assistíamos a algo bobo na televisão.

— Você vem? — pergunto. — Por favor, venha.

Delilah balança a cabeça. Seu cabelo está novamente escondido sob uma echarpe, o corpo coberto por um longo e largo vestido cinza. O rosto é a única parte realmente visível, mas nem mesmo isso me parece familiar — escondido sob expressões ilegíveis e um novo tipo de exaustão.

— Ele vai morrer — sentencia ela. — E você vai passar o resto da vida sabendo que poderia ter impedido.

Delilah se aproxima de mim. Ela cheira a lavanda, alecrim e suor. Seu hálito é doce por causa do *donut*, mas ainda um pouco cru por causa da manhã. Tenho certeza de que o meu também.

— Piora a cada dia. — Ela faz uma pausa, e nessa pausa há tudo em que consiste nossa amizade: sinceridade, dizer coisas que são terríveis, mas verdadeiras, confiar uma na outra, compartilhar uma história, uma rua e toda uma identidade. — Você vai ver — diz antes de se afastar.

25.

Usamos roupas de lã preta para a Homenagem de Sete Anos. Estamos vestindo saias longas e blusas de gola alta, como Angelika exigiu.

— Cobrir o corpo não significa que ele não exista — diz mamãe.

— O quê?

— Sexo. Amor. Corpos. Tudo isso ainda está lá, sob as camadas de lã e chaves. Não importa se Angelika quer que esteja ou não.

Minha mãe fez sexo na noite passada, depois da meia-noite, e Roger saiu de fininho depois que tudo terminou. Eu queria não ter ouvido, mas ouvi.

— Estou fazendo isso por Delilah — justifico.

Também faço um pouco por mim. É o segredo que escondo de minha mãe.

— Não significa que acreditemos em nada — comenta ela, enquanto nos encaminhamos para a porta.

Mamãe anda de cabeça erguida, e não preciso perguntar, nem hoje nem nunca, se ela acha que existe a mais ínfima chance de que tenha sido sua culpa. Papai insistia que todos têm segredos, mas não acho que mamãe tenha. Ela é sólida e consistente, e posso ouvir cada suspiro, choro, grunhido e batimento cardíaco. Não há nada a esconder.

Imito sua certeza e projeto o peito para a frente.

A rua está vazia, mas há rostos em todas as janelas, observando enquanto caminhamos de nossa vizinhança até o Prospect Park, calculando quantos rituais mantivemos (não o suficiente), quantas faltas cometemos (muitas). Eu me pergunto se Delilah voltou para a cama ou se também nos observa de sua janela. Se está monitorando meu rosto e meu jeito de caminhar para ver se me afetou, se me fez mudar de ideia.

Projeto mais o peito para a frente e ergo ainda mais o queixo.

— Roger vai nos encontrar lá? — pergunto.

É a primeira vez em uma semana que fico sozinha com minha mãe.

— Hoje não — responde ela. — Não quero que ele seja parte de tudo isso.

— Parte do quê? — pergunto. — Esta é nossa vida.

Nós duas expiramos assim que viramos na esquina da Devonairre Street. Ainda somos observadas nas outras ruas, acho, mas com menos severidade.

— Eu disse a Angelika para se preparar. Depois que eu vender nosso apartamento, vai haver pressão sobre os outros. Vamos ter uma vida boa, tranquila. E podemos comprar uma casa enorme à beira-mar. Vamos ter dinheiro para... bem. Vai ser ótimo.

— E o resto? Você vai deixar Roger? Vai abandonar o consultório? Vou cursar o último ano da escola em outro lugar? Nada disso faz sentido.

— Roger está vendo no trabalho a possibilidade de ser transferido para o escritório da Costa Oeste. — Ela não responde nenhuma das outras perguntas nem me dá outra solução. — Está vendo? Vai ser fácil. Você gosta dele. Vai gostar ainda mais sem toda essa pressão.

Eu me pergunto se ela se imagina casada, com um bronzeado californiano, cultivando um abacateiro no jardim da frente.

— Eu não vou para a Califórnia.

— Por Deus, Lorna, o que há para você aqui? Não consegue nem ir à escola. Sua melhor amiga está... Todos estão... Não podemos sair de casa. Não podemos cortar o cabelo. Não podemos namorar. Não sei por que não ouvi seu pai lá no início. Este lugar não é para nós. Não é para ninguém. O que você tanto ama a respeito de morar aqui a essa altura?

Finjo que é uma pergunta retórica, então não digo nada sobre Cruz, a Futura Lorna, a vista da Estátua da Liberdade ao longe, o cheiro de manjericão depois que chove, Delilah com seus *donuts*, sobre a simplicidade de acender as luzes ao pôr do sol para impedir que coisas terríveis aconteçam.

Seguro a língua para não dizer nada sobre como é conhecer uma pessoa a vida inteira e perceber que a ama mesmo que haja um milhão de razões para não amá-la.

E não comento sobre os bifes malpassados do Bistrô e a esperança, a esperança persistente que tenho todos os dias, de que Betty, Dolly ou alguma outra pessoa vá se lembrar de algo novo sobre meu pai.

Há quatro meses, Betty se lembrou de um dia em que ele se sentou na entrada do prédio e tocou gaita. Ela riu ao contar a história porque algumas pessoas que não moravam aqui pararam para ouvir e jogaram moedas a seus pés, pensando que era um artista de rua.

Eu nem sabia que ele tocava um instrumento. Não me lembro de ele amar música, e não me lembro de já ter visto uma gaita.

Mas lá estava, do nada, um fato novo sobre ele, depois de todos esses anos.

Vou ficar aqui para sempre pela esperança de descobrir um pequeno tesouro de tempos em tempos.

Um pequeno segredo.

• • •

Cruz, a Sra. Rodriguez, Maria, Ashley e seus meninos e os Chen estão de pé junto às árvores perto das quais sempre ficamos. Isla nunca vem às Homenagens. Cruz e eu não temos escolha, mas o mundo é diferente para Isla Rodriguez. Ela está em casa, assistindo à televisão e esperando por seu Minuto de Silêncio na mais absoluta paz.

Cruz veste um terno que não lhe cai bem.

— Estou vendo seus tornozelos — comento, esperando que ele ria.

Conseguimos fazer o outro rir mesmo em dias como hoje. Ele fica triste.

— Era o terno de meu pai.

Estreito os olhos, tentando me lembrar de Alejandro Rodriguez usando aquela calça e aquele paletó. Quase consigo. Ele era mais baixo do que Cruz é agora, e mais forte, mas com os mesmos traços bonitos no rosto, os mesmos olhos vivos, os mesmos cabelos escuros e encaracolados.

— Não estou usando o terno para ser esquisito — explica ele. — Não tenho outro. E minha mãe não me deixou vir de jeans. É isso.

— É isso. Aqui estamos nós — digo, pensando em como é estranho quando alguém é bonito e triste ao mesmo tempo.

Digo a minha mente para parar de pensar nas coisas que Delilah falou.

— São 10h11 — anuncia alguém nos alto-falantes, como em todo Aniversário.

Nada de discursos floreados. Nada de convites ao silêncio e à reflexão. Apenas o anúncio da hora e a resposta imediata da multidão.

Todos baixamos a cabeça.

É um pouco aterrorizante, uma multidão de centenas de pessoas fazendo o mesmo movimento ao mesmo tempo. Isso me dá um arrepio.

Nos aniversários, o Minuto de Silêncio se transforma como mágica em dez minutos em vez de um. Parece arbitrário. Quanta destruição aconteceu em um minuto, em dez, em vinte? Devemos ficar em silêncio pelo mesmo tempo que demorou para que todos morressem? Acho que teríamos de ficar em silêncio durante todo o dia, toda a semana, nesse caso.

São dez longos minutos, e me permito pensar em meu pai o tempo todo. Penso em como a cada aniversário ele me dava um livro de poesia e dizia que eu ia entender quando fosse mais velha. Estou começando a entender alguns dos poemas agora, os que falam de sexo e amor, e de como às vezes são a mesma coisa, e às vezes não.

Penso em quando ele me ensinou a jogar basquete, e em como me levantava no ar para enterrar a bola sempre que eu desanimava. Penso em quando ele deu a mamãe um colar com um pequeno pingente de rubi no formato de coração, e em como ficou envergonhado quando ela falou do presente a todos do bairro.

Nunca nos permitimos ter muita alegria em nossa rua. Angelika acha que não merecemos, e talvez às vezes acreditemos nela.

Minha mãe sempre usava o rubi, mas o escondia sob a roupa por segurança.

Olho para ela. Não está usando o colar hoje, e não sei o que isso significa.

— Obrigado — agradece o alto-falante, quando os dez minutos chegam ao fim.

Erguemos as cabeças em uníssono.

O parque está cheio de familiares de pessoas que morreram. Todos os anos, Cruz e eu tentamos reconhecê-los. Sabemos os nomes de alguns por meio da História dos Afetados e conhecemos algumas histórias dos discursos que fazem nas diferentes homenagens, e reconhecemos outras simplesmente pelo vestido preto que usam todos os anos.

Há repórteres por toda a parte, e não quero que me reconheçam, então coloco os óculos escuros, esquecendo que isso me tornará ainda mais reconhecível.

Cruz e eu nos damos as mãos no estilo da Devonairre Street e olhamos por sobre os ombros para ver quem está nos observando.

A Sra. Chen e Ashley empinam o queixo e cruzam os braços. Aparentemente, não basta estar coberta pelas roupas. O que realmente querem é que eu fique trancafiada em uma torre, impedida de interagir com quem quer que seja.

A escola quer o mesmo "por enquanto". Eles nos forneceram material didático on-line, e é tão sem graça e insípido que é o equivalente educacional de uma bolacha de água e sal.

Maria se intromete entre Cruz e eu, fingindo que quer falar comigo, mas está claro qual é seu real objetivo.

— Como você está hoje, Lorna? — pergunta ela, mas não está nem ao menos me encarando para ouvir a resposta. O que é bom, porque estou me perguntando se Cruz e eu vamos nos beijar de novo, e quando.

Ashley e a Sra. Chen cercam Cruz, tagarelando sem parar. A mãe se junta a elas, colocando as mãos fortes em seus ombros ainda mais fortes.

— Está sentindo a falta de seu pai? — perguntam. — A escola foi difícil? Você viu que vão plantar uma árvore em homenagem a Jack? Viu que os nativos de Escorpião devem cultivar algum tempo sozinhos este mês? Como está Charlotte? Ela vem? Vai nos ajudar a plantar mais limoeiros? Notou todos os fotógrafos à espreita na rua? Está comendo alecrim todos os dias?

Um violinista toca a mesma música fúnebre de todos os anos, e sinto falta de ter Cruz a meu lado. Participamos das Homenagens juntos. É o momento, todo ano, que ficamos mais próximos. Tento passar por Maria e pelas outras mulheres, mas elas mudam de posição e se movem a meu redor, tornando isso impossível. Olho para minha mãe, mas ela está em seu próprio mundo, afastada da multidão da Devonairre Street. Está de olhos fechados e balança a cabeça no ritmo da melodia, como se estivesse memorizando a maneira exata como a ouve e a sente.

Acho que está se agarrando à lembrança do momento, se preparando para nunca mais ir a uma Homenagem novamente.

Ficamos em linha reta, ouvindo a música, eu em uma extremidade e Cruz na outra, nós dois nos inclinando para a frente e para trás para encontrar o olhar um do outro.

Angelika disse: "O amor é uma coisa que é ou não é".

Ela também disse: "Amar é um estado permanente; não tem volta".

E: "Amar é uma queda, e há um momento antes de tocar o chão quando ainda há esperança".

Ela tem muito a dizer sobre o amor, sobre o *amorr*, mas nunca nos disse o que devemos fazer nesse momento, antes de cair por completo. Ela diz que o amor é permanente e impossível de deter, mas nos pede para detê-lo. Ela determina que ele é verdadeiro ou falso, mas nos pega quando estamos entre uma coisa e outra.

Não consigo tirar da cabeça a imagem de mim mesma pairando sobre o chão, querendo evitar a queda, mas incapaz de lutar contra a gravidade.

Amar alguém parece algo violento, quando paro para pensar.

A música termina, e começo a me sentir enjoada, imaginando meu pai no mesmo momento. A queda. Sete anos atrás. Pouco antes de chegar ao chão, perguntando-se o que poderia fazer para interrompê-la.

Nada, acho. Ele não podia fazer nada.

• • •

Eles deixaram o parque bonito para nós. Pelo menos isso. Além do violino solitário e triste, há muitas flores e fileiras e mais fileiras de cadeiras de madeira para nos sentarmos. O prefeito está aqui, e há um palco e um telão no qual os nomes de nossos entes queridos são projetados.

Esperamos pelos olhos de meu pai. Eles dizem os nomes das Vítimas, e eu poderia praticamente recitá-los, de tão familiares. Minha mãe por fim vem em minha direção, e Cruz também se aproxima discretamente de mim. Evitamos os assentos de madeira baratos. Ficamos de pé, com os braços cruzados sobre o peito, caso a lã não nos ofereça a proteção prometida por Angelika.

Nos misturamos ao mar de pessoas enlutadas, e por um momento me sinto quase aconchegada por nossa dor compartilhada.

Examino o campo dos Afetados. Há homens de terno segurando fotos emolduradas de suas esposas mortas. Há crianças de 7 anos sorrindo, sem entender nada porque nunca souberam o que é a vida com a mãe ou o pai. Há mães idosas com olhos inchados, e homens rudes com alianças de casamento brilhantes e novas. Há jovens da nossa idade — checando o telefone, em grupos, com ternos amassados, chorando, desejando estar em outro lugar.

Olho para eles.

Até perceber que estão olhando para mim.

Gostaria de poder apagar meus cabelos prateados e minha altura. Gostaria de apagar os traços definidos e reconhecíveis de minha mãe e o rosto bonito de Cruz. Gostaria de apagar a matéria mais que tudo.

Uma garota com cabelos curtos azuis e grandes olhos castanhos sorri e acena para mim, como se me conhecesse. Aceno de volta por reflexo.

Ela dá alguns passos em nossa direção, para poder falar conosco.

— Eu adoro vocês — declara a menina. — Vocês são demais.

— Ah — digo.

Acho que está se referindo a mim, Isla, Delilah e Charlotte. Mas não sei o que aprecia em nós: nossos cabelos compridos, meus óculos escuros ou a maneira como respondemos os repórteres com declarações curtas e ríspidas, deixando para Angelika o trabalho de preencher o artigo com descrições elaboradas da Maldição, dos velhos tempos da Devonairre Street, de seu marido morto e de nossa responsabilidade. Não tenho ideia do que poderia ser demais a nosso respeito. Hoje estou vestida praticamente como uma pioneira, a lã fazendo minhas pernas e meu pescoço coçarem. Mas mamãe está certa. Por baixo há desejo, sentimento, o comprimento de minhas pernas e as maneiras como elas poderiam envolver o corpo de Cruz.

As roupas podem esconder isso, mas não podem fazê-lo desaparecer.

— Sem comentários — digo, como uma pessoa na televisão.

A menina de cabelos azuis franze o nariz e revira os olhos. Ela se afasta, mas não antes de tirar uma foto de mim e de Cruz.

Alguns homens na casa dos 40 anos ouvem a menina de cabelos azuis me identificar, e seus olhos se iluminam com esse reconhecimento. Mais rostos masculinos e femininos aparecem na tela, mais nomes são anunciados nos alto-falantes, mas mesmo aqui, mesmo agora, somos irresistíveis.

— Vadia — murmura um deles.

Meus joelhos doem. Minha garganta se fecha.

— Esta nova geração. Tão arrogante — diz o amigo dele.

— O que diabos ela está vestindo? — pergunta uma mulher atrás deles.

É a mesma pergunta que as mulheres fazem quando estamos vestindo saias curtas ou calças justas. Estamos erradas, sempre, não importa.

Há outros sussurros em torno de nós agora, crescendo como o som de trovoadas, o início de uma tempestade.

Exibicionistas.

Vagabundas.

Egoístas.

Apelativas.

Imprudentes.

Hilárias.

Feministas.

Tão falsas.

A santidade do evento.

Esfregando em nossa cara...

Sem se importar com quem elas...

As verdadeiras vítimas...

Aquela rua...
Essas meninas...

— Tudo bem, já chega, temos de sair daqui — diz Cruz.

Estou tonta por causa do jeito como as pessoas olham para mim. Isso me transporta de volta ao funeral de Jack e à maneira horrível como nos olharam naquela ocasião. Nossa presença não é mais permitida em eventos sagrados. Não podemos manifestar nosso pesar pelas pessoas que perdemos.

Maria, a Sra. Chen e Ashley estão ocupadas puxando a Sra. Rodriguez para um abraço quando a imagem de Alejandro Rodriguez aparece no telão. Quero parar um momento e olhar para o rosto dele, mas é a oportunidade de partirmos. Até minha mãe parou de prestar atenção nas coisas que as pessoas estão falando sobre mim conforme o alfabeto avança na direção do nome de meu pai. Ela está tão concentrada, esperando para ouvir *Patrick Ryder*, que não percebe Cruz pegando minha mão e me afastando da multidão e da Homenagem.

Passamos pelas pessoas que não me conhecem, mas que mesmo assim me odeiam, ou me admiram, ou têm pena de mim. Avançamos rapidamente de modo que, quando as senhoras da Devonairre Street se lembrarem de ficar de olho em nós, será muito tarde.

Levamos um tempo para sair do parque. O campo está lotado, e, mesmo com a cabeça baixa, meu cabelo comprido me denuncia. Tento não ouvir as palavras que as pessoas sussurram sobre mim.

Paro apenas quando ouço o nome de meu pai. Estamos quase fora do alcance dos alto-falantes, mas não completamente. Nós nos viramos, e lá está ele na tela. Sorrindo. Ele tinha os dentes da frente grandes e uma cicatriz no queixo. Tinha minha pele pálida, mas cabelos escuros. Não consigo respirar.

— Eu sei — diz Cruz. — Mas ele ia querer que você saísse daqui.

E pelo menos sei que isso é verdade.

Cruz e eu chegamos ao fim da multidão, depois ao fim do parque, depois à calçada. Há fita de isolamento policial por toda parte para manter as pessoas fora do parque. É como uma quarentena.

— Nós somos quem as pessoas pensam que somos? — pergunto.

Ele ri.

Faz tempo que não rimos. Ainda estamos de mãos dadas. Seguramos com força, nossas palmas entorpecidas pela pressão.

— Nós nunca fomos quem eles pensam que somos, certo?

Olho para o céu em busca de uma resposta. Em seguida, para minhas mãos. Olho para elas, como se pudessem me dizer quem sou. Puxo a chave ao redor do pescoço.

Dou de ombros.

— Eles costumavam dizer que eu era corajosa, mas eu só me sentia triste. Nunca correspondo ao que dizem que sou. Sete anos atrás, eu só podia ser Lorna Cujo Pai Morreu no Atentado a Bomba, nada mais. E agora sou outra coisa. E não posso ser nada a não ser aquela garota na foto.

— A Garota Cadente — diz Cruz.

Ele acena com a cabeça diante de todas as coisas desencontradas que eu disse, e acho que é a única pessoa no mundo que compreende cada palavra.

— A Garota Cadente — repito, mas acho que já caí.

A Garota Que Caiu, concluo, e estremeço ao perceber como isso soa preciso.

26.

Vamos para a cidade, Cruz e eu. Não falamos a respeito, apenas tomamos o trem da linha A e descemos na Times Square, como se nossos pais nos chamassem até lá.

— Podemos ficar aqui — sugere ele, antes de chegarmos à rua, quando ainda estamos na plataforma.

É a plataforma mais bonita da cidade: azulejos pretos reluzentes no chão e um mural dos Afetados nas paredes. Teve de ser reformada depois do Atentado, e eles a transformaram em uma estranha combinação de sofisticação e arte.

O muralista pintou milhares de rostos de Afetados nas longas paredes de cada uma das linhas do sistema de metrô da Times Square. Ele não pintou as Vítimas, apenas as famílias.

Eu tinha me esquecido completamente disso.

— Estamos em algum lugar por aqui? — pergunto.

Viemos para cá para não sermos vistos, mas, se queríamos realmente escapar de sermos reconhecidos como Afetados, a Times Square provavelmente não era o melhor lugar.

— Estamos perto do trem Um.

— Você foi olhar?

— Era estranho pensar que havia uma imagem de mim mesmo em algum lugar que eu jamais tinha visto. Isso me tirava o sono.

Cruz parece envergonhado. Não deveria. Estou surpresa, no entanto, que ele tenha segredos que não contou para mim.

Todos têm segredos, ouço meu pai dizer novamente.

— Eu tento fingir que não aconteceu — confesso. — Tipo, fiquei sabendo sobre o mural e concluí que ele provavelmente nunca ia pintar meu rosto, então não era um problema.

Cruz coloca a mão em minha nuca, e nem consideramos ir dar uma olhada em nós mesmos no mural. Não precisamos ver uma pintura de como somos: estamos aqui.

Também não olho para os outros Afetados nas paredes. Quero que tenham privacidade.

Quando saímos do metrô e chegamos à rua, lembro por que nunca venho aqui. Tenho memórias da antiga Times Square: neon, piscando e lotada de turistas boquiabertos. Eu me lembro dos prédios altos nos enjaulando, do constante fluxo de táxis amarelos buzinando na rua e dos mascotes de personagens de desenho animado perguntando com suas vozes de fumantes se queríamos tirar uma foto por alguns dólares.

Finjo que ninguém repara em mim, mas algumas pessoas no metrô definitivamente repararam e alguém aqui com certeza vai reparar. Não há onde me esconder. Especialmente hoje.

— A Devonairre Street parece muito longe — diz Cruz, alongando os braços bem acima da cabeça, como se o verdadeiro problema com nossa rua fosse falta de espaço ou algo assim.

As ruas estão lotadas de pessoas com velas.

— Não tão longe — argumento.

Em seguida, reparo nos edifícios, os que não estão mais lá. A reconstrução tem sido lenta. Nos quarteirões mais próximos, não há nenhum edifício com mais que poucos andares e há dezenas de terrenos vazios, lugares onde costumavam existir arranha-céus. Lugares onde costumavam existir pessoas.

— Isso foi uma péssima ideia — lamenta Cruz.

— Foi um esforço conjunto. Eu não queria ficar no Brooklyn. Mas...

Cruz e eu olhamos para as mesmas coisas: algumas fachadas de lojas com videntes, montes de coroas, flores e fotografias espalhadas por toda parte, como pequenos santuários para as pessoas que perdemos, e artistas de rua vendendo fotografias e pinturas da antiga Times Square.

Lembre-se, lembre-se, lembre-se, todo o lugar parece estar dizendo, o que na realidade é apenas um horrível lembrete para mim mesma de que outras pessoas têm a opção de esquecer.

— Vocês querem uma foto? Querem se lembrar? — pergunta um velho com um sotaque parecido com o de Angelika.

Fazemos que não com a cabeça e tentamos não estabelecer contato visual. Uma multidão de jovens de nossa idade segurando velas brancas passa por nós. Eles não olham para nós, o homem não nos reconhece, e ficamos gratos por termos um momento para absorver tudo aquilo em paz, sem sermos observados.

— Eu quero que ela seja reconstruída — revela Cruz, olhando ao redor.

A Times Square não está mais em ruínas. Os escombros desapareceram, a poeira e as cinzas desapareceram, mas ele está certo: ela precisa sair dessa pausa. Precisa se tornar o que quer que vá ser no Depois.

— Meu pai teria amado um projeto assim — comento, pensando em suas plantas baixas e nas histórias que ele contava sobre como a ponte do Brooklyn foi construída, por que a Penn Station foi reconstruída, a maravilha da Grand Central Station, a glória das Torres Gêmeas, para as quais ainda olho enquanto ouço sua voz em minha mente.

— Eu imagino seu pai reconstruindo a cidade — diz Cruz, e eu também.

Sorrio para ele. Dói, mas também ajuda, às vezes, imaginar o que poderia ter sido, a vida que eles poderiam ter tido.

A vida que nós poderíamos ter tido.

— É ela! — grita uma das outras artistas.

É uma mulher de meia-idade com tênis muito brancos e uma voz anasalada.

— Ei! Você não deveria estar aqui! — exclama alguém. — Você é aquela garota! Aquela garota Amaldiçoada!

— Essa merda é uma piada — diz um cara de nossa idade. — Babacas pretensiosos do Brooklyn.

— Este é um espaço sagrado — reforça a mulher que nos viu primeiro.

Dou uma risada. Não queria, mas chamar o lugar onde cinco mil pessoas morreram de *sagrado* é tão equivocado. Sagrado sugere algo bonito, limpo e apaziguador, e este lugar é o oposto.

— Ela está rindo! — critica alguém.

— É claro que está rindo. Você não leu sobre ela e suas amigas?

— Onde está o respeito? Como ousa vir até aqui? E ainda por cima hoje!

As velas se apagam com as gotículas de cuspe que saem de suas bocas enquanto berram. Algumas pessoas se afastam de nós, como se fôssemos tóxicos. Outros se aproximam de nós, e fico com medo de nos tocarem, nos agredirem ou nos tirarem dali à força. Centenas de pessoas tiram fotos com seus telefones. Eu já as vejo na internet com legendas que declaram quem sou, quando nem eu mesma tenho tanta certeza.

— Quem vocês perderam no Atentado à Bomba?

Não pergunto a ninguém em particular e a todos ao mesmo tempo. Olho de pessoa para pessoa. A maioria encara o chão. Uma mulher com jeans rasgados estufa o peito.

— Perdemos muitos nova-iorquinos — responde ela, indignada. — Há muitos Afetados. Muitos. E sua presença aqui é uma afronta. Este lugar não é para você.

— Mas quem você *conhecia*?

Fico surpresa com minha própria voz. É mais profunda do que eu imaginava; ecoa mais longe. Muitos dos que carregavam velas pararam de andar. Os vendedores de pinturas pararam de gritar para os transeuntes.

— Como é?

A mulher revira os olhos, olha para as outras pessoas segurando velas, passa a língua nos lábios.

— Você conhecia alguém que morreu no Atentado? Perdeu uma única pessoa que seja?

— Eu posso listar todos os nomes — alega a mulher, mas percebo que está nervosa, procurando as palavras. Ela começa a listá-los em ordem alfabética, como algumas pessoas os memorizaram. — Aaron Abromowitz, Alice Akerson, Arthur...

— Eu perguntei quem *você* perdeu. De quem você sente falta. *Especificamente*.

Sinto-me forte. A mulher não tem nada a dizer. Ela escolhe ficar triste hoje, mas não precisa ficar triste nos outros dias. Tem um nariz fino e está usando blush demais. Ela é horrível.

— Todos compartilhamos a dor de...

— Este é o lugar onde meu pai morreu. Este é *meu* lugar. — Aponto para Cruz. — Este é o lugar *dele*. Vocês todos estão tomando emprestados nossos sentimentos. Nossos pais. Estão tomando-os emprestados para sentirem algo seu. Mas este lugar não é de vocês. Este dia não é de vocês. Este sofrimento — sinto uma dor no peito, rápida, intensa e brutal —, este sofrimento não é de vocês.

A mulher não recua, mas as pessoas ao redor sim. Algumas apagam suas velas, e isso é bom. Cruz pega minha mão. Isso também é bom.

Por um instante, ele é nosso, este lugar terrível e devastado. Os artistas nas proximidades não apelam para que os turistas da tragédia comprem suas pinturas e fotografias. As pessoas que seguram velas baixam suas chamas e abrem espaço para passarmos. A mulher do jeans rasgado, com a voz terrível e a lista de cinco mil nomes de pessoas mortas na ponta da língua, mantém as pernas plantadas com firmeza, mas move os ombros discretamente para não ficar mais de frente para nós, e isso também é uma vitória.

Ela abaixa a cabeça enquanto atravessamos a 42nd Street.

• • •

À noite, nossa fotografia está espalhada por toda a internet.

MENINO AFETADO E MENINA AMALDIÇOADA LEMBRAM SEUS PAIS EM MEIO A CONTROVÉRSIA.

Não leio a matéria. Mas salvo a foto e guardo-a comigo, para me lembrar de algo, não tenho certeza do quê.

27.

— Esta festa está parecendo muito com a outra — sussurra Cruz naquela mesma noite, na Festa do Aniversário.

Fazemos uma todos os anos. Sempre fomos apenas nós. LornaCruzCharlotteDelilahIsla. Mas este ano a festa se multiplicou.

Pessoas que nunca vi antes chegam sem avisar com meia dúzia de cervejas e grunhidos. Garotos com braços grossos e garotas de cabelos compridos nos abraçam e olham para minha casa como se fosse um museu.

Um deles pega um saleiro e outro fica parado bem perto de uma fotografia de nossa família na parede, examinando nossos rostos, como se houvesse algo a desvendar.

— Isso lembra a festa do ano passado? — pergunto.

Estou distraída observando Isla dançar em cima da mesa de centro e Delilah sentada diante da bancada da cozinha, começando uma nova rodada de pulseiras vermelhas e brancas. Todas as garotas na festa já estão usando uma. Três meninas têm tranças como as de Charlotte. Sinto minha foto sendo tirada, e isso faz minha cabeça doer.

— A outra festa.

Levo muito tempo para perceber que ele está falando sobre a noite em que Jack morreu.

Olho em volta. Isla na mesa de centro, os cabelos presos no alto da cabeça, a camisa subindo acima do umbigo; Charlotte vigiando-a, como se ela pudesse cair enquanto segura uma cerveja; Delilah na cozinha; eu e Cruz conversando um com o outro em poltronas separadas enquanto o sofá permanece vazio.

As poltronas parecem mais seguras.

Acho que a festa é parecida, mas também é diferente.

Delilah está sozinha.

Jack se foi.

Owen também se foi, é claro. Owen se foi, como se nunca tivesse estado aqui. Tenho vergonha de quão pouco ele realmente significou para mim. De quão longe eu estava de amá-lo. Sinto a ausência de Jack e a mudança em Delilah, mas não consigo sentir a parte ausente que é Owen.

O apartamento está abarrotado de pessoas. Eu não as convidei. Delilah, Charlotte e Cruz não as convidaram. Uma delas pede chá de lavanda. Outra pergunta se há bolo de mel. Fizeram o dever de casa. Os garotos parecem querer ser fortes — têm cabelo rosa, sotaque do Brooklyn, usam botas pretas ou carregam os próprios frascos de bebida. Têm sorrisos afetados, usam delineador, vestem camisetas de times de futebol e fumam cigarros. As meninas usam tops soltos e colares de chave, têm tatuagens com os signos do zodíaco e jogam cartas de tarô na bancada da cozinha, e uma delas veste um suéter de coração.

Há apenas uma pessoa na Devonairre Street que ia querer transformar uma festa LornaCruzCharlotteDelilahIsla em uma festa de impostores e parasitas de todo tipo. E essa pessoa está lambendo a lateral de sua garrafa de cerveja depois que um pouco da bebida derramou. Está sorrindo para um cara do segundo ano com nariz pequeno e calças jeans enormes. Está agitando os dedos para alguém que acabou de entrar pela porta.

— Não se parece muito com aquela noite — reforço.

Eu me pergunto se Cruz está de algum modo cego às pessoas que estão tomando meu apartamento, ao desastre que sua irmã criou. À maneira como nos transformamos em peças de museu e objetos de interesse, em vez de pessoas reais.

Ou talvez Cruz esteja olhando apenas para mim.

— Não consigo me lembrar do som da colisão — confessa ele.

— Isso provavelmente é uma coisa boa. Você não ia querer se lembrar desse som.

— Você se lembra. — Cruz não pergunta, mas afirma.

Queria que estivéssemos no sofá. Devíamos estar no sofá, pernas se tocando. Mas, em vez disso, Charlotte está sentada no sofá com uma menina indiana tatuada e de pernas compridas que não reconheço, e não olha para Cruz nem para mim já faz um tempo. Delilah não para de olhar para nós.

Fui tola por imaginá-la dividindo uma garrafa de vinho comigo, brindando a meu pai, animando Cruz, Isla e eu com suas memórias favoritas de nossos pais.

Ela está aqui para converter pessoas.

As pessoas têm de passar por ela para chegar às bebidas. E não conseguem se decidir se querem esbarrar nela ou evitá-la por completo.

— Você é tão bonita — sussurra uma garota bêbada em meu ouvido.

— Consegue sentir a Maldição em suas veias? — pergunta um garoto bêbado.

Seu hálito cheira a cerveja, e ele se afasta de mim depois que faz a pergunta.

— Não é real — respondo.

Ele acena com a cabeça, mas olha em volta, e não acho que acredite em mim.

— Você é como Isla?

Ele ergue as sobrancelhas. Quero responder que sim, porque vejo que ele está assustado demais para se aventurar comigo, mas me viro para o outro lado sem responder.

Pairo por meu próprio apartamento, de encontro grotesco em encontro grotesco, pelo que podem ter sido minutos ou talvez uma hora.

— Devíamos dar o fora daqui — sugere Cruz, quando finalmente nos encontramos de novo.

— Não há para onde fugir.

Já tentamos hoje, e fracassamos. Estamos encurralados. Cruz afunda novamente na poltrona. Coloco os óculos escuros.

Delilah não para de colocar pulseiras nos pulsos de garotas bêbadas e caras desprezíveis, e de responder a perguntas sobre nós. Posso ouvi-la explicando sobre os limões, Angelika, arrogância e nossos pais. É terrível.

— Ei! Vem beber com a gente! — chamo, quando não consigo mais suportar aquilo.

Alguém está dormindo no chão. Alguns casais se agarram em um canto. Acho que derrubaram cerveja no sofá, porque o cheiro não para de me incomodar. Logo vamos ter de expulsar as pessoas.

— Não estou bebendo — diz Delilah.

Dou tapinhas no sofá e aceno com as mãos. Quero que ela saia de perto dos predadores e fanáticos. Dos vampiros, dos amantes de tragédias e dos exibicionistas. Quero que seja nossa de novo.

— Seu pai não aprovaria o que você está fazendo — comenta Delilah, olhando para mim e para Cruz, ameaçando finalmente, finalmente falar sobre o que nos viu fazendo no jardim.

Mas ela está errada. Se tem algo que ele aprovaria é a maneira como Cruz olha para mim e como meu coração fica quando ele está por perto.

— Meu pai não aprovaria o que *você* está fazendo — retruco.

Os admiradores de Delilah ouvem com interesse.

— Estou demonstrando meu respeito por ele. Estou salvando vidas. Angelika disse...

Eu me levanto; preciso sair de perto dessa pessoa que costumava ser Delilah. Cruz vem atrás de mim.

— Cruz — chama Delilah —, preciso de sua ajuda aqui.

— Com o quê?

Delilah faz uma pausa. Está prestes a começar a falar em polonês, de tão parecida que está ficando com Angelika.

— Eu já volto — diz ele, e sobe a escada para o sótão atrás de mim.

É um lugar aonde ele nunca vai: meu quarto no sótão é onde desapareço com Owen, é onde Delilah e eu costumávamos ficar acordadas até tarde da noite, é onde mamãe e eu ficamos deitadas na cama enquanto ela me conta segredos sobre seus pacientes que tenho de jurar por tudo que é mais sagrado que não vou contar a ninguém. É o lugar onde minha bisavó transformava pedaços de cetim em vestidos de noiva e renda em véus.

Não vamos fazer nada. Vamos apenas nos refugiar por cinco minutos para não precisarmos ser Jovens da Devonairre Street, Afetados ou Amaldiçoados.

Ainda assim, subo trêmula, sem conseguir parar de pensar em tudo mais que poderíamos fazer aqui em cima, no que quero fazer aqui em cima. Tenho certeza de que posso senti-lo tremendo também, o que há entre nós é tão forte que poderia nos derrubar da escada. Eu me viro para sorrir para ele, um sorriso secreto, com a boca fechada, mas alguma coisa me impede quando chego ao último degrau.

Tem alguém em minha cama.

Primeiro vejo suas longas tranças, em seguida seu ombro nu, seus óculos pousados no criado-mudo, as meias ainda cobrindo a batata da perna. E, ao lado dos óculos no criado-mudo, as chaves que deveriam estar ao redor de seu pescoço, aquelas que Angelika a repreendeu por não usar.

Fico tão distraída com as chaves abandonadas que demoro um momento para registrar quem está ao lado dela: a garota lá de baixo. Pele morena e cabelos negros bagunçados, tatuagens de flores desabrochando por seus braços e sua barriga. Ela está vestindo um sutiã e nada mais.

Charlotte e essa garota. Em minha cama. Praticamente nuas. Tocando-se.

E Cruz e eu, parados no topo da escada sem termos para onde ir.

28.

Charlotte e a garota se afastam rapidamente, mas não há nada mais a esconder.

Cruz cobre o rosto com as mãos. Faço o oposto. Meus olhos ficam tão arregalados que os cantos começam a doer.

— Charlotte!

Seu nome sai estrangulado, e é como se eu nunca o tivesse dito antes.

— Está tudo bem — diz ela, mas não está.

A garota pega a camisa e a veste. Ela entrega uma camisa a Charlotte, que se vira para ficar de costas para mim enquanto a coloca. Acho que ela quer começar aquele momento novamente e espera que, ao se virar, possamos voltar no tempo.

Não podemos.

Cruz tira as mãos do rosto. Ele pisca rápido.

Minha mente deixa meu corpo. Meu coração também. Sou um corpo e nada mais.

— Essa é Nisha — apresenta Charlotte.

Estendo a mão porque não sei o que mais poderia fazer, e Nisha faz o mesmo. Apertamos as mãos. É ridículo e formal demais, e é estranho como nos momentos mais insanos procuramos por coisas triviais, como apertos de mão e introduções formais. A mão de Nisha é ossuda e forte. Seus dedos são longos.

— Eu sou Lorna.

Nisha sorri, como se essa fosse a coisa mais engraçada do mundo. Enquanto isso, não tenho certeza de que meu rosto esteja funcionando. Toco os cantos da boca, meu queixo, minhas sobrancelhas. Tudo no lugar.

— Eu sei quem você é — diz ela, e o sorriso mal contido não se altera. — Todo mundo sabe quem você é. Você também já me conhece. Mas vocês da Devonairre Street vivem todos no próprio mundo, não é? — Ela balança a cabeça. Acho que ela é incrível ou desagradável. Não tenho certeza. — Nós todos sabemos quem são vocês, mas vocês não precisam saber quem somos.

— Eu acho que a reconheceria... — tento, mas Nisha não me deixa terminar.

— Eu sempre estive por aqui — diz ela, e posso sentir o mundo se movendo sob mim.

— Eu conheço você — revela Cruz.

Ele parece menos atordoado do que parecia apenas alguns segundos antes, como se começasse a compreender algo. Ainda não cheguei lá. Estou esperando que Charlotte me peça desculpas e me explique por que está em minha cama com uma garota, por que está na cama com uma pessoa que não é Cruz, por que está em minha cama para começar.

Suas tranças estão bagunçadas, e ela pega os óculos. Mesmo depois que os coloca, ainda é uma Charlotte diferente. Não está perturbada, o que não faz sentido. Também não está bêbada. Fico esperando que Charlotte volte a ser Charlotte, da mesma maneira que tenho esperado pela volta de Delilah.

— Nós estamos juntas há um bom tempo — confessa Nisha.

Charlotte olha para baixo, mas não nega.

— Vocês não podem estar juntas — discordo. — Charlotte e Cruz estão juntos.

Olho de um para o outro, o casal de ouro da Devonairre Street, uma das principais razões por que sei que a Maldição não é real, as pessoas com base nas quais construí todo um sentido para o mundo.

Charlotte ama Cruz, então estamos todos seguros. Charlotte ama Cruz, então eu também posso amá-lo.

Não vejo quase nada entre os dois agora.

Charlotte olha para Nisha com um ar apaixonado. Ela toca o lóbulo de sua orelha e a lateral de seu pescoço. Está dizendo *eu te amo* com os dedos.

Nunca a vi tocar esses lugares em Cruz.

— Cruz não me ama — dispara Charlotte, mas acho que o que ela realmente quer dizer é: *Eu não amo Cruz.*

Ele se senta, de modo que os pés pendem do alto da escada, e balança a cabeça. Acho que vai descer e me deixar ali sozinha. Há uma algazarra lá embaixo, a risada de Isla ecoa, seguida da voz de Delilah tentando fazer com que todos façam menos barulho. Não vou me lembrar de nada a respeito dessa festa a não ser isso, este exato momento.

— É melhor eu ir — avisa Nisha. — Você não precisa de mim aqui para isso. — Ela veste a calça embaixo dos lençóis e passa os dedos pelo cabelo. — Vocês nunca precisaram do restante de nós, não é?

Ela balança a cabeça para mim de novo. Quero me lembrar dela. Quero dizer que me lembro de ter apertado sua mão antes. Quero acreditar que presto atenção em mais do que simplesmente o que acontece na rua. Que sou melhor, mais complicada e mais normal que Angelika. Mas não seria verdade. Há um jardim tatuado em sua pele, e em outra vida eu perguntaria o que era cada um dos botões, procuraria por peônias, ficaria admirada com o fato de nós duas amarmos flores. Em outra vida eu saberia quem ela é, eu me importaria com ela e veria as coisas que as outras pessoas fazem em outras ruas.

Mas nada mais importa quando você é uma Garota da Devonairre Street.

Nisha beija Charlotte, e Charlotte a beija. É o beijo delicado de pessoas que já se beijaram centenas de vezes antes. Cruz e eu desviamos o olhar. De algum modo — mesmo que tenhamos sido parte de um único ser durante anos, mesmo que Cruz supostamente seja o namorado de Charlotte e Nisha seja supostamente uma estranha —, somos os intrusos.

É uma daquelas coisas impossíveis.

Cruz precisa se levantar para que Nisha possa sair, e acho que ele não consegue decidir se fica no quarto ou se vai lá para baixo. Ele acaba subindo definitivamente até o sótão, Nisha desce e Charlotte a observa partir.

Vejo Charlotte apaixonada pela primeira vez.

— Eu me esforcei muito — confessa ela, enquanto Nisha desaparece por completo, Cruz entra definitivamente no quarto e me pergunto que tipo de matemática vou ter de usar para recalcular o mundo a minha volta.

— Você se esforçou para quê? Para ficar comigo? Manter aquela garota em segredo? Mentir?

Cruz está finalmente perdendo a cabeça. Ele não eleva a voz, esse não é seu estilo, mas suas orelhas ficam vermelhas e seu corpo se enrijece.

— Eu me esforcei muito para proteger você — responde Charlotte.

Ela não parece nervosa. Parece absolutamente aliviada por sabermos.

— Me proteger? — questiona Cruz. — O que diabos você quer dizer com *me proteger*?

Ele está corado e tremendo.

Pela primeira vez, acho que a Califórnia pode ser uma boa ideia. Quente e aprazível, iluminada e repleta de palmeiras. Eu me permito me imaginar lá por um instante. Imagino a Futura Lorna bronzeada de sol, com um tapete de ioga e um jeito de falar tranquilo e relaxado. Talvez essa Lorna toque violão e se case com um aspirante a ator. É a única fuga que tenho no momento.

— Você acha que não vemos vocês dois? — pergunta Charlotte. Agora é ela que fica alterada, transtornada de uma maneira que também não é familiar. — Como olham um para o outro? Como acham que ninguém mais seria capaz de compreendê-los? Você é como um irmão para mim, Cruz. Eu não sabia mais o que fazer. Angelika não sabia mais o que fazer. Achamos que talvez, se você estivesse comigo, vocês dois não...

Estou fixada na ideia de que todos percebem como olhamos um para o outro.

Como sempre olhamos um para o outro.

— Não acreditamos nessa bobagem. Quero dizer, meu Deus, o que você estava fazendo? O que está pensando? — pergunto, quase rindo, mas conseguindo heroicamente conter o riso.

O quarto gira um pouco, e desejo ter bebido menos, ou mais. Bebi exatamente a quantidade errada para a situação.

— *Você* não acredita — corrige Charlotte. Estreito os olhos, mas não adianta nada. Tudo continua completamente errado. — Eu acredito. Sempre acreditei.

Seus olhos estão firmes. Sua voz está firme. Queria que ela gaguejasse, que se atrapalhasse e tropeçasse nas palavras. Queria que houvesse algo de incerto no que diz.

— Nós não acreditamos — repito.

— *Você* — insiste Charlotte. — Você não acredita. E Cruz não acredita. Mas eu acredito. Acreditei a vida inteira. Isla acredita. E Delilah agora também acredita.

— Quem é você? — explode Cruz.

Vão nos ouvir lá embaixo, mas fico feliz por ele conseguir gritar. Eu perdi a voz.

— Eu sou a pessoa que salvou sua vida. — Charlotte fica mais ereta, ajeita os óculos, certificando-se de que fiquem bem firmes no nariz. — Deveria me agradecer. Fiz isso por você. Nisha fez isso por você. Tenho sorte por amar uma menina, tenho sorte por amar Nisha, mas você também tem sorte. Por eu tê-lo protegido. Eu sabia que nunca ia amá-lo. Sabia que estaria seguro comigo.

Tento me lembrar da última vez que vi os dois se beijarem de verdade. Tento me lembrar se em algum momento Charlotte disse que eles dormiram juntos. Tento desemaranhar tudo o que eu achava que sabia.

— Angelika.

Não preciso dizer mais nada. Minhas paredes forradas com papel de parede — uma estampa de caxemira azul desbotada da época de uma Devonairre Street diferente — estão se fechando sobre nós. O prédio inteiro parece prestes a desabar.

Charlotte dá de ombros.

— Ela me pediu para fazer um sacrifício. Então eu fiz — explica. — Um dia a Maldição vai chegar ao fim, e isso vai acontecer porque finalmente teremos feito sacrifícios suficientes.

Essa também é uma frase de Angelika. A promessa de que, se fizermos o bastante, se nos sacrificarmos o bastante, se ouvirmos cada palavra que disser, vamos nos livrar da Maldição.

Eu não sabia que alguém realmente acreditava nisso.

. . .

Por fim, Charlotte desce, meu apartamento se esvazia, e Cruz e eu ficamos lá em cima em silêncio, ouvindo como a festa se intensifica pouco antes do fim e, em seguida, se transforma em silêncio e quietude.

Finalmente, ouvimos apenas três vozes: Delilah, Isla e Charlotte.

É então que descemos a escada. A sala cheira a produto de limpeza de pinho e cerveja. Não cheira nem um pouco a Devonairre Street.

As meninas estão em silêncio.

Delilah ainda está diante da bancada. Isla está encolhida no sofá. Charlotte está deitada no chão.

— Vocês todas sabiam — digo, porque isso não pode ficar sem ser dito por nem mais um momento que seja.

Elas não concordam nem discordam.

— Todas vocês acreditam.

As palavras arranham minha garganta ao sair, como se tivessem garras.

Cruz pega minha mão, como fez na rua em Times Square. Somos a fotografia que tiraram de nós hoje cedo: de mãos dadas, sozinhos na rua, em meio às coisas mais dolorosas.

— Nós não acreditamos — diz ele.

E olha para mim para que eu concorde, para que eu acene com a cabeça, beije seus lábios ou aperte sua mão.

Não faço nada disso.

Não consigo.

29.

Mamãe não volta da casa de Roger, então as meninas dormem no sótão comigo, até mesmo Delilah, encolhida contra mim na cama e respirando em meu ombro, como nos velhos tempos, quando éramos novas e esperançosas em relação ao dia seguinte.

Roger não está se sentindo bem, vou ficar aqui, mamãe escreve às duas da manhã, quando não estou dormindo.

Eu sei que você provavelmente não se importa. Se cuide. Não deixe ninguém voltar para casa andando bêbado pela rua, escreve ela às duas e meia da manhã, quando ainda não estou dormindo.

Hoje fez você querer deixar a rua?, escreve mamãe às três da manhã, quando não estou dormindo e ela, aparentemente, também não.

Charlotte ronca, e Isla está tão imóvel que chego a me perguntar se está morta; Cruz está no próprio quarto, provavelmente sem conseguir dormir também. Quase mando uma mensagem de texto para ele. Mas não escrevo.

No entanto, preciso fazer alguma coisa, então saio da cama e me despeço de Delilah e das outras garotas, que sonham. Eu quis estar perto delas por todo esse tempo e agora, em nosso momento mais próximo, quando compartilhamos ar, respiração, camas e a verdade, quero fugir.

Da sala, olho para a rua. As lâmpadas estão todas acesas, incluindo a nossa. Sem minha mãe aqui para desligá-la, ela queima a noite toda.

Eu me pergunto por que não estamos mais encrencados, todos nós, por causa da festa, por termos desrespeitado o toque de recolher, por causa da variedade de pessoas aleatórias andando pela rua, olhando para nossos prédios de fachada marrom, querendo saber tudo sobre nós. Hoje, pelo menos, me senti livre das viúvas, por mais aprisionada que tenha me sentido por todo o resto. Acho que, se tem algo que elas entendem, são os Aniversários. Às três da manhã, no entanto, o Aniversário já terminou. É o dia seguinte.

Não saio da janela e não demoro muito para ver Angelika. Ela não está na entrada do prédio, mas seu rosto está na janela, na fenda entre as horrorosas cortinas florais. Está vigiando. Provavelmente vigiou a noite toda.

Ou talvez estivesse esperando.

Talvez estivesse esperando que eu finalmente, finalmente fosse até ela.

Então eu vou.

...

Angelika me encontra na entrada do prédio, de camisola.

— Aí está você — diz com um sorriso, como se soubesse que ia acontecer.

— Não consigo dormir — justifico.

Ela me convida a entrar, e faz um tempo desde a última vez que estive em sua cozinha, mas nem um centímetro mudou. Há um enorme retrato de seu marido em uma parede, e um relógio de gato na outra, presente de Charlotte quando era pequena. Há vestígios de todos nós: fotografias na geladeira; alguns desenhos de Angelika confusos e feitos com giz de cera que ela deve ter emoldurado e pendurado há anos; uma caneca verde e torta que Delilah fez para ela em uma aula de arte e na qual não é possível colocar água, então Angelika coloca moedas; um cartão que escrevi em seu aniversário alguns anos antes, ainda equilibrado sobre o balcão, como se tivesse chegado pelo correio ontem.

— Chá? — oferece, e faço que sim com a cabeça porque estou muito cansada para falar.

Há amor neste cômodo.

— Quem desenhou este aqui?

Aponto para um pedaço de cartolina emoldurado na parede: um boneco palito de Angelika com longos cabelos brancos sentada em uma nuvem.

— Cruz.

Eu sorrio. Não consigo evitar.

— Os desenhos de Cruz sempre foram os mais encantadores. Os mais fantásticos. Nuvens, arco-íris, a luz das estrelas e o mundo como ele deve desejar que seja. Pobre rapaz.

— Talvez seja assim que ele vê o mundo.

Seu otimismo é uma das coisas que amo em Cruz. Para Angelika, é algo digno de pena.

— Ele vai morrer.

Perco o fôlego em um momento de crença. Então me recupero e digo a meu coração para desacelerar. Angelika coloca chá em xícaras que parecem exatamente iguais às que mamãe quebrou sete anos antes. Delicadas. Bonitas. Fáceis demais de destruir.

— Você deve estar feliz com mamãe. Ela quer se mudar daqui. Você vai se livrar de nós e de todos os problemas que causamos.

— Isso não resolve nada. Vocês não podem fugir da Maldição. Mudar? Você não pode se mudar. Ficar longe só vai servir para amá-lo mais. Não. Não vai haver mudança alguma.

— Mamãe está bem decidida.

Não vim até aqui para falar com Angelika sobre a Califórnia. Ela carrega o chá de mel, tanto que mal vou conseguir bebê-lo, mas não digo nada. Não vim até aqui para falar sobre chá.

— E você? — pergunta. — O que decidiu?

— Que não quero ir.

— Boa garota.

— Às vezes eu quero.

Angelika acena com a cabeça, e me pergunto se em algum momento ela tem vontade de ir embora. Se sonha com uma vida diferente na qual não precise ser tão diligente, não precise se preocupar com amor, com adolescentes e jovens morrendo nem com quantos limoeiros e ramos de alecrim há no jardim. Talvez haja uma Futura Angelika também. Talvez ela tenha um clube do livro, mais três cães e um segundo marido que gosta de fazer macarrão.

— Ir embora é fácil. — Angelika toma toda a xícara de chá em um longo gole, como se fosse remédio. — O sacrifício é que é difícil.

— Já não nos sacrificamos? Charlotte não se sacrificou?

Observo o rosto de Angelika para ver o que acontece à menção do nome de Charlotte. Mas nada muda. Ela permanece firme.

Sempre pensei que Charlotte e Cruz eram um dos motivos pelos quais a Maldição não poderia ser real. Mas Angelika nunca lhes deu importância, ano após ano insistindo que nunca conseguiu ver amor em Charlotte durante o Aniversário Compartilhado.

— Charlotte de fato se sacrificou para proteger Cruz. E não adiantou nada, pelo que estou vendo. Mas ainda há tempo. Uma minúscula fração de tempo. Você está à beira do amor, ainda não chegou lá.

— Eu acho que o amo.

— Quando ama alguém, você sabe que ama, não acha. Acredite em mim. Ainda está em tempo.

— Não sei se consigo conter o amor.

Angelika enrola o cabelo até formar um coque na nuca. Ela olha para o desenho com giz de cera que Cruz fez dela. Nós duas olhamos.

— Sacrifício. — Ela pronuncia a palavra longa e lentamente. — A Maldição caiu sobre nós porque não demos valor a todo o amor que havia na rua. Meus pais não deram valor. Eles se mudaram para esta rua a fim de encontrar alguém para amar, e encontraram, mas deram de ombros, como se fosse algo a que tinham direito. Não podemos dar de ombros, Lorna. Tomamos sem pensar, e agora temos de dar.

Tento beber o chá, mas está tão doce que faz minha boca se contrair.

— O que temos de dar? Você fala como se fosse tão fácil, mas, obviamente, também não descobriu ainda. Você não sacrificou o bastante. Você, Dolly, Betty e todos os outros nunca descobriram do que precisavam abrir mão. E quando tentamos abrir mão do amor, bem, não funciona.

Angelika me olha com tanta intensidade que sinto como se seus olhos fossem lanternas e ela tivesse me encontrado.

— Acho que nunca vamos saber. Vocês nunca tentaram fazer esse sacrifício. Todas vocês decidiram amar de qualquer maneira.

Ela dá de ombros, mas tenho certeza de que o que sente é exatamente o oposto de um dar de ombros.

— Angelika...

— Vou repetir para o caso de você não ter prestado atenção.

— Eu estou prestando atenção! Estou aqui. Estou pronta para ouvir. Estou com medo, está bem? Estou finalmente morrendo de medo. Pensei que Charlotte e Cruz eram a razão para que... mas eles não são. Eu vejo. Eu entendo. Mas, se o amor é uma febre, o que podemos fazer para detê-lo? Se o amor é uma decisão, por que você age como se fosse algo involuntário? É algo que podemos deter ou algo que acontece conosco? É cair ou decidir pular? Eu sinceramente não sei mais. E acho que *você* também não sabe.

Talvez seja a hora — quase quatro da manhã —, a doçura do chá, o cheiro de Aramis assombrando o ar ou a maneira como Angelika cobre sua cozinha com lembranças de nós, seus Jovens da Devonairre Street, mas começo a acreditar que ela pode, na verdade, ter as respostas. Começo a acreditar em muitas coisas nas quais nunca pensei que poderia.

— Sacrifício — repete Angelika, como se essa fosse a única palavra que ela conhece, como se fosse a única palavra que importa, e talvez seja.

Permanecemos sentadas por horas, assistindo ao nascer do sol. Quando ele termina de nascer, as garotas acordam, saem de meu apartamento procurando por mim e me encontram na escada de entrada do prédio de Angelika, fazendo pulseiras e tentando pensar em uma maneira de acabar com a Maldição.

30.

Às nove horas, estamos todas fazendo pulseiras, mas Cruz ainda não saiu de casa. Ele disse que não acredita, então me pergunto se a Sra. Rodriguez o mantém trancado lá dentro ou se ele mentiu e há uma parte sua que me acha perigosa.

Já fiz cinquenta pulseiras. Angelika colocou mais dez chaves em volta de meu pescoço. Mentalizo para meu cabelo crescer mais rápido, e meu coração, mais devagar.

Delilah está sentada tão perto de mim que está praticamente no meu colo.

— Você precisava ver — diz ela. — Você precisava entender. E agora você vê. Agora você entende.

Estou com tanto medo que tranço pulseiras até meus dedos doerem. Estou com tanto medo que dou um pulo da escada quando vejo mamãe a poucos quarteirões de distância, vindo da casa de Roger. Seu cabelo está despenteado, e ela não está usando maquiagem nem meia-calça. Veste uma camisa de botão azul, que deve ser de Roger, e está com pressa.

Eu a encontro alguns prédios antes do nosso e do de Angelika, em frente ao Bistrô, que está abrindo para o serviço do dia, os garçons dando nós nas gravatas, arrumando as cadeiras e enchendo os saleiros.

— Charlotte não ama Cruz — digo, porque esta é a única maneira de começar.

Mamãe olha para nosso prédio, atrás de mim.

— Querida, não tenho tempo. Vim pegar algumas coisas e vou voltar para a casa de Roger. Ele está tendo uma manhã realmente difícil.

— Mãe. Charlotte não ama Cruz.

Quero que ela tenha o mesmo momento que eu tive a noite passada: o choque, o pânico, a necessidade de estar ao lado de Angelika e a certeza de que Temos de Fazer Alguma Coisa.

A crença.

Em vez disso, ela dá tapinhas de leve em minha cabeça, alisando alguns fios rebeldes.

— Detesto vê-la assim — sussurra, como se os outros estivessem ouvindo, o que provavelmente é verdade.

Atrás dela, há um grupo de pessoas de fora, tirando fotos dos edifícios e com chaves ao redor do pescoço.

Mais turistas da tragédia.

— Charlotte está apaixonada por uma garota chamada Nisha. E eu estou me apaixonando por Cruz. E o que houve com Roger, mãe? Ele está doente? É grave?

Eu me sinto um pouco como Delilah e tento respirar profundamente. Inspiro o bastante para encher minha garganta e meu peito, e tento de novo.

— E se tivermos passado tanto tempo sem acreditar que nos esquecemos de olhar e ver se realmente há motivos para acreditar?

Mamãe tem uma expressão no rosto que nunca havia dirigido a mim. Dura, fria e indignada. Ela passa a mão pelos cabelos curtos e despenteados. Antes que consiga falar, o grupo de turistas se aproxima de nós.

— Você é Lorna! — diz um deles.

Eles usam camisetas brancas idênticas e têm os mesmos olhos arregalados.

— E você é a mãe dela, certo? — pergunta o outro.

Esse está usando óculos escuros, e quero crer que é por causa do sol, não de mim, mas o dia está nublado.

Mamãe e eu fazemos que sim com a cabeça e tentamos olhar uma para a outra em vez de para o grupo, mas isso não parece detê-los.

— Podemos tirar uma foto? — pergunta a primeira garota.

— Você está amando? — pergunta uma mulher mais velha.

Há dois homens, e eles parecem sórdidos e sarcásticos. Cubro o peito e cruzo os tornozelos por instinto. Olho para Isla e desejo que ela faça o mesmo, mas ela está observando o grupo de estranhos com interesse, com um propósito.

— Nada de fotos — avisa mamãe.

Ela coloca um braço protetor em torno de mim, mas o grupo não recua.

— Onde está a velha senhora que comanda tudo? — pergunta uma delas.

— Onde está a menina Isla? — pergunta um homem.

O amigo dá um sorrisinho malicioso a seu lado, e me sinto enjoada e exausta. Atrás de nós, no Bistrô, há mais estranhos que analisam o cardápio, como se fosse um artefato antigo, e olham pela janela, como se estivessem no topo do Empire State.

Quando não respondemos, o grupo se afasta, mas não sem antes tirar mais algumas fotos de nossos rostos estupefatos e da maneira como o sofrimento deixou sua marca no contorno de nosso maxilar, em nossas pupilas, dentro de nossas mãos fechadas em punhos.

Observamos enquanto eles se aproximam das garotas nos degraus. Delilah lhes oferece pulseiras, e Charlotte evita fazer contato visual. Eu me pergunto se ela está pensando em Nisha e em uma maneira de escapar de tudo isso. Charlotte poderia escapar. Charlotte poderia deixar tudo isso para trás e viver uma vida normal, com amor e felicidade e sem a ameaça de sofrimento sempre à espreita.

Suas tranças estão bagunçadas e desiguais, irregulares no topo. Seu nariz está muito sério, e suas pulseiras, trançadas com o mesmo desleixo que os cabelos. Ela tem de ficar empurrando os óculos de volta para o alto do nariz e não sabe cantar, não consegue correr rápido nem ser muito divertida em uma festa. Há tantas e tantas coisas que Charlotte Pravin não é. Mas ela é uma garota que pode amar sem medo, e nada mais importa de verdade.

— Preciso ir, Lorna. Não quero deixar Roger sozinho por muito tempo — avisa mamãe. Ela beija minha bochecha. — Não se deixe afetar por isso. Vá dar uma volta. Ou vá a um museu. Vá com Cruz. Viva sua vida, querida.

— Esta é nossa vida.

Faço um gesto indicando a rua, mas mamãe já está correndo até o apartamento a fim de pegar sabe-se lá o quê para o namorado; e não tenho tempo de perguntar novamente o que há de errado com ele, quão doente se sente, quão mais preocupada eu deveria estar.

Enquanto isso, Isla posa para os turistas. Ela está em pé no alto da escada, com o quadril inclinado e os braços erguidos em direção ao nada. Eles parecem decepcionados. Acho que queriam que ela parecesse mais triste, mais séria, mais romântica. Voltam-se para Delilah, tiram uma foto dela também e parecem ficar mais satisfeitos com o efeito.

Isla vê como eles se apaixonam pelo rosto sério e pelas mãos ocupadas de Delilah e a imita. Ela se senta ao lado de Delilah, franze as sobrancelhas, separa levemente os lábios, curva os ombros e começa a trançar pulseiras.

Os turistas sorriem.

— Vocês são exatamente como achamos que seriam — comenta um deles.

— Isla Rodriguez — chama um dos homens, e meu coração se preocupa com ela —, pode me dar um autógrafo?

Isla abre um sorriso.

— Claro — responde.

O homem pega uma caneta e uma cópia da nossa fotografia no banco, e Isla assina abaixo do próprio rosto antes que Angelika os mande embora, dizendo-lhes que não é seguro.

Para quem? Eu me pergunto.

...

— Eles me amam — declara Isla horas depois, no jardim.

Estou em alerta máximo para Cruz, que ainda não saiu de casa. Charlotte e Delilah ainda estão na escada do prédio, mas Isla e eu precisávamos de uma caminhada e de um momento sem fios vermelhos e brancos e garrafas térmicas cheias de chá.

— Nós a amamos — digo, porque quero que ela saiba que é o mais importante.

Isla murmura algo que não é uma resposta, e alonga as pernas.

— Eles vão me amar, mas nunca vou poder amá-los — argumenta.

Quando Cruz aparece para buscá-la, o sol está se pondo e não acredito que passamos o dia todo sendo as Garotas da Devonairre Street de Angelika.

— Mamãe está procurando por você — avisa ele.

— Estou bem aqui — retruca Isla, e parece tão triste que a melancolia emana dela. — Sempre estarei exatamente aqui.

— Vá para casa. Preciso falar com Lorna um minuto — diz Cruz, mas Isla não se move.

Ela balança a cabeça discretamente e não sai de onde está. Cruz também não. Olho para as peônias porque tenho medo de olhar para Cruz por um minuto que seja e o amor se concretizar.

Ele finalmente desiste, e Isla o conduz para fora do jardim, para longe de mim, e fico sozinha com as peônias e a pergunta: *E agora?*

31.

Fico no jardim até bem depois do pôr do sol. Ninguém esperando por mim em casa, não posso passar mais nem um segundo na escada do prédio, e o Bistrô está, tenho certeza, lotado de pessoas que querem saber qual é minha cor favorita, se um dia vou me casar e se culpo minha mãe pela morte de meu pai.

Planto sementes ao longo de todo o perímetro do jardim, sem pensar se o solo é adequado para aquela planta em particular, sem me preocupar com a profundidade em que coloco cada uma, se precisarão ser regadas com frequência ou quem vai pisoteá-las. Apenas planto até o portão do jardim se abrir e Angelika chegar.

Betty, Dolly e Delilah não estão muito atrás.

Isla, Charlotte e suas mães vêm em seguida.

Maria. A Sra. Chen.

Eu me pergunto sobre Saad e Hiba, e o que acham de tudo isso. Mas sua loja ficou fechada nos últimos três dias e não os vi passar pela calçada e virar a esquina para ir à mesquita a poucas ruas de distância. Eles sumiram.

— Claro que você está aqui — diz Angelika.

— Vamos fazer um sacrifício — anuncia Delilah.

Seus olhos estão iluminados, como costumavam ficar quando ela olhava para Jack, e, não importa o quanto eu acredite, nunca vou acreditar assim. Seus braços estão carregados de tule e seda brancos. As viúvas carregam álbuns de casamento, véus e galhos do parque.

Eu começo a rir.

Começo a rir para sair do corpo e olhar para nós de cima do jardim. É uma visão ridícula: senhoras de cabelos compridos curvadas sob o peso das chaves ao redor dos pescoços, preparando uma fogueira sacrificial para pôr fim a uma Maldição na qual de repente todas acreditamos.

Acho que meu pai também teria rido.

— Vamos viver nesse lugar louco — costumava dizer —, mas temos de prometer que não vamos enlouquecer também.

Estamos enlouquecendo.

Logo há uma fogueira acesa, e começamos a atirar nela vestidos, álbuns e alianças de casamento que vão derreter em pequenas poças de ouro no fogo.

— Sacrifício — diz Angelika.

Delilah segura uma velha camisa de flanela de Jack e um ramalhete seco que ela usou no pulso no baile de outono.

— Você vai sentir falta dessas coisas — aviso.

— Exatamente.

Há um tremor em sua voz que me diz que ela já chorou ao pensar nisso e que está determinada a fazê-lo de qualquer maneira.

— Eu pensei que devíamos nos lembrar deles. — Tento coordenar a crescente lista de regras. — Pensei que deveríamos nos agarrar a tudo em vez de superar e ir adiante, ou algo assim.

Penso no armário do quarto de mamãe, no retrato emoldurado de meu pai atrás de sapatos que não cabem mais nela e bolsas muito surradas para serem usadas, mas caras demais para serem jogadas fora. Angelika nos deu o retrato.

Eu não me importaria de queimá-lo. Não é uma lembrança dele exatamente, mas uma lembrança de que ele não está mais aqui.

Delilah faz uma pausa, e acho que está pensando nas mesmas contradições.

Ela atira a camisa de flanela no fogo, que flameja um pouco.

— Precisamos nos lembrar e sacrificar. — Ela coça o braço, como se a inconsistência estivesse irritando sua pele. — Estamos tentando entender. Isso é diferente de seguir adiante. É fazer um sacrifício. Por Cruz.

Ela joga o ramalhete no fogo, e observamos as pétalas se transformarem em fumaça. Meu coração bate violentamente ao me dar conta do que essas mulheres estão dispostas a fazer pela pessoa que amo.

E, assim, desejo ter algo de que abrir mão, algo para atirar no fogo. Em nosso apartamento há uma gaveta com as coisas de meu pai: cadarços, velhos recibos com sua caligrafia e um cartão de aniversário que ele me deu no último ano em que estava vivo, mesmo que àquela altura eu já não devesse mais celebrar meu aniversário individual. No armário de minha mãe, há o vestido de noiva, uma peça rendada e informal que eu adorava vestir quando era pequena. E o terno de meu pai, aquele que ele usava em todos os casamentos e que nunca mandamos para a lavanderia. Aquele que embalamos em plástico, na esperança de preservar o cheiro; "se um dia realmente precisarmos", disse mamãe enquanto o guardava. Há também uma caixa de sapatos cheia de cartas de amor que ela nunca me deixou ler.

Observo a Sra. Rodriguez segurar o vestido de noiva bem apertado no peito antes de deixá-lo cair nas chamas. As pedrarias bordadas no corpete brilham, e a renda queima devagar. Vai levar um bom tempo até tudo aquilo se transformar completamente em cinzas. Ela olha para mim e está chorando. Nós duas sabemos um pouco sobre como as coisas se transformam em cinzas.

Corro para o apartamento.

— Mãe? — chamo, torcendo para que ela esteja em algum lugar lá dentro, para que Roger também esteja de volta e para que tenham simplesmente ficado ocupados demais procurando casas na Califórnia para ir atrás de mim.

Mas o apartamento está vazio. Acho que estou torcendo para que ela me impeça de fazer o que estou prestes a fazer.

Abro a gaveta e coloco as coisas de meu pai nos bolsos, para ver como me sinto. Eu me sinto péssima, como se estivesse nos roubando. Sacrifício. Vou até o armário de minha mãe. As roupas de Roger estão penduradas em uma parte, e isso me deixa chocada. Elas estão penduradas ao lado das poucas coisas que temos de meu pai: seu terno, um suéter de Natal, seu jeans favorito.

Pego o terno de meu pai e o vestido de noiva de minha mãe. Coloco-os sobre os braços e imagino queimá-los. Penso no rosto de mamãe e em como ele vai ficar quando ela perceber que essas coisas não estão mais lá. Não posso fazer isso.

Meu telefone vibra.

É uma mensagem de texto de Cruz.

Acho que amo você e acho que você me ama, e acho que finalmente estou com medo.

Mal consigo respirar. Encontro a caixa de sapatos com as cartas. Vou queimá-las também.

Abro a caixa — é verde, surrada e está cheia até a borda.

Quase não as leio. "As pessoas têm o direito de ter segredos", dizia papai. Mas sinto falta de suas palavras, seus poemas, sua maneira de ver o mundo como se ele fosse mais leve, mais simples e melhor do que me parece agora.

Abro uma das cartas. É um cartão da Hallmark do Dia dos Namorados datado de um ano antes de papai morrer. Fico surpresa com a imagem na frente. Um coração enorme com um laço ao redor. Não lembra meu pai, que gostava de fazer os próprios cartões com retratos meus e de mamãe desenhados. As palavras dentro também não soam como as dele. São mais simples, sem poesia. *Eu amo você*, está escrito. *Sempre vou amá-la. Sempre vou ficar feliz por tê-la conhecido. Sempre terá valido a pena.*

Tento imaginar papai sentado na bancada da cozinha, escrevendo uma mensagem sem graça para mamãe em um cartão comprado em uma loja. Não consigo.

Feliz Dia dos Namorados. Todo o meu amor, R.

Começo a tremer.

Começo a suar.

Pego outra carta. Está escrita em uma folha dobrada do papel de carta de um hotel.

É obscena. Sobre as pernas e os seios de mamãe, e sobre a sensação de estar dentro dela. Meu sangue gela e fico tonta.

Todo o meu amor, R.

Inspiro e prendo a respiração até quase desmaiar. Desejo sair do meu corpo. Desejo ir para bem longe deste momento, da rua, de mamãe e de minha mente. Desejo voltar no tempo e nunca ter aberto essas cartas. Desejo ter aberto essas cartas anos antes.

Desejo odiar Roger e odiar minha mãe.

Desejo falar com meu pai. Desejo falar com meu pai mais do que jamais desejei qualquer outra coisa. Fecho os olhos e tento chamá-lo, mas não acredito em fantasmas, em vida após a morte ou em sua presença nos observando do céu. Não há espaço em mim para essa crença.

Uma dúzia de memórias surgem como clarões em meu cérebro: as conversas de meu pai sobre segredos e suas tentativas de compreender o amor. As noites em que minha mãe trabalhava até tarde quando papai ainda estava vivo, e como ela parece ter certeza de que a Maldição não existe.

Tudo me parece completamente novo.

Alguns meses antes de ele morrer, peguei papai chorando no jardim. Ele estava no banco, o rosto enterrado nas mãos. Eu me lembro do brilho de sua aliança de casamento, recém-polida, ao sol. Sentei-me a seu lado e esperei que falasse comigo. Quando eu chorava, papai nunca me dizia para não chorar. Então também não disse a ele para não chorar.

Não consigo acreditar que essa memória tenha esperado tanto tempo para ressurgir. E me pergunto quantas outras memórias estão escondidas dentro de mim, quantas vão me visitar quando eu mais precisar.

— O amor não é uma coisa — disse meu pai depois de um longo, longo tempo.

Eu não sabia o que ele estava querendo dizer, mas ficamos sentados no banco e ele repetiu essas palavras mais duas vezes até que, finalmente, elas o fizeram parar de chorar, elas o fizeram colocar os braços em volta de mim e me puxar para perto. Elas o fizeram comprar uma garrafa de vinho e um *cupcake* para mamãe no caminho de casa.

Não era o sacrifício que Angelika exigia dele. Mas era um sacrifício mesmo assim.

— O amor não é o que você sabe — disse ele antes de abrir a porta para entrarmos no apartamento. Ele apertou meu braço. Parecia seguro. — O amor é o que você não sabe.

Foi a última coisa que ele me disse sobre o amor.

Não leio mais as velhas cartas de Roger. Mas as levo comigo. Levo tudo comigo. As cartas. O terno. O vestido. Os onze livros finos de poesia. As memórias de meu pai. As que sempre conheci e as que são novas, doloridas, desconfortáveis, imperfeitas.

Sacrifício. É a única coisa a respeito da qual meu pai e Angelika concordavam.

A fogueira cresceu no breve tempo que me ausentei. Assim como a multidão. Passo por entre as pessoas ao som de meu nome sendo chamado repetidas vezes: *Lorna, Lorna, Lorna.* Não me volto para nenhuma delas. Mantenho os olhos no fogo, em Delilah e em Angelika.

A cabeça de Delilah está curvada, como se não suportasse olhar para as chamas.

Angelika olha diretamente para o fogo.

Quando me aproximo, Angelika olha para mim.

— Boa menina — diz ela. — Finalmente.

Há um oceano de sentimentos em meu estômago, e meu coração parece inchado, prestes a explodir, perigoso. Sou toda suor e vazio — meu estômago, minha cabeça, meus membros. Achei que me sentiria etérea e livre; achei que me sentiria sexy e corajosa. Achei que me sentiria tranquila e sábia.

Não entendia como o passado e o futuro estão entrelaçados. Não entendia que um vem do outro. O presente não para de mudar. Até o passado está mudando. Então o futuro também não vai permanecer como está.

Atiro tudo o que levo em meus braços e em meus bolsos no fogo. Dói, como se as chamas me queimassem, e não as coisas que guardamos durante sete anos. Eu me curvo.

— É para doer. — Angelika está a meu lado. — Se não doesse, não seria sacrifício.

Ela coloca a mão em meu ombro e me mantém firme, mas a dor é insuportável.

— Isso é suficiente? — pergunto a ela, a todos, a qualquer que seja o Deus que possa existir. — Isso é suficiente?

Ninguém responde.

...

Eu não ajudo a destruir o banco. Eles não precisam de mim. As pessoas entraram no jardim e ajudam a desmontá-lo ao lado das viúvas com martelos, chaves de fenda e mãos ávidas.

Delilah, Isla, Charlotte e eu assistimos.

— Eu amava esse banco — digo, incapaz de afastar a lembrança de papai sentado nele, chorando por tudo o que compreendeu sobre o amor.

— Os nomes de todos eles estavam lá.

As mãos de Charlotte estão brancas de tanto segurar lembranças que, por fim, ela também acabou atirando no fogo.

— Jack e eu escrevemos nossos nomes nele. Dentro de um coração. — A voz de Delilah está ficando rouca por causa da fumaça, e ela meio que ri, mas o riso se transforma em tosse. — Arrogância — conclui.

Eu me pergunto se mamãe também escreveu o nome de Roger no banco. Talvez escondido no fundo, longe de onde ela e papai declararam seu amor.

Uma estranha joga o primeiro pedaço de madeira com iniciais entalhadas no fogo. Ela assovia e grita com o ruído crepitante que a madeira faz ao se incendiar.

— Temos de desmantelar tudo? — pergunto, sabendo a resposta.

Estou vivendo a resposta.

— Claro — responde Delilah, tão séria que me assusta. — Precisamos sacrificar tudo.

Isla não diz uma palavra. Ela se inclina, e vejo quando pega seu frasco de bebida.

O que resta quando tudo se desfaz?

Silêncio, sacrifício e um frasco de algo que vai fazer você esquecer tudo o que perdeu. E o cheiro de cinzas. Sempre, sempre o cheiro de cinzas.

Posso ver o fogo daqui, Cruz me escreve de seu quarto trancado.

À meia-noite, tudo já queimou e desapareceu. O jardim também. As peônias. O manjericão. O alecrim. O ar cheira a ervas, fumaça e plástico carbonizado.

Estranhos caminham pelo terreno queimado.

Ele não é mais nosso.

32.

Roger piorou.

Mamãe o leva para nossa casa na manhã seguinte, e ele está pálido e encovado. Mal consigo olhá-lo.

— Ele vai melhorar — garante mamãe. — Precisa de descanso. E água. Achei que ficaria mais confortável aqui.

Ela diz isso com a voz flutuante, aquela que usava depois que papai morreu, quando as pessoas perguntavam como estávamos.

"Ah, estamos bem", dizia ela. "Leva tempo, mas vamos ficar bem, Lorna e eu". Teria me assustado menos se ela falasse sobre as longas horas que passava dormindo, a geladeira vazia e o fato de ela passar dias a fio sem tomar banho.

Fico assustada agora com a maneira como ela coloca a mão na testa de Roger, como se tivesse uma leve gripe.

Fico assustada com a facilidade com que mamãe esconde coisas, com a quantidade de segredos que guarda. Eu achava que viver em um espaço tão pequeno significava que nós compartilhávamos tudo. Mas tantas coisas podem ser escondidas mesmo no menor apartamento de uma das ruas mais curtas do Brooklyn.

Até mesmo o amor.

Não lhe conto sobre o que queimei na noite passada, mas ela sente o cheiro de fumaça no ar.

— Esse cheiro...

Ela estremece sem terminar a frase.

Eu me pergunto se ela vai procurar as cartas de amor ou o vestido de noiva. Eu me pergunto quando vai descobrir o que fiz e se dar conta do que sei agora.

Roger tosse violentamente, seus olhos lacrimejam e sua pele está seca. Eu não o quero em minha casa, mas também não quero que morra.

— Quer chá, Roger? — pergunto, e ele faz que sim com a cabeça.

Pego lavanda no fundo do armário, atrás da coleção de baunilha de mamãe, e preparo um bule. Mamãe também sente o cheiro do chá, seu nariz se contorcendo e se enrugando.

— Ele não precisa disso — diz ela, enquanto coloco mel, observando-o deslizar pela superfície e se depositar no fundo da caneca.

— Talvez ele precise — argumento.

Mamãe passa os dedos pelos cabelos. Ela suspira, e ouvimos conversas vindo da rua. Acho que ouço a voz de Angelika e Charlotte por cima do falatório, as duas provavelmente tomando conta da entrada do prédio.

— O prédio foi vendido — avisa mamãe.

— Angelika disse que mesmo que você se mude da rua... — começo, e mamãe parece prestes a explodir.

— Não vou mais ficar ouvindo isso! Você sabe o que está dizendo quando diz que acredita? Está dizendo que matei seu pai. Está dizendo que terá uma vida cheia de tristeza e falta de amor. Está dizendo que desistiu do futuro antes mesmo de ele ter começado. Seu pai tinha razão sobre viver aqui, tenho de admitir. Ele tinha a porra da razão. Nunca deveríamos ter nos mudado para esta rua.

— Porque o perdemos.

Mamãe olha para mim como se eu não fosse mais sua filha, como se eu fosse outra pessoa completamente diferente.

— Porque estamos perdendo você — diz ela.

Roger tosse no sofá e pede um cobertor. Eu lhe entrego o chá e um cobertor de lã. Desligo a televisão, na qual está passando uma série de reportagens sobre os Atentados de Chicago.

"Sem que nenhuma de nossas perguntas tenha sido respondida, o país se esforça para aceitar o inaceitável", diz uma jornalista de vermelho.

"O senador Lee nos pede que voltemos nossa atenção para nossas vidas e deixemos que o governo procure por respostas sobre os Atentados".

Roger tosse mais.

— O que isso quer dizer? — pergunta mamãe, em grande parte para si mesma.

Roger fica vermelho, em seguida azul.

— Mãe!

Levanto sua cabeça, e é a primeira vez que o toco: sua pele está quente e pegajosa, e ele cheira a um pai, só que não o meu.

— O que está acontecendo? O que houve? — indaga mamãe, sacudindo os dedos e sem fazer nada.

Para uma médica, ela é péssima em certas emergências. Quando eu tinha 6 anos, quebrei a perna e ela ficou sentada no parquinho chorando enquanto meu pai me levava para o hospital. "Eu amo isso em sua mãe", disse ele quando perguntei quão furioso tinha ficado.

Eu me pergunto se ele era capaz de amar todas as piores coisas a respeito dela.

— Água, mãe! — peço, mas mudo de ideia quando Roger começa a tremer. — Não. Ambulância. Chame uma ambulância!

Roger recupera o fôlego, mas a tosse não para, então ele fecha os olhos e sua pele fica mais úmida e mais quente.

Tiro as mãos dele. Sou uma garota egoísta que não quer segurar uma pessoa enquanto ela morre.

...

— Eu ligo para você — diz mamãe ao sair pela porta atrás de Roger, ainda tossindo, em uma maca.

Homens de uniforme falam alto e eficientemente um com o outro usando termos que não consigo entender.

— Devonairre Street. — Escuto um deles dizer, e sei o que pensam.

Vejo quando olham para mim. Vejo quando tentam não pensar sobre o fato de que, se eu gostasse da dobra de seu braço ou da ondulação de seus cabelos, poderia matá-los também.

Quero deixar minha pele.

Quero voltar para o dia no aeroporto, quando parecia que havia opções de como as coisas seriam.

Esses futuros desapareceram.

Há apenas esta realidade: vou tentar não amar, mas vou amar mesmo assim. E vou perder tudo, várias vezes, enquanto o mundo assiste. Sempre serei Afetada. Sempre serei Amaldiçoada. Sempre serei uma Garota da Devonairre Street, e nada mais.

Até minha mãe, a Dra. Emily Ryder, com cabelos curtos, chá de baunilha, caixa de sapatos cheia de segredos terríveis e consultório elegante no Upper East Side, sempre será Afetada e Amaldiçoada e uma Garota da Devonairre Street.

É tudo o que somos.

É tudo o que sempre seremos.

Agora sou eu quem está no sofá, sem conseguir respirar.

33.

Estamos em meu sótão.

Está quente e úmido, e estamos tentando.

Estamos tentando, mas não está funcionando.

— Espere, espere — pede Cruz, segurando o pênis macio na mão.

— Eu quero você — digo.

Eu já disse isso antes, e sei que deixa os garotos malucos, palavras simples que se tornam ilícitas quando estamos nus. Esta é a parte fácil: o sexo. Esta é a parte da qual não tenho medo.

Pressiono o corpo contra o dele, roçando um pouco.

— Eu consigo — diz Cruz, e parecem palavras de incentivo.

Interrompo o movimento dos quadris. Paro de lamber seu pescoço.

— Eu quero você.

Não sei mais o que dizer. Isso nunca falhou antes.

As cortinas estão fechadas, e não estou vestindo nada além de pulseiras nos pulsos e as chaves em volta do pescoço.

Sempre fui o suficiente.

Quero a facilidade de Owen e a fúria de Denver. Em vez disso, há uma pausa embaraçosa, uma nudez que parece mais aterrorizante que bonita, a voz de Cruz vacilando quando ele me pede, novamente, para esperar.

Ele move a mão entre minhas pernas, como se isso pudesse ajudá-lo, mas estou seca e percebo, pelo jeito como seus dedos não sabem o que fazer, que ele sabe disso. Quero desejar isso. Sempre desejei isso. Mas meu corpo não responde, o corpo dele não responde, e mais uma coisa que parecia certa e sólida — o sexo — também está perdida agora.

— Você está bem? — pergunta ele.

Faço que sim com a cabeça.

— E você?

Ele também faz que sim com a cabeça. Tentamos nos beijar, mas não nos perdemos no beijo. Continuo ouvindo a tosse de Roger em minha mente, um aviso sobre tudo o que está por vir.

— Está tudo bem — asseguro, por fim, mas não está.

Visto a roupa. Colocá-las de volta parece levar muito mais tempo do que levamos para tirá-las, e é deprimente abotoar botões, fechar o zíper da calça, cobrir tudo o que eu queria que ele visse.

— Isso nunca... — Cruz começa uma frase que não quero que ele termine.

Há uma hesitação em sua voz e, quando olho para ele, há lágrimas no canto de seus olhos.

Desvio o olhar.

— Eu não deveria ter ligado para você. Não sei por que liguei para você. Queria ter feito o oposto.

Olho para o telefone, como se a resposta estivesse lá, mas não está. Também não há notícias de minha mãe, nenhuma atualização sobre Roger, e me esforço para acreditar que isso é uma coisa boa. Se ele tivesse morrido, ela ligaria no mesmo instante.

— Eu não deveria ter vindo. — Cruz olha para a cama desarrumada na qual não conseguimos fazer muita coisa. — Obviamente.

Depois do sexo com Owen, tirávamos sonecas, ficávamos abraçados, fazíamos sanduíches no andar de baixo e os comíamos apoiados na pia ou sentados na cama. Mostarda tem um gosto melhor depois do sexo. Queijo também. Não sei o que fazer depois quando não houve durante. Eu me sinto desconfortável em minha pele, e meus dedos do pé formigam.

— Acho que não estamos... Acho que não é... Isso tudo é... Geralmente é mais fácil.

Não são as palavras certas, mas são as únicas que digo. Quase lhe pergunto como era com Charlotte, mas me contenho. Sinto inveja do quão confortável ela parecia nua com Nisha. Quero isso com Cruz. Quero o contrário de agora.

— Talvez isso signifique que não há amor entre nós? Então você está seguro?

Até mesmo entre mamãe e Roger há amor na forma como soam de manhã cedo.

Não temos isso. Não sei o que temos.

— Você entendeu tudo errado, Lorna.

Ele toca minha cintura por cima da blusa. Quando estávamos nus, sua mão parecia fria e pegajosa. Agora, esse ínfimo toque me deixa animada.

Meus joelhos tremem.

Algo se encaixa no lugar.

Cruz ainda tem lágrimas nos olhos. Não as seco. Deixo que rolem.

— Você cuida de Isla?

— Cuidar dela?

Não acho que alguém saberia como cuidar de Isla Rodriguez. Não mais. Ela deixou de ser uma menina e se tornou uma lenda.

— Quando eu for embora — diz ele. — E de minha mãe. Vai passar algum tempo com minha mãe? Ela diz que gosta de ficar sozinha quando está triste, mas na verdade gosta de ter companhia.

— Você não vai a lugar algum — retruco.

Verifico o telefone outra vez. Ainda nenhuma notícia de mamãe.

— Eu posso ter cinco anos. Acho que dá para fazer muita coisa em cinco anos. Algo importante. O que eu poderia fazer de importante?

— Cruz.

— Meu pai queria ser professor. Ele ia voltar para a faculdade. Mamãe me contou. Ele estava cansado do trabalho no escritório, queria fazer algo que importasse, e realmente ia fazer, mas então não fez, e eu não vou ser assim.

Cruz fala tão rápido que se embaralha com as palavras, e tudo o que eu quero é abraçá-lo, beijá-lo e dizer que tudo vai ficar bem, mas ele não vai acreditar em mim, porque eu não acredito em mim.

Seu telefone começa a tocar.

— Você seria um bom professor — digo.

Ele dá de ombros. Seu telefone continua tocando. Eles provavelmente se deram conta de que estamos sozinhos juntos, a vizinhança. Provavelmente se deram conta de que é tarde demais.

O amor não é uma coisa, concluiu papai, e foi a frase mais verdadeira que ele já disse. Eu estava esperando algo específico, mas o amor pode ser qualquer coisa.

Tento contar tudo sobre o que eu estava enganada: sexo, amor, o casamento de meus pais, a Maldição, lavanda e meu futuro. Perco a conta... Não consigo somar tudo.

Sou horrível. Sou egoísta, mesquinha, imprudente e cheia de arrogância.

Cruz está pensando em algo. Ele anda de um lado para o outro.

— O que você acha que causou os Atentados a Bomba? Qual foi a razão?

— Eu... quero dizer, ninguém sabe.

— É a pergunta que ninguém realmente faz — argumenta ele. — Quem fez isso? Quem matou nossos pais?

Fico parada e em silêncio. Não há resposta. Tento espiar pela janela, para ver quão encrencados podemos estar, mas Cruz bloqueia minha visão.

— Pouco alecrim? Mangas demais? Uma camisa de algodão em vez de uma de lã? Quero dizer, honestamente, Lorna, o que provocou aquilo? Um espelho quebrado, esta maldita rua, nossas mães, a maneira como achamos que o amor é seguro e que nós o merecemos, alguém em outro país, um ato divino ou uma Maldição que começou há 75 anos? E o que vai me matar? Uma dessas coisas também?

A voz de Cruz ressoa, ele joga os braços no ar diante da injustiça de tudo, do amor, e seus cotovelos acertam minha cômoda e derrubam porta-retratos com fotos de LornaCruzCharlotteDelilahIsla juntos aos 7, aos 9 e aos 13 anos — e no ano passado, quando achávamos que sabíamos tudo.

Olho para tudo aquilo quebrado no chão, irreparável.

Cruz emite um grunhido, um som que vai além das palavras e que nunca mais quero ouvir de novo.

Ele desce a escada, seu telefone ainda tocando, e o meu ainda sem tocar; eu o sigo e vejo pela janela da sala de estar que as pessoas estão reunidas na calçada diante de nosso prédio, porque agora é assim que as coisas são.

— É como se meu funeral já tivesse começado lá fora — diz Cruz.

A palavra *funeral* açoita minha pele e me causa dor.

— Eles acham que nós...

Mas não importa. Sou boa no sexo. Se tivéssemos conseguido fazer sexo, talvez isso significasse que o que havia entre nós era apenas isso.

Se tivéssemos conseguido fazer sexo, significaria que não tínhamos tanto medo.

Cruz balança a cabeça.

— Eu amo você — confessa ele. — Mas, por favor, não diga que me ama de volta.

Seu telefone começa a tocar de novo. Olho para o meu. Minha mãe escreveu:

Roger não está nada bem.

34.

Decidimos dormir no jardim. Há vinho tinto do estoque de minha mãe, seis garrafas de cerveja da geladeira da mãe de Charlotte, uma garrafa de vodca que Isla arrumou e nenhum banco para nos sentarmos ou ficarmos em volta.

Não durmo, mas vejo Charlotte e Delilah adormecerem, então Isla e eu ficamos sentadas com as pernas cruzadas, nossos joelhos encostados um no outro, e tomamos doses de vodca. Acabamos com o frasco de bebida dela primeiro, depois passamos para o restante. Acho que ela já estava um pouco bêbada quando chegou. Acho que está um pouco bêbada há dias ou semanas.

Tenho inveja.

Percebo arranhões nos pulsos de Delilah. São grandes e recentes e me assustam, mas também fazem sentido para mim.

Não os menciono.

Abro uma garrafa de vinho tinto.

Eu me pergunto se tirariam uma foto de nós agora, os repórteres e os turistas, se iam querer nos ver assim. Sem tomar banho e coincidentemente vestindo shorts jeans e camisas de manga longa pretas. Nossos olhos estão inchados; nossa pele, manchada. Até o jardim é uma terra desolada. Há pregos e parafusos onde o banco costumava ficar, e nem uma flor sequer.

— Não posso fazer isso para sempre — admite Isla no meio da noite.

Sua voz é descuidada e alta demais. Meu coração bate depressa, pensando em tudo o que pode acontecer com Cruz, imaginando o que estará acontecendo com Roger.

Para sempre está começando a parecer horrível. É tempo demais. Até a noite é tempo demais. Tomo outra dose de vodca.

...

Quando acorda de seu sonho, Delilah sacode Charlotte para acordá-la também.

— Sacrifício — diz ela. Seus olhos estão um pouco vidrados, mas os olhos de todas nós estão um pouco vidrados. — Angelika não para de nos dizer para fazermos sacrifícios, e até agora não adiantou nada, mas é porque somos nós que temos de ser sacrificadas.

Há uma quietude mais silenciosa do que outros silêncios. Há uma linha entre o que parece insano e o que parece aceitável, e, quando essa linha fica borrada, o mundo se torna um lugar mais assustador. Há uma hora da noite quando você não conseguiu dormir e tudo parece possível. Há uma espécie de tristeza que parece tão pesada e difícil que você faria absolutamente qualquer coisa para não ter mais de carregá-la.

Estamos nessa quietude, nessa linha indistinta, nesse momento particular da noite, aprisionadas por esse exato sentimento.

Estamos atordoadas e confusas depois de tanto beber e sofrer.

Somos Garotas da Devonairre Street. Estamos descobrindo o que realmente significa.

— Eu já tentei — diz Charlotte. — Abri mão de mim mesma para salvar Cruz e não... bem.

Elas olham para mim, e fico vermelha e quente.

— Não é disso que estou falando — diz Delilah.

— Sei do que você está falando — rebate Isla.

Ela é fria: a chama de Isla Rodriguez parece ter se apagado.

Eu também sei do que está falando. Vi em seus pulsos.

Charlotte ainda parece confusa.

— Do que você tem mais medo no mundo? — pergunta Delilah. — Para mim, costumava ser medo de me afogar, até Jack morrer.

— E agora? — pergunto, mas sei a resposta, porque é a coisa que mais temo também.

— Viver esta vida. Perdendo todas as pessoas que amo para sempre, repetidas vezes.

Vejo Charlotte engolir em seco, e Isla se sentar mais ereta.

— Podemos salvá-los — garante Delilah.

— Delilah — adverte Charlotte.

— Angelika tentou me dizer. Ela tentou deixar claro. Mas fiquei presa a todas as coisas simples. Seguindo as regras pequenas e fáceis, e deixando de enxergar o mais importante.

Charlotte balança a cabeça, e sei do quanto ela abriu mão, mas também a odeio por toda a sua sorte, por amar Nisha, por não ter de viver a vida que o restante de nós viveria.

Se vivermos.

Os dedos de Isla se contraem. Acho que verei aqueles dedos contraídos pelo resto da vida, por mais longa que seja, em minha cabeça. Os dedos de Isla se contraem, a Devonairre Street começa a acordar, e percebo que é uma terça-feira e que teremos de passar por outro Minuto de Silêncio, e outro, e mais outro. Todos esses Minutos de Silêncio que não adiantam de nada.

Charlotte limpa a garganta. Ela não gosta de como estamos pensando, de como estamos bêbadas, do quão insones, ingênuas e infelizes nos tornamos.

— Você não pode sacrificar todo o seu futuro — avisa ela, como a oradora de uma formatura que não sabe que nos pediram para não voltar para a escola, que não sabe que, na melhor das hipóteses, vamos nos formar em nossas cozinhas ou neste jardim que não é mais um jardim.

— Que futuro? — pergunta Isla.

Ela gesticula indicando a rua, o terreno queimado, nossos longos cabelos e sonhos destruídos. Gesticula na direção do prédio de Angelika, firme como a ameaça de quem um dia vamos nos tornar, do melhor que o mundo tem a oferecer a uma Garota da Devonairre Street.

Eu me permito ver a Futura Lorna mais uma vez: bebendo vinho e fazendo espaguete em uma cozinha na Califórnia, Cruz massageando meus ombros, as janelas abertas porque é assim que gostamos, não porque alguém morreu. A Futura Lorna com seu cabelo curto e seu vestido de linho branco, a cama desfeita e o sorriso anônimo.

Eu a observo. Eu me demoro nela. Eu a deixo ir.

Pegar, segurar com força, soltar.

35.

Descobriram sobre Roger, então mais repórteres e fotógrafos tomam a rua. Juro que parecem satisfeitos com a virada dos acontecimentos.

OUTRA IMINENTE TRAGÉDIA PROVOCADA PELA MALDIÇÃO, diz uma manchete on-line.

MALDIÇÃO INEGÁVEL?, outra pergunta.

O MAIS PERIGOSO DOS AMORES.

DEVONAIRRE STREET: DA LENDA URBANA À REALIDADE ASSUSTADORA.

Continuamos a beber em meu apartamento e fechamos as cortinas. Podemos ouvir a rua lá embaixo. Olho pela janela durante o Minuto de Silêncio para observar todos ficando imóveis. Angelika baixa a cabeça. Ela está parada na entrada de seu prédio, esperando que façamos algo para salvar a todos.

E salvar a nós mesmas.

Escrevo mensagens de texto para minha mãe de hora em hora, mas escrever fica cada vez mais difícil conforme bebo. Logo minhas mensagens se tornam praticamente incompreensíveis. Mas ela responde sempre com duas palavras: *Sem melhora. Sem melhora. Sem melhora.*

— Minha mãe não vai sobreviver se o perder — afirmo.

Isla vasculha nosso apartamento e encontra mais bebida. Um dos uísques é mais escuro e estranho que os outros. Mais forte. Mais desagradável. Conhecemos o gosto.

— É isso — diz Delilah. Ela sorri, e por um instante me lembro de quão linda ela costumava ser. Quão viva. — Essa é a bebida de Jack.

Relaxamos, como se tivéssemos desvendado o último grande mistério do mundo bem a tempo.

...

— Será que devemos deixar bilhetes? — pergunta Isla.

Estou tão bêbada que minha cabeça gira de um lado para o outro.

— Eu tenho de deixar um bilhete — responde Charlotte.

É a primeira vez que ela diz alguma coisa que não seja *não*. Ela também está bêbada, completamente bêbada. Não para de murmurar o nome de Nisha, como se isso fosse capaz de invocá-la. Suas pálpebras batem depressa, mas Charlotte não desmaia.

— É assim! — exclamo. Tenho um milhão de pensamentos na cabeça, mas é tão difícil expressá-los. Sopro ar através dos lábios, eles tremem e tento de novo. — É assim que uma ideia se torna algo mais. Do que uma ideia. É assim que algo feio se torna bonito.

Estava bom em minha cabeça, mas ficou confuso ao sair. Algumas das palavras saíram vacilantes demais. Outras, arrastadas demais. Acho que ninguém conseguiu entender completamente o que eu disse.

— Tudo bem, Lorna — diz Delilah.

Ela não está tão bêbada quanto o resto de nós. Olho para seus antebraços de novo e acho que talvez ela não precise estar.

— Não! — retruco.

Quero que ela entenda. Se for para ser assim, quero ver o olhar no rosto de Delilah outra vez, aquele em que ela me entende e eu a entendo e somos LornaCruzCharlotteDelilahIsla.

Cruz Cruz Cruz, minha mente diz. *Mamãe mamãe mamãe. Roger Roger. Jack. Papai.* Os nomes ressoam com tanta força em minha cabeça que esqueço que ia dizer algo até me lembrar de novo.

— Não — tento. — O que eu ia dizer? Eu ia dizer isto. Que é assim. É assim que chegamos ao fim do mundo.

Minha cabeça gira, e sinto uma quase leveza diante da ideia do fim do mundo. Eu me senti tão pequena e aprisionada por tantas semanas, e nas últimas horas senti outra coisa. Eu me senti grande e mágica. Forte, poderosa e livre.

— Não preciso escrever um bilhete — diz Isla.

Ela costumava fazer tudo o que fazíamos, nossa Isla, mas não mais.

Charlotte e eu pegamos papel e escrevemos bilhetes bêbados e confusos para Nisha e Cruz.

Delilah coloca mais do uísque de Jack em nossos copos, e ele desce áspero, quente e cruel.

• • •

Saímos do apartamento, e é difícil caminhar, então deslizo pelas escadas do prédio, como costumava fazer quando era pequena. Charlotte começa a rir, mas Isla não. Delilah vai na frente porque é isso que Delilah faz agora.

Elas tiram fotos de nós, as pessoas na rua, e o restante nos entrega velas vermelhas, já acesas, e balança a cabeça diante de tudo o que arruinamos. Seguramos as velas, torcendo para conseguir mantê-las de pé. Passamos por todas elas: as pessoas que querem ser nós, as pessoas que querem nos destruir e as pessoas que querem nos julgar, nos condenar e nos transformar em símbolos. Seguimos Delilah e passamos por todas elas. Algumas eu conheço desde que nasci, mas hoje são borrões, tudo é um borrão, e paramos diante do prédio no fim da Devonairre Street, onde ela deixa de ser a Devonairre Street. Há um terraço que meu pai amava, e de lá dá para ver a rua inteira, quase todo o Brooklyn, partes da cidade e talvez até mais longe em um dia de céu claro.

Vamos até o terraço, passando por hóspedes do hotel que devem pensar que estamos bêbadas, o que estamos, e sujas, o que estamos.

E desesperadas. Estamos completamente desesperadas.

Chegamos ao topo e olhamos para tudo que estamos prontas a deixar para trás.

O tempo todo, era isso que deveríamos fazer, as Garotas da Devonairre Street. É esse o verdadeiro significado do sacrifício; foi por isso que a Maldição nunca foi quebrada.

Foi meu pai que me ensinou que o amor é a única coisa pela qual vale a pena viver.

— É por isso que você não pode acreditar nessas doidas — dizia.

Mas eu acredito nelas agora e, se o amor é a única coisa pela qual vale a pena viver, eu não deveria viver. Abro a boca para dizer essas coisas a Charlotte, Isla e Delilah, para lhes dizer que agora tenho certeza, que entendi, que sei o que estamos fazendo e que só preciso de mais uma ou duas doses do uísque de Jack e, então, vou conseguir pular, nós todas vamos pular, podemos acabar com isso, como Delilah disse.

Sinto uma onda de amor por todas elas, pelas tranças de Charlotte e sua sorte desafortunada, pelos ditados de Delilah e por como o sofrimento mudou o formato de seu rosto e o tom de sua voz, e por Isla e sua segurança, por como ela cresceu e se tornou muito mais forte do que o restante de nós. Eu as amo tanto, e esse, pelo menos, é um tipo seguro de amor.

Meu coração se contorce.

Preciso beber mais.

O sol está brilhante e me acordando, assim como a forma como as amo, mas tenho de fazer isso porque recebo outra mensagem de texto de mamãe dizendo *UTI*, e surge em minha mente a imagem dos ombros e olhos tristes e assustados de Cruz quando se deu conta do que meu amor faria com ele.

Ainda estou envergonhada por causa do jeito que ele se curvou sobre si mesmo quando não conseguimos fazer nossos corpos se encaixarem. O amor é desconfortável, vulnerável e perigoso demais, em todos os sentidos.

Penso no dia em que nossos pais morreram: foi um dia muito parecido com hoje, há pouco mais de sete anos; nós nos encontramos na calçada e nos abraçamos, e eu gostei tanto que me senti um pouco culpada.

Eu me lembro de querer abraçá-lo forte, e me lembro de um sentimento que não consegui identificar na época, mas agora consigo.

Um sentimento de Sim.

Já o amava então, penso, e abro um sorriso triste.

Delilah entrega a garrafa para Charlotte, e Isla olha para a beirada do prédio. Não quero olhar; apenas pular. Mais uma dose, penso. Ou duas. Então vou conseguir.

Realmente amei Cruz naquele momento, concluo, naquele abraço, na dor compartilhada, em como queria beijá-lo mesmo que nunca tivesse pensado nisso antes, e em como senti segurança no meio de tantas dúvidas. Eu o amava então como o amo agora.

O amor é uma febre, e eu estava febril. O amor é uma certeza, e eu estava certa.

Isla se aproxima da beirada.

Eu já o amava então.

Minha mente é lenta, mas começa a girar em torno de si mesma. Está procurando por algo.

Senti o Sim há mais de cinco anos.

Comecei a amá-lo há mais de cinco anos.

Minha mente é tão lenta, e amei Cruz por mais de cinco anos, e ele não está morto, ele está na rua, trancado em seu quarto, esperando que algo terrível aconteça, mas nada terrível aconteceu.

E, então, algo acontece.

Isla salta.

Isla, que sempre foi a última da fila, que sempre nos observou e nos imitou e esperou que decidíssemos como ser Garotas da Devonairre Street, salta. Sem esperar. Sem nos deixar decidir que é hora. Sem nos observar saltando primeiro.

Isla salta.

Devo gritar: "Não". Todas devemos gritar e desabar no chão.

Não saltamos atrás dela. Até Delilah fica paralisada, tentando agarrar-se ao terraço, como se ele pudesse catapultá-la por ter pensado neste plano terrível. Procuramos o chão em primeiro lugar, nossos joelhos em segundo, e umas às outras em terceiro.

LornaCruzCharlotteDelilah...

E, então, um novo momento de silêncio.

EPÍLOGO

Nossa nova casa na Califórnia é a primeira concluída em uma área que poderia ser qualquer área. Mamãe me disse o nome uma dúzia de vezes, mas não consigo guardar as palavras; são tão vagas e indistintas.

Tenho dificuldade de guardar praticamente qualquer coisa.

Há paredes brancas e bancadas brancas e nenhum móvel, a não ser uma longa mesa branca que mamãe comprou ontem, com duas cadeiras brancas para nos sentarmos nas cabeceiras.

Ela está diante da bancada branca e reluzente, picando abacates, tomates e pepinos, o que fez todas as noites durante as duas últimas semanas. Não há comida na geladeira. Não pedimos comida em um restaurante. Não usamos o fogão. Comemos a comida que ela faz — fresca, limpa e nova — e, quando terminamos, jogamos o lixo por um duto, ele desaparece e ficamos leves.

Essa é a palavra de mamãe para descrever como estamos. *Leves*.

— Estes abacates — diz ela, quando nos sentamos para comer. — Maravilhosos.

Acho que a salada ficaria boa com um pouco de limão, mas sei que é melhor não fazer essa sugestão.

— O que você acha de Diana? — pergunta mamãe, um sorriso no rosto.

Ela jogou nossos documentos de identidade fora.

Não respondo. Minhas costas doem, já que ainda não compramos camas. Dormimos no chão e olhamos as estrelas através das claraboias em nossos quartos.

Elas brilham intensamente aqui. E são abundantes.

Nunca mais sentiremos falta de estrelas ou abacates.

Tenho um novo guarda-roupa cheio de vestidos de verão e blusas soltas. Shorts largos. Cardigãs coloridos. Saias que vão até os tornozelos. Nada disso me cai muito bem, mas também não me cai mal.

— Não leve nada — aconselhou mamãe. — Vamos comprar tudo novo.

Ela me fez tirar a roupa de lã para funerais antes que eu pudesse chegar à igreja para meu décimo nono funeral. Ela me fez usar um vestido azul-claro com bolinhas brancas na barra. Arrancou a etiqueta com os dentes antes mesmo de eu provar. Não serviu muito bem.

Mal percebi.

Deixamos para trás nossas malas, nossos pratos, nossos limões, nossos amores, nossa rua.

Estava frio no avião, mas não me importei. Deixei que os pelos dos braços se arrepiassem, e, quando aterrissamos na Califórnia, estava quente e ensolarado, e eu deveria esquecer tudo a respeito de coisas como lã, inverno, Isla e Cruz.

— Às vezes não há nada a salvar — disse mamãe, quando implorei que não nos levasse para longe. Ela colocou as mãos em meus ombros, olhou em meus olhos e sussurrou: "Quando não há mais nada a salvar, temos de salvar a nós mesmos".

Ninguém mais se mudou para a área em que vivemos ainda. A maioria das casas não está terminada, então, neste exato momento, estamos sozinhas. Mamãe me contou a história da terra, mas preferi esquecer. O solo é arenoso e cheio de rochas. Não tenho nenhum instinto para saber o que cresce aqui.

Não quero saber o que esse lugar costumava ser. Vou fingir que ele não existia até o momento que colocamos os pés na Califórnia.

Vou fingir que eu não existia até esse momento também.

Não há vizinhos nas entradas das casas, caminhões de sorvete, sirenes barulhentas. Há apenas o som do mar, que podemos ver das janelas da sala, lavando a praia, limpando os restos de cada dia.

Passamos horas observando-o.

Às vezes, esqueço onde estamos, e estreito os olhos para ter um vislumbre da Estátua da Liberdade. Quando não a vejo, fico triste por um segundo, antes de me perder também no ritmo previsível, na cor inesperada, no misterioso e novo azul-esverdeado do mar.

Comemos em pratos de papel com garfos e facas de plástico, e bebemos água fresca em copos descartáveis.

— Podemos beber uma taça de vinho na varanda quando terminarmos de comer — sugere mamãe.

Na geladeira há uma garrafa de chardonnay de uma vinícola local, de Monterey — presente do corretor, imagino —, que ela ainda não tocou. Não pensei que fosse para compartilharmos.

— Não estou com sede — digo, embora sede jamais tenha sido razão para beber.

Faz duas semanas, e juro que ainda não me adaptei à mudança de fuso-horário, mas mamãe diz que isso é impossível. Ela se ajustou imediatamente à mudança, como se tivesse se livrado do fuso-horário do Brooklyn assim como se livrou de todo o resto.

Não consigo apagar sua imagem, meu telefone em uma das mãos e o dela na outra, jogando-os feito moedas em uma fonte na lixeira do lado de fora do aeroporto.

Fiz um desejo enquanto ela jogava os telefones, como teria feito com uma moeda.

— Como Roger vai entrar em contato? — perguntei, mas o que realmente queria perguntar era como Cruz ia entrar em contato.

— Não há Roger na Califórnia — respondeu mamãe, e meu coração estremeceu quando pensei no que isso significava para LornaCruz-CharlotteDelilah.

Isla.

— O que você acha de seu segundo nome? — pergunta mamãe, colocando o último pedaço delicado de abacate na boca, sorrindo diante do sabor verde e fresco.

Ela continua me olhando de um jeito que não reconheço, mas acho que pode ser amor.

— Eu gosto de Lorna — respondo.

— Não sei se ainda combina — argumenta mamãe.

Em sua frase, há esperança de um futuro, um futuro no qual não serei solitária, abandonada, Afetada ou Amaldiçoada. Um futuro no qual serei Outra Coisa.

— Pense nisso. Você pode ser quem quiser. Não me importo.

Elizabeth, penso. *Samantha. Isabelle. Madison. Caroline. Lilly.*

Bebemos vinho branco na varanda, como se fôssemos amigas em vez de mãe e filha. Nunca me importei com o sabor do vinho, mas o rótulo deste prometia "notas leves de citrinos amargos". Olho para o mar e seguro o vinho na boca, aguardando o gosto familiar.

Ele não vem.

Estou maravilhada com o oceano e com como as coisas podem ser sempre de uma mesma maneira e, então, totalmente diferentes tão rápido que fazem a cabeça girar. Nada é o mesmo. O tempo é diferente aqui. A água é diferente aqui. E as estrelas. E o amor.

— Eu te amo — diz mamãe, algo que não fazia muito no Brooklyn.

Parece segura disso, como se a palavra, finalmente, depois de todo esse tempo, fizesse sentido para ela.

Sua certeza me faz pensar que a maneira como me arrastou para longe da rua foi um ato de amor. Que o amor nem sempre é feito de construir coisas, mas também de se despir delas. Que o amor é o que resta quando deixamos tudo para trás.

Foi o amor que tirou mamãe da cabeceira de Roger.

Foi o amor que me colocou em um avião.

É o amor no ar da Califórnia que entra pelas janelas, puro, seco e cheirando a absolutamente nada além de sal.

...

Bem cedo na manhã seguinte, compramos camas, lençóis, sandálias e pratos. Mamãe quer tudo branco e transparente. Lençóis de algodão branco. Camas de madeira branca. Sandálias brancas. Pratos transparentes. Tigelas transparentes. Xícaras de chá transparentes.

Ela os compra sem pensar em nada além de como são puros, simples e desprovidos de história.

Eles brilham ao sol luminoso demais.

Vamos tentar não manchá-los.

É terça-feira, e me esqueci de que era terça-feira. Se também pudesse jogar as terças-feiras na lata de lixo, mamãe teria jogado. A única coisa que mantive foi meu cabelo, que estou deixando comprido.

Hoje está em um rabo de cavalo alto, de uma maneira que nunca usei, e gosto de como ele balança enquanto ando. Mamãe está usando um grande chapéu de palha.

Ela parece pensar que o amor é um ato de esquecimento, e quer que eu pense o mesmo.

Uma hora depois, nosso carro alugado está tão cheio de novos objetos para colocar em nossa nova casa que não acho que haja espaço para nada mais. Mas nos demoramos diante de um conjunto de taças de vinho delicadas, hastes longas e bojos quebráveis. Levanto uma, para ver se combina com nossa nova vida.

A loja para. Cabeças se abaixam. Carros estacionam.

São 10h11. O Minuto de Silêncio começa.

O mundo faz uma pausa.

Nós seguimos adiante.

AGRADECIMENTOS

O primeiro agradecimento vai para minha agente, Victoria Marini, cujo apoio, confiança, criatividade, amizade, sabedoria, resiliência, clareza e entusiasmo tornaram este livro realidade. Sou uma escritora de sorte por ter a oportunidade de compartilhar esta jornada com você. Obrigada por estar a meu lado quando mais precisei.

Um enorme obrigada a meu editor, Andrew Karre. Sua orientação, curiosidade, inteligência e espírito colaborativo transformaram uma ideia em uma história, uma série de cenas em um mundo inteiro. Sou imensamente grata pelo cuidado que você teve com este livro e pelos lugares que me ajudou a descobrir. Eu não conseguiria escrever este livro sem você.

Obrigada, Brandy Colbert, por seus valiosos *insights* e por estar a meu lado nesse negócio de ser escritora. Tenho sorte por ter você. Obrigada, Amy Ewing, por me incentivar durante os primeiros rascunhos, e Alyson Gerber, Caela Carter e Jess Verdi pelo apoio, amor, celebração e comiseração. E pelos queijos e vinhos.

A ideia deste livro surgiu anos atrás, e no caminho até aqui muitas pessoas me ajudaram com ideias, leram cenas, me encorajaram a crescer e me deram um retorno valioso. Obrigada a Anica Rissi, Alex Arnold, Katherine Tegen, Andrea Hannah e Bethany Jones.

Obrigada à incrível equipe da Dutton. Estou tão feliz por este livro ter encontrado sua casa com vocês. Sou especialmente grata a Julie Strauss-Gabel, Natalie Vielkind, Melissa Faulner, Rosanne Lauer e Theresa Evangelista. Obrigada também a Anne Heausler, pela edição de texto cuidadosa, e a Antonio Rodrigues Jr., pela linda capa.

Obrigada, mãe, pai, Andy, Jenn, Ellen, Amy, Sra. Scallon, Nivia, Ian, Shane, Brennan e o restante de minha família por todo o amor e incentivo de que uma pessoa precisa para escrever um livro, que é muito. Agradeço por tê-los em minha vida.

Obrigada, Julia e Honora, que viveram as primeiras semanas na cidade de Nova York comigo, há 15 anos. As incríveis e as inacreditavelmente terríveis. Este livro é para vocês, e para aquelas primeiras semanas também.

E obrigada a Frank, que vê cada momento de alegria, medo, desânimo e excitação envolvidos em escrever um livro e me mantém sorrindo durante todo o processo.

Este livro foi composto na tipologia Adobe Caslon Pro,
em corpo 11,5/15,6, e impresso em papel offwhite,
no Sistema Cameron da Divisão Gráfica
da Distribuidora Record.